ハヤカワ文庫NV

〈NV1389〉

暗殺者の反撃

〔上〕

マーク・グリーニー

伏見威蕃訳

早川書房

7814

BACK BLAST

by

Mark Greaney

Translated by
Iwan Fushimi
First published 2016 in Japan by
HAYAKAWA PUBLISHING, INC.
This book is published in Japan by
arrangement with
TRIDENT MEDIA GROUP, LLC
through THE ENGLISH AGENCY (JAPAN) LTD.

デヴォンに捧げる

謝辞

マイク・コーワン、クリス・クラーク、ナタリー・ホプキンソン、スコット・スワンソン、マリア・バーナム、ジェイムズ・イェーガーとタクティカル・レスポンス社、リプ・ローリングズ中佐（米海兵隊）、キース・トムソン、ジェフ・ベランガー、ドロシー・グリーニー、デヴィン・グリーニー、ニック・シューボタリュー、エジ・オーエンズ、ベン・コーズ、ブラッド・テイラー、ドルトン・フュアリー、ニコル・ジーン・ロバート、パトリック・オダニエルに感謝する。

トライデント・メディア・グループのエージェントのスコット・ミラー、クリエイティヴ・アーチスツ・エージェンシーのジョン・キャシアア、バークレー社の担当編集者トム・コルガンとそのアシスタントのアマンダ・ング、ミステリー・マイク・バーソーには格別に感謝している。

汝《なんじ》、復讐を求めるなかれ！　いかなる目的を追い求めるというのか？　汝は敵の痛みを思わぬのか？　汝もその最大の苦しみを味わうかもしれぬのに。

——エジプト王アメンホテプ四世

三人で秘密を守れるのは、そのうちふたりが死んだときだけである。

——ベンジャミン・フランクリン

暗殺者の反撃

〔上〕

登場人物

コートランド・ジェントリー…………グレイマンと呼ばれる暗殺者
デニー・カーマイケル…………………ＣＩＡ国家秘密本部本部長
ジョーダン・メイズ……………………同副本部長
スーザン・ブルーア……………………ＣＩＡヴァイオレイター対策グループ戦術作戦センターの指揮官
ザック・ハイタワー……………………同メンバー。ＣＩＡ特殊活動部のジェントリーの元上官
マシュー（マット）・ハンリー………ＣＩＡ特殊活動部部長
ジェナー…………………………………同特殊活動部地上班のチーム指揮官
クリス・トラヴァーズ…………………同特殊活動部地上班のチーム・ナンバー・ツー
ドレンジ…………………………………カーマイケルの警護班の指揮官
マックス・オールハウザー……………元ＣＩＡ首席法律顧問
リーランド・バビット…………………タウンゼンド・ガヴァメント・サーヴィスィズ社の社長
キャサリン・キング……………………《ワシントン・ポスト》調査報道記者
アンディ（アンドルー）・ショール……同首都担当記者
ダコタ……………………………………ＪＳＯＣ特殊任務部隊のチーム指揮官
ムルキン・アル－カザズ（カズ）……サウジアラビア総合情報統括部アメリカ支局長
アーサー・メイベリー…………………貸し間の家主
バーニス…………………………………アーサーの妻
ボビー・ラウク…………………………警察官
ラションドラ……………………………スーパーマーケットのレジ係
メナケム・オールバック………………モサド長官

プロローグ

ガーデン・パーティのホスト役だったその男は、うかつにもキッチンに携帯電話を置き忘れ、着信音が鳴り響いているのをまったく知らなかった。

その失敗に気づく直前、彼は夫人とともに中庭《パティオ》に立ち、プールサイドで演奏している四人編成のジャズ・バンドの音に負けない大声で、客たちとしゃべっていた。夜も更《ふ》けていたし、そういう戸外のイベントには向かない寒さだったが、ガス・ヒーターが十数台置いてあったし、赤ワインをだいぶ飲んでいたので、客たちの体はだいぶ暖まっていた。

その男、デニー・カーマイケルは、六十代だが引き締まった体つきで、日に焼け、深い皺《しわ》が刻まれた顔には剃刀《かみそり》のような鋭さがあり、ひとを威圧する態度がそなわっている。かつて夫人の友人が、エイブラハム・リンカーンの邪悪な双子みたいだと、夫人だけにこっそりといったことがある。カーマイケルと夫人は、ワシントンDC在住で週末だけメリーランド州イーストンで過ごす夫婦と、噂話に花を咲かせていた。カーマイケルは、そういう雑談にはまったく興味がないのだが、それが夫人にとっては大の楽しみなので、じっと立って、知ったかぶりをしながら、ピノ・ノワールをごくごく飲んでいた。だが、それで退屈がしのげるわけではなかった。

客たちが近所の家の新しいプールの建設費用についてだらだらとしゃべっているあいだ、カーマイケルは自分の屋敷を見まわした。イタリア風のパティオ、贅沢《ぜいたく》な塩水プール。きちょうめんに手入れされた芝生のあちこちに、富裕な友人たちがいる。エリナ・カーマイケルは、毎週か一週間おきにワシントンDCから逃げ出して、メリーランド州の田園にある屋敷まで車で来るのが好きだった。すさまじく金がかかるが、金持ちの家に生まれたエリナは、こういうものを望んでいる。

この屋敷はエリナのものだと、カーマイケルは思った。

ここにいる友人たちもおなじだ。

カーマイケルは〝友情を育《はぐく》ま〟ない。それをいうなら、結婚生活も形だけだ。カーマイケルは仕事が生きがいで、まわりでこうしてみんなが浮かれ騒いでいるときも、オフィスにいるほうがずっといいと思っていた。

四人編成のジャズ・バンドが、心のなごむ『センチメンタル・ジャーニー』の演奏を終え、礼儀正しく拍手が起きたが、つぎの曲がはじまる前に、客たちは私設車道《ドライヴウェイ》をぐんぐん近づいてくる数台の車のヘッドライトのほうを眺めはじめた。

カーマイケルは、光が近づくのを見守った。それでなくても険悪だった気分が、あっというまにどす黒い怒りに変わった。

黒いユーコンXLのSUV三台が、パティオの一五メートルほど手前で、私設車道沿いの芝生にとまった。メリーランド州のこの界隈《かいわい》はワシントンDCから四〇キロメートルしか離れていないし、パーティの客のほとんどが首都に仕事を持っているので、その三台が公用車だというのはひと目でわかった。

カーマイケルはジャケットをまさぐり、携帯電話を家のなかに置いてきたことに気づいた。重要な電話がかかってきたのに、気づかなかったにちがいない。ワイングラスをそばのカフェ・テーブルに置き、そばに立っていた夫婦に早口で謝ると、おろおろしているエリナにキスをして、私設車道に歩いていった。

スーツ姿の男が十二人、SUVからおりてきた。カーマイケルの額で土色の血管が激しく脈打った。客たちはカーマイケルの生業《なりわい》を知らないのだから、こういう警護官たちの姿を見られてはならなかった。

夫人の友人たちはひとりとして、カーマイケルがCIAのスパイの頂点に立つ、NCS（国家秘密本部）の本部長であることを知らない。

まっとうな理由がなかったら、こんなふうに車を飛ばしてこないはずだとわかっていたので、パーティの客たちを警護班が驚かせたことに対する怒りは、いくらか和らいだ。脅威に対して過剰な反応をしたら、ボスに首をねじ切られるということを、警護班の人間はひとり残らず承知している。したがって、こういうふうに武力を誇示するのは、重大なことが起きているからだと、カーマイケルは解釈した。

「説明しろ」武装した男たちのだいぶ手前で、カーマイケルは語気鋭くいった。

チーム・リーダーは、ドレンジという名前の四十一歳の元陸軍少佐だった。カーマイケルとおなじように、よけいなことはいっさいしゃべらない。「すみません。電話にお出にならなかったので。客と切り離し、オフィスからの電話を受けられるように携帯電話を渡すよう命じられました」

カーマイケルと唖然《あぜん》としている客たちとのあいだに、四人が移動し、ジャケットからブルパップ式のP90サブマシンガンを出した。四人は鋭い視線であたりのようすを探り、銃口を下げたままで、いつでも撃てるようにしていた。

すべての客、バンドのメンバー、ケータリング業者——カーマイケル夫人までもが——この驚くべき光景を、口をぽかんとあけて眺めていた。カーマイケルが海兵隊将校だったことを知っている客もかなりいたが、国土安全保障省のようなありきたりの部門で働いているのだろうと、だれもが思っていた。とにかく、それが表向きの作り話だった。

カーマイケルは衆目を無視し、ドレンジにもう質問をしなかった——携帯電話はキッチンに置き忘れたと、小声で説明しただけだった。

ドレンジが、「オフィスが航空班《エア》をよこします」と答えた。

カーマイケルは、それを聞いて小首をかしげた。「エア？　なんてことだ」迎えのヘリコプターが庭に着陸するという、常軌を逸した光景が脳裡に浮かんだ。「戦争でもはじまったのか？」

「わかりません、ボス」ドレンジはただの護衛だ。答は知らない。携帯電話をカーマイケルに渡し、きびきびと屋敷のほうへ連れていった。

カーマイケルは、携帯電話をひったくり、歩きながら耳に当てた。「だれだ？」

「メイズです」ジョーダン・メイズは、NCSでカーマイケルのナンバー2《ツー》にあたる副本部長をつとめている。十二歳年下で、カーマイケルの記憶にあるかぎり、つねにそばにいる。

「説明しろ」

「やつがこっちにいます」

「だれが？」

返事が一瞬遅れた。そして、ひとことだけいった。「ジェントリー」

カーマイケルは、はたと立ちどまった。数秒後に口をひらいたが、声がかすれていた。

「やつが――こっちに？　こっちとはどこだ？」

「最悪の場合の想定《シナリオ》ですか？　いま本部長を監視しているでしょうね」

カーマイケルは、芝生を見まわした。怒りから困惑へと心の動きが瞬時に一巡してから、恐怖に向けてまっすぐに突き進んだ。しわがれた声が出た。「本土にいるんだな？」

「確実な情報によれば、本部長の住んでいる州にいます」

カーマイケルは、かなり早口になっていた。意味深長に区切ってしゃべる演技は捨てていた。「さっさとわたしをここから連れ出せ」ドレンジと部下たちによって、周囲の人間から遮掩《しやえん》されたまま、カーマイケルは足早に歩き出した。

「ヘリが接近中。ETA（到着予定時刻）は五分後」

せわしなく歩きながら、カーマイケルは自分の土地に視線を走らせた。遠くに松林のきわがあり、濃い霧になかば隠れている。それが急に不吉な感じに見えた。

カーマイケルは、携帯電話に向かってどなった。「五分じゃだめだ。もっと急げ！」

1

ジャズ・バンドが遠慮がちに演奏を再開したが、飲んで騒いでいた客たちは、周囲の私設車道で護りを固めている、ものものしい雰囲気の男十二人に注目していた。

カーマイケルは、左右に視線を配って、すべての人影に警戒の目を向けた。いまではパーティの客すべてが脅威になったからだ。ネヴァダ州選出の下院議員、ヴァージニア州の検察官、ケンタッキーの競走馬生産者、五番街のファッション雑誌の共同経営者、ケータリング業者、ミュージシャン。プールサイドでは、パーティのまとめ役が、両手を腰に当て、華々《はなばな》しい春のガーデン・パーティの雰囲気をぶち壊した、武装したネアンデルタール人どもを、啞然《あぜん》と見つめていた。カーマイケルは、裏口に近づきながら、全員の顔を二度確認し、見慣れない男や女の顔は三度見直した。ジェントリーの顔はよくわかっている——何年も頭を離れたことがない——だが、ジェントリーが、これまでに知っているだれよりも変装がうまいこともわかっていた。

屋敷にはいり、警護班に完全に取り囲まれると、カーマイケルは息を切らしてその場に立った。まだ携帯電話を耳に当てたままだったと気づいた。「まちがいないか？」

メイズが、歯切れのいいきびきびとした声で答えた。「八日前にリスボンを発《た》った船に乗るところまで、イスラエルがやつを追跡しています。いまその船がチェサピーク湾に錨《いかり》をおろしています。イーストンのすぐ西です。西のワシントンDCに向かったかもしれませんが、東に向かったとすると、お宅まで車で十五分以内です。海兵隊FASTチームにその船を強襲させましたが――」

「ジェントリーがいるわけがない」

「そうです。岸に近づいたとたんに脱け出したでしょう。でも、確認する必要がありました。やつが本土でなにをするつもりなのか、手がかりが船で見つかるかもしれないので」

「イスラエルは、どうしてその情報を知った？」

「不明です。モサドのメナケム・オールバックとの電話会議を準備しました。本部長がCIA本部《ラングレー》に戻ったらすぐにはじめます」

そのとき、客たちが南に顔を向けたことに、カーマイケルは気づいた。数秒後にバタバタというローター音が聞こえた。カーマイケルの知っている音だった。なめらかな形をしたCIA《エージェンシー》の新型のユーロコプターだ。

ジョーダン・メイズがひとことといい添えた。「パーティのこと、申しわけありません、本部長。奥さまにとってだいじなことなのに」

「パーティなんかどうでもいい。ヴァイオレイター対策グループを六十分以内に召集しろ。全員だ」
「了解しました」

ヘリの着陸と、ガーデン・パーティのホストが脱出した一幕は、カーマイケルがおそれていたとおり、不愉快な後味を残した。カーマイケルは死ぬまでずっと、夫人の友人たちにこのいきさつの釈明をしなければならないだろう。だが、そういう副次的な影響は、いまのカーマイケルの眼中にはなかった。ドレンジと警護官三人とともにヘリに乗ったときには、カーマイケルの意識は戦闘モードに戻っていた。

カーマイケルは、海兵隊少尉としてベトナムで、中佐としてレバノンとグレナダで戦い、アフガニスタンでCIA局員としてソ連と戦った。パナマにHALO（高高度降下・低高度開傘《かいさん》）降下し、バルカン半島にジェット機で派遣され、イラクにデューンバギーで潜入した。アフガニスタンにも、最初の遠征の二十年後に、ヘリコプターで再訪した。戦闘のことを知りつくしているカーマイケルは、無関係なことをすべて意識から追い出し、殺すか殺されるかという、きわめて単純な事柄だけに没頭するすべをこころえていた。

それがカーマイケルのいまの心境だった。

ヘリはパーティのひとの群れをあとにして、南へ向かい、霧に包まれた起伏の多い農地の上を上昇していった。機長がサイクリック・コントロール・スティックを押して、スロットルをひねり、冷たい大気を縫《ぬ》って飛ぶヘリの速度をあげた。

カーマイケルは、電話を切らないようメイズに指示し、搭乗員のうしろの席に移って、ヘッドセットをつけた。マイクを口もとに引きおろし、機長の肩を軽く叩いた。

機長がふりむいた。「ご用ですか？」

「脅威対策装置は搭載しているはずだな？」

機長は、その質問に驚いたようだった。副操縦士のほうをちらりと見てから、前の風防に視線を戻した。「ええ。チャフとフレアがあります」

カーマイケルはいった。「使用する準備をしておけ。周囲への警戒を怠《おこた》るな」

副操縦士が、まごついて口をひらいた。「大急ぎで出動を命じられたもので……その……どんなやつが敵なのか、教えていただけるとありがたいんですが」

カーマイケルは肩をすくめていった。「脅威はＣＩＡの元資産（情報機関が工作や支援活動に自由に使える人間・組織・施設・機器などを指す。非局員である諜報員を意味する場合も多い）、暗号名違反者《ヴァイオレイター》、激しい不満を抱いているＣＩＡの軍補助工作員だ」

機長が首を六〇度まわし、ヘルメットのバイザーごしに、年配の相手をじっと見た。「ひとりですか？　たったひとりのために、こんなことまで？」

機長のバイザーを睨《にら》み返したカーマイケルのなめし革のような顔が、いっそう険しくなった。「おい、おまえ、わたしがちょっとしたことで怯《おび》えるような男に見えるか？」

「そうは見えません」

「だがな、こいつには心底怯えているんだ。ヘリを旋回させ、ミサイル襲来に備えながら、ラングレーに向けて飛ばせ」

「かしこまりました」機長が軽くうなずいて、あとはすべての注意を操縦に集中した。

二十秒後、カーマイケルはメイズとまた電話で話をしていた。「わたしの家族を街から避難させてくれ。そうだな、プロヴォ（ユタ州第三の都市）の牧場に連れていけばいい。ヴァイオレイターがここに来た目的がわたしだとしたら、必要な手段を講じられるように、家族を遠ざけておきたい」

ヘリが左右に機体を揺らしはじめた、それほど激しい機動ではなかったが、後部に乗っているものは酔いそうになった。

ドレンジが前部に来て、カーマイケルの隣に座った。インターコムのヘッドセットをつけていた。ドレンジは機長の肩を叩いたが、機長はふりむきもしなかった。

ドレンジがきいた。「どうしてこんな飛びかたをするんだ？」

カーマイケルは、操縦に専念している機長の代わりに答えた。「ジェントリーがＳＡＭ（対空ミサイル）か、すくなくともＲＰＧ（ロケット推進擲弾《てきだん》）を持っていると想定しなければならない。ＳＡＭの脅威には低空飛行で対処できるが、人口密集地の上を飛びながらＲＰＧに対処するには、こういうふうに飛ぶしかない」

するとドレンジがきいた。「どうしてジェントリーがＳＡＭかＲＰＧを持っていると考えられるんですか？」

カーマイケルは、窓の外を見やり、眼下で瞬《またた》いているワシントンDCの街明かりに目を凝らした。

「それは、やつがグレイマンだからだ」

2

ワシントン・ハイランズの中心部にある明かりの暗い通りは、夜にぶらぶら歩くのには向いていない。

ハイランズは、首都南東の第八区の隅にあり、アナコスティア川を見おろしている。高層の公共住宅、低所得者向けの集合住宅、狭い敷地に建てられ、荒れ果てた二戸一型住宅がひしめき、ゴミが散乱している。第八区はこれまでずっと第七区に後れをとり、ワシントンDCで二番目に危険な区だったが、統計の対象となる前週に三人が殺される事件があったおかげで、第一位の座を奪い返したばかりだった。

しかし、時間が晩《おそ》く、悪名高い地域であるにもかかわらず、ひとりの歩行者が、霧に包まれた夜陰を縫《ぬ》って、アトランティック・ストリートS　E《サウスイースト》を、北に向けてぶらぶらと歩いていた。この世になんの気がかりもないとでもいうように、落ち着き払っている。路面が荒れた歩道を進み、街灯にときどき照らされていた。街灯は撃たれたり焼かれたりして、ほとんど消えていた。最貧困層などどうでもいいと思っている市当局は、それを直しもしない。

男はブルージーンズに皺《しわ》くちゃの紺のブレザーという服装で、焦茶色の髪は乱れて濡れていた。髯《ひげ》をきちんと剃《そ》っていて、白人だとわかる。夜のこんな時間にこの界隈《かいわい》に白人がいるということは、悪事を働こうとしているにちがいない。

夜の十時で、その歩行者ひとりを除けば、あたりに生き物のいる気配はないようだった。だが、通りそのものは寂寞《せきばく》としていても、何人もの目が男の動きを追っていた。年配の住人たちはびっくりして、共同住宅の鉄格子をはめた窓から外を眺めた。病気の子供を抱えたシングルマザーがひとり、二戸一型住宅のかんぬきをかけたプレキシグラスのドアごしに、見守っていた。通りを歩いている馬鹿な男が、よくても突き倒され、悪くすれば殺されるというのがわかり切っていたので、かわいそうにと思い、シングルマザーは眉をひそめた。共同住宅の玄関前の階段で、携帯電話を持ったティーンエイジャーがひとり、男を念入りに観察して、見たままを知り合いに報告していた。その知り合いが手先といっしょにやってきて、あわれなよそ者を身ぐるみはいだあとで、発見した手間賃をもらえるのを期待していた。

だが、ティーンエイジャーと知り合いは、ツイていなかった。べつの捕食者の群れがもっと近くにいて、やはりその臨機目標に目をつけていたからだ。

私設車道《ドライヴウェイ》でゴミを燃やしている五五ガロン（二〇八リットル）のドラム缶の前に立っていた三つの黒いシルエットが、白人男を見守っていた。

三人のうちでいちばん年上のマーヴィンは、三十三歳で、前科十一犯だった。ほとんどが不法侵入と武装強盗で、重い刑を受けた逮捕は二件しかない。最初の一件では、市刑務所に十一カ月二十九日拘置された。マーヴィンはその後、心を入れ替えることもなく、故殺罪で十年の刑を宣告され、ヘイガーズタウンの州刑務所に送られた。

六年服役し、善行——刑務所では、相対的な表現——を認められて出所し、こうして街に戻った。

仕事を探してはいない。金品を狙っているだけだ。

この尾行に、マーヴィンは若手をふたり連れていた。ダリアスとジェイムズは、いずれも十六歳で、年上のマーヴィンを尊敬していた。ひとを殺し、おつとめをしたからで、そのため、ふたりはどこへでもついてきた。マーヴィンにしてみれば、ガキの手先を使うほうが好都合だった。ガキは危険を顧みないし、有罪判決を受けても十八歳になれば前科を抹消される。

マーヴィンは、だぶだぶのボクサーパンツのウエストバンドに、拳銃を差し込んでいた。ローシン・アームズ製のL380。この〝銃砲所持禁止区域《ガン・フリー・ゾーン》〟における犯罪の底辺で蔓延《まんえん》している他の鋳鉄製の拳銃と比べても、くず鉄まがいの代物《しろもの》だ。マーヴィンは銃を撃ったことはなかった。見せつけるためのものなので、警官があたりにいないときだけ、グリップがフェイクレザーのジャケットから突き出るようにしている。パトカーが見えたら、体をちょっと揺すれば、ちっぽけなセミオートマティック・ピストルは、ウォームアップ・パンツの内側から地面に落ちる。あとはなにかの下に蹴り込むか、さっさと逃げればいいだけだ。

マーヴィンは、そばに立っている十六歳の少年ふたりが生まれる前から、厄介なことになったら逃げ出すのに慣れている。

少年ふたりは、ハイアッツヴィルのヘッドショップ（喫煙具・合成ドラッグ・大麻などを売る店）で万引きした薄い飛び出しナイフを持っていた。笑いたくなるようなおもちゃまがいの安物だが、間抜けな少年ふたりは、ジャケットにそれを忍ばせているだけで、いっぱしのワルになったつもりだった。

ダリアスとジェイムズは、服の下でナイフをまさぐり、吹き飛ばされたゴミがあちこちにひっかかっている、茫々《ぼうぼう》に茂った垣根の横を白人が通って、霧のなかに姿を消すのを眺めた。今夜のすごい幸運に驚いて、ふたりは顔を見合わせた。白人は火のそばに立っている三人の近くを通ったことにも、気づいていないように見えた。馬鹿な白人は、酔っ払っているか、ラリっているか、それともその両方かもしれない。ワシントン・ハイランズのこのあたりを夜に白人が歩いているのは、めったに見かけないが、男も女も、麻薬を買うためにしじゅう車でやってくる。ことに夜に来ることが多い。歩いてきた馬鹿な白人も、買いに来たにちがいない。ダリアスとジェイムズには、ほかの理由が思い当たらなかった。

だとすると、あいつは現金か麻薬を持っている。どちらでもよかった。ここでは麻薬も現金とおなじなのだ。

ダリアスとジェイムズは、ドラム缶から立ち昇る炎の向こうにいる自分たちのリーダーを見た。

マーヴィンがうなずき、ぐずぐずしている手先ふたりを促した。三人とも暖かい火のそばを離れ、服の内側の武器のそばで手をぶらぶらさせながら、私設車道から歩道へ出ていった。

ハンター三人が八番ストリートSEの獲物に忍び寄っているとき、北東のメリーランド州から飛来して南西のヴァージニア州を目指している、二千四百万ドルのユーロコプターが、ワシントンDCの上空高くを高速で通過した。乗っていた男たちは、地上の何者かが歩兵携帯用SAMの高性能光学照準器で、自分たちのうしろの尾部ローターに狙いをつけている可能性があるかどうかを、話し合っていた。あるいはRPGの金属製照準器《アイアン・サイト》でヘリの機首を追っているかもしれない。ヘリに搭載された脅威対策装置はいつでも使用できるようになっていて、機長が防御機動を行なっていた。全員が機外と眼下の街路に目を凝らし、ミサイル発射のまぶしい閃光を探していた。

だが、閃光はなく、発射もなかった。彼らが怖れていた男は、たしかに眼下にいたのだが、SAMもRPGも持っていなかったからだ。

拳銃はおろか、現金すら持っていなかった。

コート・ジェントリーは、DCのもっとも危険な地区をひとりで歩きながら、うしろから近づいてくる足音を聞き取っていた。肘《ひじ》から手首までを覆《おお》っている石膏《せっこう》のギプスの下の気が変になりそうなかゆみとおなじくらい、その足音をはっきりと意識していた。

跟《つ》けているのが三人だということは知っていた——明らかにリーダーだとわかる男と、ボスにどこまでも従順な、ずっと年下の手下ふたり。私設車道にいる連中を通りしなに四分の一秒見て、足音を聞いただけで、ジェントリーはそう推理していた。まんなかの男は自信ありげで、左右のふたりは落ち着きがなく、ときどき歩みが遅くなっては、リーダーに追いつくために駆け足になる。

ジェントリーは、犯罪の心理学について、重要なことを知っていた。この手の街路のゴロツキは、戦うのは望まない。獲物を探す。攻撃者の決意は、行動の速さから推し量れる。もたついていて、何ブロックも跟けてくるようなら、やり遂げる気がないのかもしれない。逆に、すぐに声をかけてくるなら、自信があり、抵抗されないと思っている。つまり十中八九、武器を持っていて、前にもこういうことをやっている。

そのとき、つぎの交差点まで半ブロックもあるところで、三人のまんなかの男が大声で呼んだ。

「おい！　なんだかわかってるよな。痛い目をみずにすむんだぜ」

相手がすぐにはじめたので、ジェントリーはほっとした。ひと晩かけるわけにはいかないのだ。ジェントリーは立ちどまったが、ふりむかなかった。じっと立ち、顔は向けなかった。

三人がうしろから近づいた。

「こっちを向け、この野郎。ゆっくりとだ」

ジェントリーは、気を静めるために何度か息を吸ったが、ふりかえらなかった。

「おい、くそったれ！　てめえにいってんだよ！」

そこでジェントリーはゆっくりと向きを変えて、脅威に面と向かった。

三人は、歩道の二メートルと離れていないところに立っていた。ジェントリーは三人の目を見ていった。脅威にさらされたときは、つねにおなじだ。相手の意志と腕前を見定める。リーダーは居丈高《いたけだか》になっているが、不安のせいではなく興奮しているからだと、ジェントリーは見てとった。あとのふたりは自信ありげに見せようとしているが、揺れる視線が自信のなさを暴露している。

三人とも武器を握り締めていた。リーダーは小さなガンメタル・ブルーの拳銃、あとのふたり——ティーンエイジャーらしい——は、ナイフをかざしている。

ジェントリーは、落ち着いた声でいった。「こんばんは、お兄さんたち」

リーダーが驚いて首をかしげた。一秒の間を置いて、その痩《や》せた黒人がいった。「財布をよこせ。そのケイタイも」通りを見てから、きいた。「車はどこだ？」

ジェントリーは、それには耳を貸さず、男の手の拳銃に視線を据えた。「それはなんだ？」

「銃だよ、くそったれ！」

「そうか。どんな銃だ？」

「財布を出して行儀よくゆっくりと落とさなかったら、てめえのケツにパーンと一発お見舞いするための銃だよ」

男が目の高さに拳銃をあげ、ジェントリーの顔に狙いをつけた。明かりがろくになくても、ジェントリーは、鼻先から一メートルも離れていない拳銃をすぐさま見分けることができた。がっかりして、溜息を漏らした。「Ｌ３８０か？　そんなクズじゃ、なんの役にも立たないな」

銃を持った男が、腕をこわばらせて、にやりと笑った。「なるほど。てめえ、今夜ここで死にてえんだな」

ジェントリーは、あとのふたりのほうを見た。「おい、ガキども、ひょっとして拳銃《チャカ》持ってないか？」少年ふたりが、とまどってリーダーの顔を見た。一秒後、ナイフをもっと高く構えた。「持ってないよな」ジェントリーは、薄笑いを浮かべて雨模様の空を見あげた。「ツイてない」

3

マーヴィンは、十三歳の誕生日の前から、ひとに銃を向けてきたが、こんなふうにまったく動じない相手はひとりもいなかった。たいがい目を皿のように丸くして、銃口から目が離せなくなる。銃を突きつけられた相手は、そのあとでなにをされようが、マーヴィンの手にした拳銃から片時も視線をそらさない。瞬《まばた》きもめったにしない。

だが、この男はあとのふたりのほうを向いたり、通りを見まわしたり、空や四方の二戸一型住宅の窓を見あげたりしている。くそ顔にくそチャカを突きつけられているのに、ぜんぜん心配していない。

この白人はラリっているようには見えないし、酒のにおいもしない。悠然とした目は澄み、体を楽にしているが、揺れてはいない。どういうわけか、まったく平然としている。

それがマーヴィンを激しく怒らせた。カモを脅《おど》しつける作戦には、代案《プランB》がなかった。

少年ふたりが、獲物の左右に進んだ。マーヴィンが拳銃を男の額に向け、手下ふたりがそれぞれ、左と右から細いナイフで突ける間合いにはいった。

だが、白人はナイフも意に介していなかった。さっきよりも深い溜息をついて、大きく肩を落としただけだった。「あんたたちにやめろといっても無駄かな？　おれは金もケイタイも持ってないし、車もない。あんたらにあげられるのは災難だけだ。いっておくが、なにもないのに、とんでもない災難に見舞われるだけだぞ。このへんでやめて――」

マーヴィンは、このクソ野郎に我慢できなくなった。半歩進み、思惑をはっきり示すために、銃口をさらに高くあげた。そのとき、白人が左手をさっと上前方に突き出し、目にもとまらない速さで、左足を支点にして体をまわし、射線から出た。マーヴィンは、その動きに度肝を抜かれた。白人が向きを変えながら力強い手で拳銃の遊底被の銃口近くをつかみ、下横に拳銃を押しのけた。マーヴィンは反射的に引き金をひいた。ひと気のない通りで、ローシンがパーンという大きな銃声を発したが、白人はすでに体をまわしてマーヴィンの右側に出ていた。発射されたときには、銃口はマーヴィンの左下に押しやられていた。的をはずしたことを、マーヴィンは即座に悟った。

ジェイムズが跳びあがって、細いナイフを地べたに落とし、足を両手で押さえた。歩道のそばの叢《くさむら》に倒れ、泣き叫んだ。

ジェイムズは、三八〇口径のホローポイント弾に足の甲を貫かれていた。

ドジを踏んだとマーヴィンは悟ったが、まだ拳銃は自分の手にあるし、おかしなことにカモの白人は拳銃から手を離していた。男はマーヴィンに背を向けて、ダリアスとナイフに注意を集中していた。背中は隙だらけで、マーヴィンの銃から五、六〇センチしか離れていない。

こいつはとんでもない阿呆だと、マーヴィンは思った。弾薬がこめられている銃から手を離し、背中を向けるとは、なんていう間抜けだ。マーヴィンは拳銃を構えて、阿呆の後頭部を狙い、ダリアスに手出しする前に殺そうとした。引き金を引いた。

カチリ。

ジェントリーがうしろのクソ野郎を無視したのは、あと数秒は戦えないとわかっていたからだ。スライドをつかんだのは、発射されたあとでそれが後退して戻るのを防ぐためだった。ローシンの薬室には、排莢《はいきょう》されなかった空薬莢《からやっきょう》が残っている。うしろの馬鹿たれがいくら引き金を引いても、スライドをひっぱって空薬莢を出し、つぎの弾薬を薬室に送り込まないかぎり、弾丸は発射されない。

二、三秒でクソ野郎がそれに気づくことはありえないと、ジェントリーは判断していた。襲撃者は命懸けの戦いの最中で、興奮しまくり、一気に押し寄せる情報を処理できない状態になっている。

銃撃戦になると、だれでも臨機応変に動けなくなることを、ジェントリーはとうの昔に身をもって学んでいた。ジェントリーが会得した高い戦闘能力の前では、最初から勝ち目はない。

それに、クズ拳銃を持っているクソ野郎が、銃器の扱いを会得していることはありえない。銃器がわかっている人間は、あんなクズ拳銃を持ち歩かない。

だから、ジェントリーには正面のナイフを始末する時間があった。少年がナイフをまっすぐに突き出して、体ごとぶつかろうとしたので、ジェントリーは右腕をあげた。刃が石膏《せっこう》のギプスに突き刺さると、ジェントリーは左手で少年のナイフを握っている手をつかみ、リストロックをかけて、ナイフが落ちるまで手首をねじった。手首をそのまま少年の背中にねじりあげ、上腕と前腕をつなぐ腱《けん》に無理がかかるようにぐいぐい押した。それから四五度引き戻すと、腱がよじれて、前腕が肘《ひじ》の関節から不格好に曲がった。少年が気づいたときには、歩道に仰向《あおむ》けに倒れるほかに、身を護るすべがなかった。少年は倒れて、激痛が走る肘をつかんだまま、冷たいコンクリートの上を転がった。

うしろのクソ野郎がそろそろ非常事態に対処しているころだと思い、ジェントリーは向き直った。痩せた黒人は拳銃の上に手を置いて、スライドを引きはじめていた。空薬莢が宙に飛び出したが、スライドが前に戻る前に、ジェントリーの左手がまたさっとのびて、露出していた銃身とフレームを握り、スライドの動きを制した。親指でマガジン・リリース・ボタンを押し、弾薬がめいっぱい込められている弾倉を歩道に落とした。

そこでジェントリーは拳銃から手を離した。

マーヴィンは、拳銃を握り直し、引き金に指をかけた。なにが起きたかを悟る前に引き金を引き、撃針が空の薬室を打った。

またカチリという音がした。

マーヴィンは、白人を見た。今回は、自分が目を皿のように丸くしていた。〝カモ〟が、あいかわらず冷静に見返した。うんざりしているように見える。

マーヴィンは、口をぽかんとあけて、弾薬のない拳銃と地面に落ちた弾倉を見た。なにがあったのかはわからなかったが、銃がもう役に立たないことははっきりしていた。尻ポケットに折り畳みナイフがあるが、それのことは考えなかった。それどころか、ナイフがあるのを思い出したのは、だいぶたってからだった。頭がパニックを起こしていた。マーヴィンは向きを変えて走った――どうせ一生逃げつづけているのだ――ティーンエイジャーの手先ふたりは置き去りにされた。

ジェントリーは、痩せた男が懸命に走り、霧にまぎれこむのを見送ってから、負傷した少年ふたりのそばでしゃがんだ。腕を痛めつけられた少年は、歩道に座っていたが、足に穴があいた少年は、まだ叢で苦痛に身もだえしていた。

ふたりのナイフは、闇のどこかにあって、手が届かない。

ジェントリーは、四方の建物に目を配った。窓、戸口、私設車道を霧を透かして見ながら、そっと話しかけた。「おまえらの恐れを知らないリーダーは、たいしたやつだな」

少年ふたりは答えなかった。しゃがんで自分たちを見おろしている落ち着いた男を、恐怖におののきながら見つめた。

ジェントリーは返事を待ったが、ひとことも返ってこなかったので、肩をすくめた。「おまえら、金はどれくらい持ってる？」

ふたりがちょっと顔を見合わせてから、目を戻した。

ジェントリーはフンと笑った。「こういうのはどうだ？　おれが強盗になって、おまえらから奪う。いつもの逆も、おもしろいだろう？」

ジェントリーは、足を撃たれた少年の服をまさぐって、前ポケットから十ドル札一枚を抜いた。腕を痛めつけられた少年が、ふるえる手で一ドル札の束を差し出した。ジェントリーは金をジーンズのポケットに押し込んだ。

つぎに、銃創を負った少年の足をつかんで、白いテニスシューズにあいた血まみれの穴を見た。ジェントリーは低い声でいった。「そんなにひどくないが、見た目がひどいから、見ないほうがいいかもしれない」腕がねじれている少年のほうを向き、手を貸して立たせた。「おまえはだいじょうぶだ。せいぜい二、三日痛いだけだ。氷で冷やせば、もっと早く治る。こいつを助けるのが、おまえの役目だ。病院に連れていけ。病院に行ったら、どこかの馬鹿が拳銃をいじっていて暴発したと警官にいうんだ。警官どもに責められるだろうが、そういい張れば、やつらはそのうちに信じて、一件落着になる」

少年ふたりが、のろのろとうなずいた。

そこでジェントリーの顔と声が、無気味な感じになった。「だが、おれのことを警官にしゃべったり、人相や、どんなことでも、教えたりしたら……おれはここに戻ってくる。おまえらがなによりも大切にしているものを見つけ出して……それをぶち壊す。わかったか？」

少年ふたりが、さっきよりは早くうなずいた。

「おやすみ」

立っていた少年が、足を撃たれた少年に肩を貸し、ふたりでとぼとぼと夜陰のなかを歩いていった。リーダーとはちがう方角に行ったのを見て、明るい兆《きざ》しだとジェントリーは受けとめた。

だが、銃声のことを調べにくる人間が、近所の家からひとりも出てこなかったことで、すこし暗い気持ちになった。

ジェントリーは、アメリカを五年離れていた。このアメリカも、自分が作戦を行なった第三世界のもっと危険な国とたいしたちがいはないという考えが、ふと頭に浮かんだ。これまではずっと、アメリカはふるさとで、聖域で、安全だと思っていた。

しかし、それは幻想だった。実相は正反対だとわかった。ここは敵地で、自分はお尋ね者なのだ。いたるところに危険と脅威が潜んでいる。

つぎの瞬間、ジェントリーは冷たい霧をしのぐためにブレザーを体に巻きつけて、歩いていった。

4

ＣＩＡ本部はヴァージニア州マクリーン市の非法人地域ラングレーにあり、二十四時間態勢で稼働しているが、旧本部ビルの七階の上級幹部オフィスは、いつもなら土曜日の午後十時にはひっそりしている。しかし、その晩は十時前に明かりがともって、十時半にはすべてのオフィス・スイートに二十数人もの上級幹部、アシスタント、通信担当、その他の支援スタッフが詰めていた。

そのあと、だいぶたってから、メリーランド州から飛来したユーロコプターが着陸し、ジョーダン・メイズが、バブルと呼ばれる円形劇場のような大きな建物の前に立ち、白髪に小雨がかからないように、プラスティックのファイル・フォルダーをかざしていた。ヘリコプターからおりたデニー・カーマイケルは、警護官四人に囲まれたが、安全な旧本部ビル内に移動するまでメイズがカーマイケルに近づけるように、ドレンジと部下がすぐさま位置を変えて、まうしろを固めた。

なかにはいり、ヘリの爆音に邪魔されずに話ができるようになると、メイズはカーマイケルに最新情報を伝えた。「これが現況です。ＦＡＳＴチームが、貨物船ではなにも成果がなかったが、機関室の船尾寄りの隙間に寝袋と手まわり品があるのを見つけたと報告しています。密航者がいたことはまちがいありません」

「やつはどうやって船をおりた？」

「海兵隊チームが乗り込む二分前に、補給品を運んできたモーターボートが港に帰りました。ジェントリーはそれに乗っていたと思われます」

　ジェントリーが寝床で眠りこんでいるのを捕らえることなどできないと、カーマイケルは承知していた。「やつは消え失せたか。どういう人間を集めた？」

「ＪＳＯＣ《ジェイソック》（統合特殊作戦コマンド）連絡官、ＮＳＡ（国家安全保障局）連絡官、ＮＧＡ（国家地球空間情報局）連絡官、ＤＳ＆Ｔ（科学技術本部）の局員が、ヴァイオレイターの情報を知らされています。タスク・フォースには通信担当もいます。会議に出るのは、総勢八人になります」

　カーマイケルは、歩きながらいった。「ヴァイオレイター対策グループには、七人しかいないはずだ」

「計画立案部のスーザン・ブルーアに来てもらいました」

　カーマイケルとメイズとドレンジは、ＩＤをスキャンしてエレベーターに乗った。警護官三人は、あとに残された。カーマイケルの歯切れのいい口調には、不快感がにじんでいた。

「ブルーアがこれにどういう関係があるんだ？」

「スーザン・ブルーアは、ほかの任務にくわえて、一年以上前から、ＣＩＡの国内インフラが一匹狼の攻撃を受けた場合の脆弱性《ぜいじゃくせい》に、レッド・セリング方式（組織内に仮想敵グループを作り、みずからの組織を攻撃させて、脆弱性を突き止める手法）で取り組んでいます。目標決定官《ターゲティング・オフィサー》としても経験豊富で優秀ですし、意志強固な敵の攻撃を防ぐやりかたに通暁《つうぎょう》しています。ジェントリーがこっちに来ていて、ＣＩＡを照準に捉えているようなら、役に立つかもしれません」

「ブルーアはこれがどういう難問かを知らない。ジェントリーは、南ゲートの車をＡＫで狙い撃つアラブ人テロリストとはわけがちがうんだぞ」

「ブルーアには、わたしたちとおなじように、鋭敏なテロ対策の頭脳があります。エージェンシー施設と海外要員に関わるリスク軽減に十年のあいだ取り組み、本土で企まれている高度なテロの脅威と、エージェンシーの資産を狙う可能性がある高レベルの外国の関係者に対処する手順を編み出しています」

「部外者を参加させるのは、気が進まない」

「考えてみてください、本部長。本部長の警備手順を強化しなければならないし、首都にいるジェントリーの以前の仲間すべてに、資産を張り付けなければならないんですよ。ブルーアに知られずにそんなことができるわけがありません。いまブルーアは部外者ですが、引き入れて対策グループにアクセスするパスワードを教えれば、邪魔物ではなく味方にできます」

「われわれがジェントリーを生かしておきたくないことを、ブルーアが知ったらどうなる？」

メイズがすかさず答えた。「作戦上の便宜には、ブルーアも文句をつけないでしょう。このターゲットは殺す必要があると本部長がいえば、ブルーアはそれを実現させますよ」

エレベーターが七階に着いた。メイズが手をのばして、カーマイケルがおりる前に腕をつかんだ。「それに、考えていたんですが……ジェントリーがエージェンシーを狙うためにこっちへ来たのだとして、エージェンシーの外部で騒ぎが起きたら、外部の脅威だとマスコミに思い込ませたほうがいいかもしれません。ブルーアを参加させ、施設のゲートと武装警備を強化すれば、一匹狼のエージェンシー攻撃だというように売り込みやすいですよ」

カーマイケルは、自分のナンバー2であるメイズの顔を見た。声を大きくして、カーマイケルはいった。「ひとつ、これはエージェンシーに対するテロ攻撃だ。ジェントリーは、もらいそこねた給料の小切手を、ここまでわざわざ取りにくるわけではない。ふたつ、この一件は部内にとどめることがもっとも重要だ。だれもひとことも漏らしてはならない。われわれだけで始末する」カーマイケルはエレベーターを出て、照明が明るい廊下を、自分のオフィスに向けて歩いていった。

メイズは、ボスといい争ったほうがいいときと、ボスが自分の理屈と格闘しているときの見分けかたを知っていた。カーマイケルに追いつくと、メイズはきいた。「それで、ブルーアは……イエス、それともノーですか？」

カーマイケルNCS（国家秘密本部）本部長は、その直後に、メイズの意見がもっともだということを認めた。「使ってもいいかもしれない。しかし、プログラムに参加させる前に、ブルーアのことをもっと詳しく知りたい」

「信頼できますよ。わたしはいっしょに仕事をしたことがあります。指示に従うでしょう」

カーマイケルは歩度をゆるめて、メイズのほうをふりかえった。だが、カーマイケルが口をひらく前に、メイズがプラスティックのファイル・フォルダーを渡した。「二ページにまとめました。もっと必要なら、オフィスに届けさせます」

カーマイケルはファイルを受け取ったものの、こういった。「ぜんぶほしい。ヴァイオレイターの情報を知らされる人間のことは、隅から隅まで知っておきたい」

十分後、男五人と女ひとりが、優に十六人は収まるガラス張りの会議室に集まって、すぐに席につき、壁に二台ならんでいるモニターに全員が目を向けた。テルアヴィヴとの衛星通信はもうつながっていたが、出席者がカメラに映っていて準備ができたとイスラエル側の通信担当が伝えてくるまで、そちらの画面はただブルーに光っているだけだった。隣のもっと大きなモニターには、周辺まで含めたワシントンDCの対話型地図《インタラクティヴ・マップ》が表示されていた。

会議出席者の担当する作業は、それぞれが所属するCIAの極秘部門の性格を表わしている。通信担当にくわえ、NSA、NGA、米軍でもっとも精鋭の軍補助工作戦闘部隊JSOCと協力する局員が出席していた。科学技術本部の上級局員の向かいに、CIAアナリストがひとり座っていた。メイズNCS副本部長がはいってきて、テーブルの上座のあいた席の左に座った。

出席している局員のほとんどが、ヴァイオレイター対策グループで何年にもわたり仕事をしている。その間、現実とバーチャルの世界のどちらかで、世界中のさまざまな場所へ赴いた。しかし、ジェントリー狩りに関連して国内の地図を参照するのは、これがまちがいなくはじめてだった。

会議室の新顔は、ただひとりの女性でもあった。スーザン・ブルーアは三十九歳で、NCSの計画立案部に属している。CIAの保《セキュリティ》全手順の弱点を見つけて、そこを強化するのが仕事だった。スーザンは、扇動工作員になる可能性のある人間の名前をすべて知っているし、CIA局員に対する脅威の詳細、CIAをターゲットとする既知のすべての作戦、ワシントンDC在住の情報機関関係者に危害をくわえるという脅しを載せているウェブサイトを知りつくしていた。本人はスパイではないが、NCSのスパイたちを危険から護るのが自分の使命だと考えていた。

デニー・カーマイケルは、午後十一時四十五分に、決然と眉間に皺《しわ》を寄せ、堂々とした足取りではいってきた。近接警護官のドレンジが付き添っていて、カーマイケルが席に向かうと、会議ではたんなる傍観者であることを示すために、壁ぎわに陣取った。ドレンジの職務は、カーマイケルの身辺の安全をはかることに尽きる。

カーマイケルは、会議テーブルの上座にどさりと座った。向かいの壁には大きなモニターがある。まずスーザンに向かっていった。「スーザン、失礼ないいかたを勘弁してもらいたいが、きみはここでは臨時雇いだ。きみがいつも舵取りをしている事柄とはいささかずれているが、メイズ副本部長がきみを呼んだ。対策グループにアクセスするパスワードを教えるかどうかを決める前に、このすべてにきみが関係するのが妥当かどうかを判断したい。これまでどういうことを聞かされた？」

「国内のCIA局員に対する潜在的脅威があり、会議で説明され、仮の評価を求められるということだけです」

「きみのファイルを読んだ」カーマイケルはいった。「極秘状況でも、一貫して信頼できた。ターゲティング・オフィサー、対テロ担当官をつとめ、そのどちらの職務でも抜きん出ていた」

「ありがとうございます」

「だが、これほど困難な極秘状況には、直面したことがない」

スーザンが答えた。「自分にできることをお見せするチャンスをあたえていただきたいだけです」

カーマイケルは、メイズのほうを向いてうなずき、スーザンに要旨を説明するよう促した。

メイズがいった。「状況報告はこうだ。ヴァイオレイターという暗号名の元地上班軍補助工作員が、突然、米本土に現われた。付近にいる可能性が高いと、われわれは考えている」

スーザンが困惑してきいた。「それで、この元局員が、なんらかの脅威になるというんですか？」

メイズは、ひとことだけいった。「名前はコートランド・ジェントリー」

スーザン・ブルーアにとって重大な意味を持つ名前だということが、一同にはっきりとわかった。スーザンが、目をしばたたいた。「グレイマン？　グレイマンのことですね？　こっちにいるんですか？」

棘々《とげとげ》しい口調で返事があった。「われわれはヴァイオレイターと呼んでいる、スーザン。きみはいま、ウォータークーラーのそばで下級の管理職と雑談しているのではない」

叱られたスーザンがいった。「そうですね。すみません。でも、どうして彼が脅威なんですか？　わたしたちのほうが、彼を追っているわけでしょう」

メイズはいった。「いまも追っているし、やつもそれは知っている。もう五年になる。だから、やつがこんなふうに姿を現わすのは、おおいに怪しいわけだ。最終目的地へ向かうのに、たまたまこの地域を経由したとも考えられるが、われわれとしては、なんらかの攻撃的な作戦のためにこっちへ来た可能性を考慮しなければならない」メイズはつけくわえた。「結局、やつがやっているのはそういうことだからな」

スーザンが、唖然《あぜん》とした口調でいった。「だけど……彼にしてみれば自殺行為でしょう」

モニターの地図の横に、新しい画像が表示された。コートランド・ジェントリーのパスポートの写真。紺のブレザーを着て、金属製の細い縁の眼鏡《めがね》をかけている。五年以上前の写真だった。

スーザンがいった。「ずいぶん……平凡な感じね」

カーマイケルが、話にくわわった。「この元資産になにができるか、知っているか？」

「正直なところ、噂しか知りません。カフェテリアのおしゃべりのたぐいですよ。そのファイルは、排他的取り扱いを要求される秘密区分、ＳＣＩ（枢要区画格納情報）に指定されています」スーザンは、そういってから、すぐにつけくわえた。「もちろんご存じですね。本部長が指定なさったんですから」

「そうだ」カーマイケルは答えた。

スーザンが、言葉を継いだ。「わたしがお役に立つためには、わたしたちがなにに対処しようとしているかを知る必要があります。いただく情報が多いほうが助かります」

メイズがいった。「きみが知る必要があるのは、これだけだ。脅威は男ひとりだが、かなりの脅威だ。ジェントリーは、エージェンシーにいたときには、文句なしに最強の資産だった」

「何年くらいいたんですか？」

「十二年に近い」

「元兵士？」

「ちがう。若いころに潜在能力を見出され、それから、独立して現場作業を行なうずば抜けた若者を訓練する指導プログラムに投入された」

スーザンは、ボールペンを持って、目の前の罫線入りメモ用紙にペン先を当てた。グレイマンを相手にまわすことに、まだ驚きを禁じえないようだったが、すばやく落ち着きを取り戻して、仕事に取りかかろうとしていた。「プログラムの名称は？」

だれも答えなかったので、スーザンはメモ用紙から顔をあげた。会議室は静まり返り、全員がメモ用紙に当てられたボールペンを見つめていた。

数秒後に、スーザンはゆっくりとボールペンを引いた。「そうですか」

メイズが沈黙を破った。「9・11後、ヴァイオレイターは地上班の犯人引き渡し・直接行動タスク・フォースに配置された」

スーザンはいった。「わたしにはSAD（特殊活動部）の作戦に関する保全許可（一定の秘密区分の情報にアクセスするのを許可されていること）があります。タスク・フォースの名称を教えてくれませんか？」

カーマイケルが、どうでもいいというように手をふって答えた。「G S《ゴルフ・シエラ》。指揮官はマシュー・ハンリー」

スーザンはつぶやいた。「特務愚連隊《グーン・スクワッド》」

「それも聞いたことがあるんだな」

「まあ、ジェントリーのこととおなじで、語りぐさになっていることしか知りません。ここで最高のチームだったそうですね」スーザンは、すばやくあたりに視線を走らせた。ジェントリーの元上官がどうして出席していないのかと、怪訝《けげん》に思っていることが、一同にはありありとわかった。マシュー・ハンリーは、現在はSAD部長だから、この部屋で述べられる事柄すべてに保全許可があることはまちがいない。

そのことを持ち出そうとしたとき、スーザンの頭にべつの疑問が浮かんだ。「わたしが教えてもらえることのなかでいちばん重要なのは、そもそもわたしたちがジェントリーを追うようになった理由だと思いますけれど」

スーザンはメイズに目を向けたが、メイズは黙ってカーマイケルのほうを向いた。一部始終のこの部分を知らせるかどうかは、カーマイケルの一存にかかっているようだった。

カーマイケルが口をひらく前に、姿の見えない相手の声が、会議室に響いた。「オールバック長官との衛星通信がつながりました」

メイズが、画像をモニターに表示するよう通信担当に命じた。

壁でブルーに輝いていた大きな画面が、息を吹き返した。メナケム・オールバックが、いちばん上のボタンをはずしたボタンダウンの白いシャツ姿で、デスクに向かって座っていた。七十二歳になるメナケムは、猪首《いくび》で腹が出ているが、血色がよく、長めに整髪した黒髪には、まだほとんど白髪がなかった。機嫌の悪い疲れた顔だったが、カーマイケルの知っているかぎりでは、つねにそんなふうだった。カーマイケルは、現在はモサド長官のオールバックを長年知っているが、ぐっすり眠っているのを起こされ、愛犬が死んだことを知らされた、とでもいうような仏頂面《ぶっちょうづら》しか見たことがない。

カーマイケルとオールバックがはじめて会った場所は、一九八五年のベイルートの防空壕だった。レバノンが十七もの派閥に割れて内戦が燃え盛っていたときに、ふたりともそれぞれの国の情報機関の現地責任者だった。カーマイケルはＣＩＡではまだ新人だったが、その前に軍の情報機関に十年勤務していたので、ＣＩＡとモサドが緊密な協力関係にあった当時、木強漢《ぼっきょうかん》のモサド工作員とうまく力を合わせて働くことができた。

カーマイケルとオールバックは、そういう関係を一九九〇年代までつづけ、9・11後はさらに緊密に仕事をするようになった。カーマイケルは香港支局長をつとめたあと、SAD部長に抜擢《ばってき》された。SADは軍補助工作員から成る攻撃的な部隊で、テロとの戦いの最中には頻繁に駆り出された。SAD部長を数年つとめたカーマイケルは、ふたたび昇進し、こんどは国家秘密本部そのものの運営を任された。

カーマイケルがアメリカの情報機関でぐんぐん出世してきたのとおなじように、オールバックもモサドの世界の高みに昇り、先ごろイスラエル情報機関の親玉になった。

カーマイケルは、オールバックとしばらく話をしていなかったので、ふつうなら健康や家族の消息をたずねるところだったが、無駄話をする気にはなれなかった。「なにがわかっているんだ、マニー?」

オールバックが、六十年来の喫煙者のがらがら声でいった。「われわれはきみたちに謝らなければならない。きみたちの配下のジェントリーと接触があったのに、取り逃がしてしまった。それに、どうやらジェントリーはきみたちの作戦地域に逃げ込んだようだ」

カーマイケルは応じた。「不正確な言葉遣いが気になるね。だいいち、ジェントリーはわれわれの配下ではない。ターゲットだ。それに、DCはわれわれの作戦区域ではない。わたしの本拠地だ。CIAは本土では作戦を行なわない」

オールバックが、片方の眉をあげた。そんな仕種《しぐさ》にも、もともと低いエネルギーをだいぶ使わなければならないように見えた。「これからわたしがいうことによって、それが即刻変わるという気がする」

「話してくれ」

「知っているだろうが、ジェントリー氏は先ごろ、われわれの首相が暗殺されるのを食いとめた。わたしは政治家をあまり尊敬していないから、取るに足らないことだ。しかし、わたしの組織の幹部ひとりが感謝し、ジェントリー氏がヨーロッパから脱出するのに独断で手を貸した。それがわかったのは本日だ。いうまでもないが、事情聴取のためにその幹部の身柄は拘束してある」

「ジェントリーはどうやってヨーロッパを脱出したんだ？」

「ポルトガルのアヴェイロという街でコンテナ船に乗った。われわれはその船の行方を追ったが、探しはじめたときにはすでにチェサピーク湾にはいっていた。もちろんそちらにすぐさま連絡したが、ジェントリー氏には船をおりて岸まで行く余裕があったようだね」

カーマイケルは、間を置いて怒りを鎮めてから口をひらいた。「そちらの幹部には、ジェントリーの重要性がわかっていなかったようだな」

「ジェントリー氏がＣＩＡのお尋ね者になっていると、彼は聞かされていた。手強《てごわ》い相手で、われわれ双方の国にとって敵であるといわれていた」

「それでじゅうぶんだろう？」

会議テーブルのまわりで、何人かが困惑して顔を見合わせた。いっぽう、ジョーダン・メイズは、老練なスパイふたりのやりとりに動じるふうもなかった。

オールバックがいった。「ジェントリーの犯した罪が具体的にどういうものなのか、彼は知らなかった」

カーマイケルは、眼鏡の下でまぶたをこすり、椅子に背中をあずけた。「なあ、マニー、きみはわたしに最悪のくそサンドイッチをよこしたんだぞ。いくら手を貸してくれても、もう間に合わない。その裏切り者を搾《しぼ》りあげて、あらいざらい情報を聞き出すのが精いっぱいだろう」

部下を裏切り者呼ばわりされたのが気に入らなかったとしても、オールバックはそれを顔に出さなかったが、こう答えた。「わたしの幹部は、祖国を裏切ってはいない。われわれの政府が首脳を失うのを防いだ男に報いたのだ。情報のことだが、わたしがじかに訊問して、なにもかも聞き出す。しゃべる気になるように、何日か独房に入れておいてから」

「徹底してやってくれよ」

オールバックの疲れた顔が、すこし引き締まった。「訊問のコツに関してモサドがＣＩＡから学ぶことは、なにひとつない。わかったことは教える」オールバックが、カメラのほうにすこし身を乗り出した。「それまで……今夜はドアをしっかりロックしておくことだな。先月、きみたちのこの元資産は、ヨーロッパ中を炎上させた。その破壊の跡に関する事後報告書を読んだ。彼は絶大な才能に恵まれた殺人マシーンだ。わたしは彼を怒らせたくないね」笑みを浮かべて座り直すと、オールバックはデスク・コンソールのボタンに手をのばした。「エリナによろしく」オールバックがボタンを押し、画像が消えた。

カーマイケルは、会議室の面々にはまったく目を向けなかった。息を吐き、宙を見つめた。

「マニーの野郎」

　出席していたアナリストのひとりが、カーマイケルの思索を破った。「カーマイケル本部長、極秘であるようなら、指摘したことを謝りますが、このターゲットを追っている理由について、オールバックはわたしよりも詳しく知っているように見受けられました。ヴァイオレイターは、イスラエルとどういう交渉があるのですか？」

　カーマイケルは、ぞんざいに答えた。「ジェントリーは、SADの仕事をしていたときに、ある作戦にくわわった。イスラエルにもちょっとしたことで出番があった。マニーはそれを知っている。きみは知らない」肩をすくめた。「きみの仕事には無関係だ」

　アナリストがいった。「どうして彼がそこまでしてイスラエル首相を護ったのか、理由がわかると、わたしたちに役立つかもしれません。わたしたちの知っている彼の特徴と一致しませんから」

「ジョージ……だめだ」カーマイケルがかなりいらだって、きっぱりとそういったので、ジョージというそのアナリストは、片手をあげて引きさがった。

　スーザンは、その一幕をすべて頭に叩き込んだ。対策グループの一員が、ヴァイオレイターについて質問するのを見て、唖然とした。ヴァイオレイターを捕らえるのが仕事なのに、前にヴァイオレイターが参加した作戦の詳細は、明らかに必知事項《ニード・トゥー・ノウ》には含まれていない。

　カーマイケルがスーザンのほうを向いた。その動きの速さに、スーザンは驚いた。「よし、スーザン。その席につく力量があるのを示してもらう潮時だ。相手がどういうやつかはわかっただろう。われわれにどういう行動を提案する？」

スーザンはまわりを見て、自信なげな声になった。「ここには外部の主体の代表がいませんね？」

「外部の主体？」

「こういう場合の手順として……つまり、国内の脅威ですから……ＦＢＩを呼ぶのが」

カーマイケルは、溜息をついた。スーザンの意見に失望していた。「ＦＢＩ《ビューロー》は抜きだ。司《Ｄ》法《Ｏ》省《Ｊ》の派手な捕り物はだめだ。ワシントンＤＣ近辺にいるのはひとりだけだ。われわれが処理できる。われわれのとるべき第一歩について述べてくれ」

スーザンはいった。「正直いって、パリやブエノスアイレスか、あるいはトロントだったら、作戦上の観点からの選択肢はもっと多いでしょう。でも、ＤＣはわたしたちの縄張りではありません。警備チームの乗ったヘリコプターが議事堂の上を飛んだり、監視チームのバンがペンシルヴェニア・アヴェニューを走ったりするわけにはいかないんです」

カーマイケルは首をふった。「われわれが自由に使える資源でも、防諜手順はある。一時的にさまざまな資産を投入できる。機密《ＴＳ》（秘密区分のもっとも高度なもの）保全許可のある警備会社に命じてもいい。ＪＳＯＣ《ジェイソック》の戦闘員を呼んでもいい」

スーザンは仰天した。「ＪＳＯＣ戦闘員？　デルタ・フォースのことですか？」

メイズが指摘した。「何年も前から、その俗称は使われていない。しかし、特殊任務部隊であることに変わりはない。その連中だ」

「アメリカ国内での直接行動任務に使うんですか？」

「そうだ」カーマイケルが、にべもなくいった。

　これほどの作戦の経験はないというカーマイケルの指摘が正しかったことを、スーザンは悟りはじめた。「それには長官の承認が必要になり、長官は大統領の承認が必要になります」

「わたしは長官の承認を得ているし、ヴァイオレイターについて長官とアメリカ合衆国大統領《POTUS》のあいだには既存の合意がある」カーマイケルは、にんまりと笑った。「大リーグにようこそ、ブルーア。このプログラムに参加したいのなら、プログラムに慣れてもらわないと困るぞ」

　スーザン・ブルーアは、全員の視線を浴びているのを意識して、瞬時に気を静めた。それから手をのばし、インターコムのボタンを押した。部下が勝手にそういうことをしたのに驚いて、メイズとカーマイケルが顔を見合わせた。スーザンは、出席者のなかでもっとも地位が低かったが、なかなか度胸があるようだ。

　通信担当が、インターコムに出た。

「通信です」

「首都警察と民間の監視カメラ・ネットワークへのアクセス状況は？」

「あすの午前七時までには、全システムにアクセスできます」

「顔認識は？」

「準備できています。データがはいれば、すぐに取りかかります。時間がかかりますよ。コンピュータで多数のカメラの画像を確認しないといけないので」

「わかった。緊急出動組織《ファースト・レスポンダーズ》（警察・消防・救急など）の無線周波数帯は傍聴している？」

「それは……」

「やって。警察、救急、消防。彼と人相風体が一致する単独の対象が関係している、変則的な出来事に目を光らせるのよ。彼が一匹狼だとしたら、近郊で車を盗んだり、建物に押し入ったり、質屋を襲ったりするかもしれない。貨物船にそんなに長いあいだ乗っていたのなら、女を買うか、マッサージ・パーラーで一発抜いているかもしれない」

「ただちに取りかかります」

　会議室は静まり返っていた。やがてカーマイケルが、メイズに目を向けた。「わかった。納得した。スーザンをヴァイオレイター対策グループに入れ、戦術作戦センター《TOC》を指揮させる。スーザンは防御を運営し、攻撃ではきみの部下になる。この二年間のヴァイオレイターの行動についてわかっていることからはじめて、ヴァイオレイターについての主要情報をスーザンに見せる」

　スーザンは、小首をかしげた。「彼は五年間逃走しているとおっしゃいましたね」

　カーマイケルは、スーザンを睨《にら》みつけた。「情報は二年分だ。やつの手口のプロファイルを作成するには、それだけの経歴でも余りある」

スーザンは、それ以上求めなかった。「ありがとうございます」

カーマイケルは、全員に向かっていった。「よく聞け。ヴァイオレイターは、長期間、われわれから逃げていた。それが、急にわれわれのまっただなかに帰ってきた。そのことは、やつが防御から攻撃に転じた可能性があることを示している。きみたちはみんな、かなり困惑しているはずだ」

地図を指さした。「そこでやつをできるだけ早く見つけなければならない。街をやつが自由に歩きまわる時間が長ければ長いほど、攻撃を開始する前の作戦準備時間が増す」カーマイケルは、首をふった。「そんな時間をあたえはしない」

5

コート・ジェントリーは、闇に立っていた。小雨が頭と肩に降りかかり、遊び場の錆《さ》びた滑り台の階段にもたれているせいで、ブレザーの背中がぐっしょりと濡れていた。ジェントリーは、足踏みをしたり、両手に息を吐きかけたりして、体を温めようとした。

ジェントリーは、狭い公園に立ってふるえながら、通りの向かいにある荒れ果てた平屋のポーチに立っている、赤いパーカを着た若い白人を観察していた。その男が煙草《たばこ》に火をつけて、四方を見まわし、見張っているものがいないかと探した。ジェントリーは三〇メートルしか離れていないところにいたが、気配を完全に消していた。男はジェントリーに気づかずにもっと遠くを眺め、四方をひとしきり見てから、ポーチを離れ、通りを歩いていった。

男が南のブロックの角をまわって見えなくなるまで、ジェントリーはずっと見守った。

男が視界から消えると、ジェントリーは平屋に注意を戻した。家賃の安い低層の共同住宅二棟にはさまれ、白く塗られた下見板張りで、小さなフロント・ポーチがあり、対戦車ミサイルの直撃にも耐えられそうな黒い金属性ドアが目につく。監視カメラが二台見えた。一台はポーチの右手の私設車道《ドライヴウェイ》を監視し、もう一台は近づくものをすべて記録するために、正面玄関のドアのほうを向いている。

鉄条網付きの高い木の塀が、狭い裏庭を囲み、通りで物音がすると、獰猛《どうもう》な犬がそこで吠えたりうなったりする。

ジェントリーは、そういった光景をじっくりと眺めながら、また手に息を吐きかけた。治安の悪い人口密集地にある荒れ果てた家で、出入りの場所の警備を強化し、柄《がら》の悪い痩《や》せた白人の若者が出入りしている。

どういう場所なのかは、考えるまでもなくわかる。

麻薬組織の密売所だ。

八番ストリートSEで、強盗志望者たちと遭遇してから三十分後に、ジェントリーはサヴァナ・アヴェニューのガソリンスタンドの裏で、小袋《バケ》入りのヘロインか覚醒剤《シャブ》を売っている男を見た。ジェントリーは駐車場の暗い隅に身をひそめて観察し、シャブ中《メス・ヘッド》に特有の顔（覚醒剤常用者は顔に赤い斑点や吹き出物などができることが多い）だったので、H《ヘロイン》を売っているのではないと判断した。ということは、売人であると同時に常用者で、売り物を自分も使っていると考えられた。売ったあとで、その痩せた男は電話をかけた。ジェントリーの場所からは盗み聞きできなかったが、男が電話を切ってから通りを歩き出したので、金を渡してもっと仕入れるために麻薬密売所へ行くのかもしれないと思った。

その読みは当たった。ジェントリーは痩せ細った若者を七ブロック跟《つ》けたが、いきり立って極端に疑り深くなっていた若者が、しじゅう肩ごしにふりかえるので、それがびっくりするくらい厄介だった。物蔭にしゃがんだり、ウィーラー・ロードを猛スピードで走る車を縫《ぬ》って歩いたりしなければならなかった。だが、その下っ端売人がジェントリーの行きたい場所に向かっているのがわかっていたので、尾行をつづけた。

男がようやく、ブランディワイン・ストリートにある下見板張りの平屋に着いた。鉄のドアを四回ノックし、胸の高さにある細い穴からなにかを渡してから——現金にちがいない——ポリ袋にはいったなにか——麻薬にちがいない——を受け取った。男が通りを歩いていくのをジェントリーは見送った。すぐにおなじような常用者らしい白人の若者が現われ、さっきとおなじ手順で受け渡しをした。それで、ここが目当ての場所だということが裏付けられた。

ジェントリーは、近所の家の裏庭伝いに麻薬密売所の裏の敷地をもっとよく観察しようかと思ったが、獰猛なピットブルがそこでうなっていたので、考えを変えた。敷地にだれかがはいって玄関ドアをノックするたびに、犬はひどく逆上していたので、警戒されることなく家に接近することはできないと、ジェントリーは判断した。そこで、放置されたアスファルト舗装の公園へ移動し、遊び場に立って、そこから麻薬密売所を見張り、どうしようかと計画を練った。

家のなかになにがあるかは、はっきりとわかっているつもりだったが、何者がいるかは見当がつかない。エルサルバドル人ギャングのMS-13か、あるいは白人至上主義者かもしれない。私設車道にバイク三台がならべられて、鎖でつないであるから、バイカー・ギャングかもしれない。だが、バイクは古くて汚く、ジェントリーのイメージでは、バイカー・ギャングがこれ見よがしに乗りまわすようなものではなかった。そこで、ヘルズ・エンジェルズやアウトローズMCのたぐいではないと判断した。

ほかにも、なかにいる人種がはっきりとわかる手がかりがあった。私設車道にピックアップ・トラックが一台とまっていた。新しい型のダッジ・ラムで、色はキャンディ・アップル・レッド、リアウィンドウには南部連邦旗のデカールが貼ってある。この麻薬密売所で商売をやっているのは、DCブラックス、クリップス、ブラッズなどの黒人ギャングではない可能性が高い。

しかし、ジェントリーがほんとうに関心がある対象は、なかにいる人間ではなかった。密売所にはいり込むつもりだったので、敷地の警備状況のほうに関心があった。間抜け落とし《ブービートラップ》のたぐいの仕掛け（仕掛け爆弾もそのひとつだが、もっと単純な罠も含まれる）、偽の入口、侵入者を捕らえる罠など、防御を固めてある場所を知りたかった。銃のことは、まだ考えていない。銃はあるに決まっている――わが身を大切にする麻薬密売業者が、手の届くところに武器を置かずに、アメリカ国内で商売をするはずがない――だが、銃はジェントリーにとって難題ではなかった。

むしろ、あるのをあてにしていた。

ジェントリーは時計を見た。午前零時まであと二十分。平均的な人間の体内時計がもっとも不活発になる午前三時まで、ここで待っていようかと、ふと考えた。だが、ぐずぐずしてはいられないと、すぐに考え直した。シャブ中《メス・ヘッド》の生活時間は狂っているし、午後四時より午前四時のほうが興奮して警戒しているかもしれない。だからいますぐに行動しよう、と決断した。

遊び場の闇を離れて、歩道に出た。

麻薬密売所には行かなかった。半ブロック戻り、さきほど売人を尾行したときに見つけた、鍵がかかっていない車庫へ行った。車庫にはいって、手探りで進み、作業台の電気スタンドのスイッチの紐《ひも》を探り当てた。光がひろがらないように、紐を引く前にブレザーを脱いで、電気スタンドにかけた。

紐を引いてから、一台しかはいらない狭い車庫のなかが照らされるように、ブレザーをすこし持ちあげた。作業台に工具がいくつか置いてあり、木の棚にも工具があった。必要なものを取ると、電気スタンドを消し、手探りで戻った。

数分後、ジェントリーは麻薬密売所の前で通りを渡った。両手にはなにも持たず、脅威には見えない。近づくにつれて、インダストリアル・メタルの轟音が聞こえた。狭い私設車道を進み、バイクとダッジのピックアップのそばを通って、階段からポーチにあがった。窓には板が打ちつけてあり、ドアはこれ以上ないくらい頑丈にできているのに、そこでは強烈な爆音が鳴り響いていたので、ジェントリーは閉口した。

ドアを見ながら、この入口の警備手段をたしかめようとした。かんぬきがあり、何本ものチェーンでロックされているにちがいない。それに、ドアを壁に固定する、〝デッド・マン〟と呼ばれる、曲がった太い鉄パイプもあるだろう。

なかの人間が入れてくれないかぎり、そのドアからははいれないと、ジェントリーにはわかっていた。入れてもらえる見込みも薄い。

ドアを四度強く叩くと、裏庭の犬が逆上して吠えた。

数秒後、ドアのまんなかの高さ一〇センチ幅三〇センチの穴があき、稲妻のような光がポーチを照らし、けたたましいヘヴィメタが轟《とどろ》いて、ミルでコーヒーを挽《ひ》くような甲高《かんだか》い声が音楽よりもひときわ大きく聞こえた。「てめえ、なんの用だ?」

ジェントリーは、腰をかがめて穴を覗いた。シャツを着ていない三十代の禿頭の男が、ドアからすこし離れて立っていた。胸と首に入れ墨があり、肌が汗でぬめぬめと光っていた。左手に火をつけた煙草を持っている。

白人のクズそのものだ。

ジェントリーは、男の胸のスミ《インク》をすばやく見た。左胸筋の上に1と2という数字が彫ってある。その意味をジェントリーは知っていた。数字はアルファベットの何番目の文字であるかを表わしている。AとB。

このクソ野郎は、アーリアン・ブラザーフッド(刑務所内を本拠とする白人至上主義者で、出所した人間も含め一万五千人いると見られている)だ。

その男が、右手を太腿《ふともも》のうしろにまわして、なにかを隠していることもわかった。

「なんの用だ、馬鹿野郎?」

「一発ほしいんだよ」ジェントリーはその場しのぎにそういった。最近、街で覚醒剤がどういう隠語で呼ばれているのかを知らない。何年もアメリカ本土から離れていたし、覚醒剤を買ったことは一度もなかった。よく来るような街の売人ではないと気づいた白人至上主義者が、ひどく疑り深い目つきになった。

その男がいった。「失せろ」

「ここへ来ればいいって、あんたの手下にいわれたんだ。自分のはなくなったって」

「どいつだ？」

「サヴァナの〈エクソン〉にいた痩せたやつ」

ドアの前のスキンヘッドに、もっと若い男がうしろから近づいた。長髪で、白いタンクトップを着ている。両腕に緑色のクローバーと1と2の数字の袖状の入れ墨があった。首には88と彫ってある。アルファベットの八番目の文字を意味している。ＨＨ。

ハイル・ヒトラー。

ろくでもないやつだ。

若い男がいった。「そいつはジュニアのことをいってるんだ」

「そう、ジュニア」ジェントリーは、重ねていった。

禿頭の男がうしろに手をのばして、タンクトップの若者の胸を小突き、覗き穴から見えないところに押しのけた。ジェントリーのほうに向きなおり、疑念と怒りのあまり、目を剝《む》いた。「くそったれ。おれのポーチからどけ」右手を腰のうしろから出して、折り畳み式銃床の黒いＡＫ－47を見せた。

ジェントリーは、両手をあげた。「だいじょうぶだ、ブラザー。売ってくれたら帰るから」ポケットから札束を出した。一ドル札六枚の上に、十ドル札一枚を重ねてある。それを差しあげ、十六ドルしかないのがばれないように、顔の前でふりつづけた。「ほら、金はある」

「ここは〈マクドナルド〉のドライヴスルーじゃねえんだ、間抜け野郎！　行っちまえ」男がドアに突進してきて、穴を閉めた。べつの男の声が聞こえた。禿頭の男や若い男の声ではなかった。そのあと、女のわめく声。ヘヴィメタの爆音のなかで聞こえるように、だれもが大声を張りあげていたが、ジェントリーにはひとことも聞き取れなかった。

お茶に誘われることはありえないし、取り引きもできないだろうと、ジェントリーは考えていた。麻薬密売所はお客を歓迎する小売店とはちがう。やりとりに乗じてなかを覗き、防御を推し量り、敵を評価したかっただけだ。

玄関をはいったところの部屋に四人いて、そのうち三人が男だった。ライフルは一挺しか見ていないが、なかの連中は麻薬で脳みそが腐って、極端に疑り深くなっている。全員が銃を持っているにちがいない。

なかに三人以上いるとわかったら、仕切り直してべつの臨機目標を見つけようと、ジェントリーはさきほど自分にいい聞かせた。

しかし、時間がたつばかりで、凍えてきたし、四人も三人もそう変わりはない。

ここの任務を続行しよう。

なかにいる全員がもっとびくついて神経を高ぶらせるように、ジェントリーはまたノックした。

「てめえ、ぶっ殺すぞ！」禿頭の男がどなり、さらに荒々しく「失せろ！」とつけくわえた。

ジェントリーは、大きな溜息をついた。軽い口調で、「おやすみ」といい、向きを変えてポーチからおりた。

だが、歩道や通りには戻らなかった。私設車道へ行くと、こちらを見おろしているカメラを見あげた。家の横手の日除けの下にあり、手が届く高さの四〇センチ上だった。レンズはダッジ・ラムとバイク三台に向いていた。

ジェントリーは、ラムの横へ行って、ブレザーの内側に手を入れ、ウェストバンドからハンマーを抜き、ポケットから油のしみたボロ布とライターを出した。ハンマーの釘抜きを使って、ラムのフューエル・リッドをこじあけ、キャップをはずして、ボロ布を燃料タンクの奥へ突っ込んだ。

すばやくそれに火をつけた。

つぎにカメラの真下に行き、ハンマーをそっとほうりあげた。ハンマーがぶつかってカメラが動き、レンズが雨空のほうを向いた。

ジェントリーは、落ちてきたハンマーを受けとめ、私設車道を裏門のほうへ行った。途中でふりむいて、ハンマーをふりかざし、上手投げでラムのフロントウィンドウに投げつけた。ガラスにひびがはいり、甲高い警報が鳴りはじめた。

6

一二ゲージのショットガンを持った男ふたりが、下見板張りの平屋の裏口から駆け出して、ポーチの脇から跳びおり、私設車道に通じる鍵のかかった門へ突進した。ひとりが歩度をゆるめて、体重四〇キロのピットブルを鎖から放った。敷地の表のけたたましい警報に向けて、ピットブルがふたりといっしょに走った。それを引き起こした人間も、そっちにいるはずだった。門のところでひとりが、ただひっかけてあるだけだった大きな南京錠を木の柵のステープル・ハスプ（蝶番式の穴あき金具［ステープル］と、穴に通して南京錠をかけるかすがい［ハスプ］を組み合わせたもの）からはずし、門を蹴りあけた。だれかがそこで待ち伏せていた場合に備えて、ショットガンを高く構えていた。ピットブルが私設車道を走り出し、正面にだれもいないとわかると、男は荷台のあおりをのぼっている火を消すために、ダッジのピックアップのほうへ駆け出した。

ふたり目は、一二ゲージのショットガンを四方に向けながら、すぐうしろにつづいた。ダッジ・ラムの燃料タンクに突っ込まれたボロ布が燃えているのに気づき、いまにも爆発するかもしれないと思って、一瞬ためらった。もうひとりは、勇敢なのか愚かなのかわからないが、ピックアップを必死で救おうとして、炎に向けて突き進んだ。

コート・ジェントリーは、門のそばの茂みにしゃがみ、暗い裏庭からピットブルが突進してくるのを見ていた。歯をきしらせている筋肉の塊みたいな大きな黒い影が、解放されたのをいいことに、ひろびろとした場所に向けて突っ走り、ジェントリーのそばを通り過ぎた。ピットブルのうしろから、いずれもガリガリに痩《や》せて顔が青白い男ふたりが、門を駆け抜け、木の銃床のショットガンを前で構えて、私設車道をダッジ・ラムに向かった。ひとりが一瞬歩度をゆるめ、ためらったが、すぐにまた進みつづけて、燃えているボロ布の前の仲間に追いついた。

ジェントリーは、そっと裏庭にはいって、門を閉め、落ちていた南京錠の掛け金をかすがい《ハスプ》に通して、しっかりと施錠した。

裏に照明はなかったが、雨空がほんのりと明るかったので、あたりがぼんやりと見えた。裏庭全体が、高さ三メートルの柵に囲まれていた。雑草が茂って、ゴミだらけだった。壊れて草に覆《おお》われたシヴォレー・モンテカルロが、裏ポーチ近くの柵沿いで、ブロックに載せてあった。表とおなじように、裏手の窓にも板が打ち付けてあった。裏口は金属とプレキシグラスのストーム・ドア（二重ドアの外側のドアで、形状はさまざま。雨風を入れない、断熱に役立つ、風通しができる、頑丈であれば防犯に役立つなど、さまざまな機能がある）だった。

ジェントリーは、シヴォレーのそばを通りながら、ズタズタになった古タイヤを叢《くさむら》からひっぱり出した。非常用の小さなスペアタイヤなのに、一〇キロ近い重さだった。右手で重さの大部分を受けとめると、怪我をしている右前腕が痛んだので、左腕でかつぎ、ポーチに向かった。

階段を昇ろうとしたところで、ぴたりと足をとめた。なにかのせいで、危険を察知する勘が働いた。すぐにわかった――そこが明るく照らされていないのは、奇妙だった。敷地のほかの部分の警備手段を考えると、つじつまが合わない。もちろん、その裏口にブービートラップのたぐいが仕掛けられていれば、つじつまは合う。

ジェントリーはまだライターを持っていたので、火をつけてかざした。そのとたんに、顔の前の五、六〇センチ離れたところにぶらさがっていた金属が光るのが見えた。十数本の釣針が、地面から一七〇センチの高さにテグスで吊ってある。平均的な身長の男の目の高さだ。テグスの仕掛けを取り付けた細い針金が、裏ポーチへの階段の左右の柱に結びつけてあった。この警備手段に気づかなかったら、顔に釣針がひっかかって目を引き裂いたにちがいない。この密売所に住んでいるか詰めている人間は、裏ポーチの階段を使ってはいけないことを知っている。高さ六〇センチのポーチから地面に降りるときには、階段の脇を乗り越えるのだろう。

それがやりやすいように、右手に牛乳の木箱があるのが見えた。ジェントリーは釣針の罠を避けて、木箱を踏んでポーチに登り、ドアまで行った。

私設車道から叫び声と犬の吠え声が聞こえ、左手の門がガタガタ音をたてていた。アーリアン・ブラザーフッドのふたりとナチス犬は、はめられたことに気づいたようだ。

頑丈な裏のドアの把手《とって》に手をかけようとしたとき、光がポーチにあふれ出し、ドアが勢いよくあいた。戸口に男が現われ、うしろの電球に照らされた。カラシニコフAK－47を高く構えている。ジェントリーは突進して、右手でAK－47を横に払い、重さ一〇キロのタイヤを左手で男の顔に叩きつけた。タイヤが顎に命中し、首ががくんとうしろに折れて、男が床に倒れた。

ジェントリーは、気を失いかけている男をまたいで、家にはいり、金属製のドアを閉めてロックした。そこは明かりがほとんどない暗い廊下だった。暗い色の鏡板が貼られ、床は安物のリノリウムだった。煙草、マリファナ、腐ったゴミのにおいが、鼻孔を襲い、目にしみた。それに、地獄でライブをやっているのかと思うような音量のヘヴィメタが、やむことなく鳴りつづけ、五感が狂いそうだった。

ジェントリーが膝をついてAK－47を拾いあげかけたが、手が届く前に、左前方の戸口からべつの男が跳び出し、裏口に向かおうとした。やはりAK－47を持っていたが、家のなかに脅威があるとは思っていなかったので、撃てるように構えてはいなかった。

首に88の入れ墨があるアーリアン・ブラザーフッドの若者だと、ジェントリーは見分けた。その男が銃口を向けると同時に、ジェントリーはタイヤを下手投げで投げた。ヘヴィメタのハンマーで叩くようなドラムの音のなかでも、タイヤが顔に激突する音が聞こえた。

若者の首がうしろに吹っ飛び、ドア枠にぶつかった。若者がずるずるとくずおれ、意識を失って、廊下の床に仰向《あおむ》けに転がった。

顎にタイヤをお見舞いされた裏口近くのアーリアン・ブラザーフッドの男が、ゆっくりと膝立ちになって、AK‐47を取ろうとしたが、ジェントリーが血まみれの顔を蹴った。男の体が吹っ飛び、ロックされたドアにぶつかった。

ジェントリーは、落ちていたAK‐47を持ちあげたが、そのときに甲高《かんだか》い悲鳴が聞こえたので、肩ごしにうしろを見た。鏡板張りの廊下のいちばん奥、七、八メートルほど離れたところで、女がなにかをふりかざしていた。

ジェントリーは、すぐさまそれを見分けた。驚きのあまり、ひるまずにはいられなかった。刀だった。昔ながらの日本刀だ。

まずい。

さらにぞっとしたことに、刀をふりまわしているのは、シャブ中《メス・ヘッド》だった。女は二十代か三十代だろうが、皮膚がぱさぱさに乾いて、なめし革のようになり、あばたのできた顔の骨に張りついている。露出している皮膚は、腕も首もかさぶたと入れ墨に覆われていた。ホワイトブロンドの髪はべとついて薄くなり、黒いTシャツとジーンズは、破れ、擦《す》り切れていた。

女自体が、その手に握られている刀とおなじくらい恐ろしかった。

刀を持ったメス・ヘッド女が突進してきた。刀の扱いを知らない。ジェントリーには瞬時にそれがわかった。狭い廊下では、刀の切っ先を前方に向けて進むべきなのに、女は左右にふりまわして、刃を壁に叩きつけながら、がむしゃらに近づいてきた。

女だからといって、ジェントリーは特別扱いをする必要を感じなかった。武力と武力が衝突するときには、騎士道精神も性のちがいも関係ない。何年も前にそれを訓練で叩き込まれていた。ジェントリーは、女をたんなる脅威と見なした。ひとつのターゲットだと。AK‐47を肩付けして、セレクターを親指で〝単射《セミオート》〟に押しさげ、女の胸を照星に捉えて、引き金に指をかけた。

だが、引き金を引いて女を斃《たお》す前に、家のなかのどこかから連射《フルオート》の銃撃が湧き起こった。廊下の鏡板に突然、ギザギザの穴が点々とできた。廊下の両側に穴があいたが、右手から撃っているのだとわかったので、ジェントリーは左肩を下にして転がり、冷たいリノリウムに倒れて、AK‐47で応射した。そばの壁ごしに、銃弾が飛んでくる方角へ弾丸を送り込んだ。

刀を持った女は、ジェントリーのところへ達する途中で銃弾をくらった。見えない襲撃者が放ったうちの一発が、鏡板を貫き、女の両腿を貫通した。女はよろけ、ぶざまに膝をついた。刀が両手から飛び、カチンという音をたてて床に落ちると、柄《つか》を先にして、ジェントリーのそばまで滑ってきた。

ジェントリーは刀には目もくれず、目の前の壁をAK‐47で撃ちつづけた。長く狭い空間でライフルの銃声が大音響で響き、耳が悲鳴をあげたが、ジェントリーは銃身を左右に動かして薙射《ていしゃ》した。襲ってくる銃撃を制圧しようと必死になり、片時も射撃を中断しなかった。熱した空薬莢《からやっきょう》が排莢《はいきょう》されて、四方の床で跳ね、顔に当たった。鏡板の破片がまぶたに当たり、顔や服に降りかかった。

飛んでくる銃弾の量がすさまじく多かったので、相手の武器は一挺ではなく、ひょっとす

るかもしれなかった。ＡＫ－47の弾薬を撃ち尽くすと、這《は》っていって近くにあったもう一挺を拾いあげた。汚いリノリウムにへばりつくように伏せて、床を足で押して進みながら、なおも撃ちつづけた。三〇センチと離れていない頭の上で、飛んできた銃弾の一発が壁に大きな穴をあけた。ジェントリーは、その穴にＡＫ－47の銃身を突っ込み、左右に動かしながらふたたび撃った。何者を撃っているのか、なにを撃っているのかは、脳裏になかった――いまや訓練と長年の経験が、行動を支配していた。命懸けの戦いの最中に、秒速七一五メートルで壁ごしに送り込んでいるちっぽけな弾丸が、どういう結果を引き起こしているかを考えているひまなどない。

二挺目のＡＫ－47もついに弾薬が尽き、空《から》の薬室がカチリと音をたてたので、ジェントリーは一瞬じっと横たわり、耳を澄ました。激しい銃声が耳を痛めつけ、べつの部屋で鳴っているヘヴィメタが延々《えんえん》とつづいていたが、銃撃が熄《や》んだことだけはわかった。三メートル離れた床で女がうめいたが、それには目もくれず、ジェントリーは片膝を立てた。

ＡＫ－47をそばの床に落とし、刀をつかみあげた。立ちあがって、敵が隊伍を整えてまた攻撃してくる前に、つぎの脅威に近づくために、廊下を進んでいった。

女のそばへ行ったとき、ほかに武器を持っていないかをたしかめることにした。クラックのパイプと二十ドル札の厚い札束とライターがあっただけだった。血みどろの太腿《ふともも》を見て、傷口の位置からして動脈は破れていないと判断した。女はたぶん生き延びるだろう。

女はもう戦えないだろうとジェントリーは思ったが、立ちあがろうとしたときに、女が見あげて、歯を剝《む》き、爪で目を引っ搔《か》こうとした。

ジェントリーは刀の柄《つか》で女の左こめかみを殴った。女がたちまち昏倒《こんとう》した。ジェントリーは、女のジーンズのうしろのウェストバンドをつかみ、床から持ちあげた。右手に刀を握り、左手で女をぬいぐるみの人形みたいにひきずっていった。

リビングにステレオがあるのを見つけて、電源を切った。そのとたんに、表のふたりがなかに戻ろうとして、玄関ドアの脇の板を打ち付けた窓を、必死で叩いているのが聞こえた。

ジェントリーは、監視カメラの記録用ディスクを出し、手で折ってポケットに入れてから、向きを変え、リビングを出て廊下を進んだ。

奥の広い寝室で、陰惨な光景に目を留めた。ほかの男たちとおなじようにアーリアン・ブラザーフッドの入れ墨に覆われた年配の男が、床のまんなかに仰向けに倒れていた。両腕と両脚が弾痕だらけだった。目に一発が命中して、頭が割れていた。壁のなかに撃ち込んだ七・六二ミリ弾が頭蓋《ずがい》を貫通したにちがいない、とジェントリーは判断した。死んだ男の血糊《ちのり》が、うしろのフェイク・レザーのリクライニング・チェアに飛び散っていた。その椅子も、ジェントリーの拝借したアサルト・ライフルの憎しみのこもった十数発をくらっていた。死体のそばにAK－47が転がり、そのそばに、数分前に穴ごしにジェントリーが話をした禿頭の男がいた。そのアーリアン・ブラザーフッドの覚醒剤売人は、乱れたままのベッドの台にもたれていた。目の生気が薄れてはいたが、ジェントリーのほうを向いていた。

銃床が黒い合成樹脂製のカラシニコフが膝に置いてあったが、両手は床に置いていた。男には銃創が三ヵ所あった。ひとつは右手首、ふたつ目は左肘《ひじ》、三つ目は右腰。

禿頭の男は胸を激しく波打たせ、血みどろだった。

ジェントリーは、刀の切っ先でAK－47を男の膝から手の届かないところへはじき飛ばした。それから意識を失っている女をひきずり込んで、禿頭の男のうしろのベッドにうつぶせに投げ落とした。禿頭の男は、そのあいだだらんともたれて、腰と腕から血を流していた。

ジェントリーは傷を見て、出血をとめ、救急救命士が十五分以内に到着しなかったら、生き延びられる可能性は低いと見てとった。

ジェントリーは、寝室を見まわした。家具も壁も――ついでにいうなら人間も――銃弾で穴だらけになっていた。

ジェントリーは、ベッドから毛布をはぎ取った。汚れ、染みがつき、煙草《たばこ》の焼け焦《こ》げがあった。ベッドにもたれている売人に、それを投げた。

男が毛布を腰に押しつけ、痛みにうめいたが、傷口を圧迫しつづけた。傷ついた左腕を使っていた。「なにがほしい？」

「なんだと思う？」

「ヤクか？」

「はずれだ」

「金か？」

「見た目よりも頭がいいな」

白人至上主義者の売人の声は、すこし呂律《ろれつ》がまわらなくなっていた。「てめえ……なんかに……やるもんか」

ジェントリーは時計を見た。流れ弾が何発か飛んできたくらいなら、第八区ではだれも気にしないだろうが、自動火器で三十秒も撃ち合ったから、警察の注意を惹《ひ》くことはまちがいない。警官がやってくるまで、この麻薬密売所でぐずぐずしているわけにはいかない。「ぶらついているひまはないいんだ。スミを入れているくらいだから、切れ味のいい刃物で皮を切られたらどういう感じがするか、わかっているはずだ。深く刺すまでもないだろうな」ジェントリーは刀の柄を両手で握り、胸の高さに構えた。

「なにをする気だ？」

そういったところで、売人が不意に口をつぐみ、ジェントリーの左肩のあたりに視線を向けた。売人はうしろの戸口を見ているのだと、ジェントリーは気づいた。一瞬のためらいもなく、左手で刀の峰を上にして、背後にのばした。刀をピストンのように一度ふり戻し、うしろを見ずに、下手投げで刃を先にして投げた。とたんに刃が肉を突き破る音がしたので、ふりむくと、顎鬚《あごひげ》の男が三メートル離れた戸口に立ち、巨大なデザート・イーグルのセミオートマティック・ピストルを握っていた。刀はみぞおちに命中して、肺を貫き、切っ先が肋《ろっ》骨《こつ》の背中側でとまっていた。

大型拳銃が手から落ちて、男はつかのま刀に手をのばした。わけがわからないというような表情で、目を剝《む》いていた。だが、つぎの瞬間、床にくずおれて、ドア枠に背中が当たり、胸に力がかかったせいで、喉を鳴らし、うめいた。意識が遠のいて、目の焦点が定まらなくなり、生気が薄れていった。

ジェントリーには、死にかけている人間の見分けがつく。悲しみはなく、作戦上の肝心なことのほかは、なにも感じなかった。瀕死の男のほうにかがんで、ポケットを探り、それをやめさせようとする弱々しい手を払いのけた。

入り用なものはなにもなかったので、そのまま死なせておき、ベッドのそばに倒れ込んでいた重傷の売人のところへ戻った。「手短にはっきりいおう。金のありかを教えれば、おまえは出血で死なずに助かる」

売人が死んだ仲間ふたりを見てから、意識を失っている女のほうをふりかえり、ジェントリーに視線を戻した。「くたばりやがれ」

ジェントリーはうなずき、売人の手から毛布をひったくった。男の腰から血がどくどく流れ出しているのを見おろした。「三分たったら意識がなくなる。五分で死ぬ」

「かまうもんか」

「ああ、こっちもおなじだ。おまえが死んでも金は見つける。おれが見つけられなくても、警察が見つける。どのみちおまえには関係ない。そのころには死体置き場の冷蔵庫のなかだからな」

売人が頭を働かせているのが見てとれた。強情を張っても得することはないと悟ると、売人はいった。「窓台だ。板をはがせ」

ジェントリーは、重傷の売人に血まみれの毛布を投げ返し、板を打ち付けてある窓へ行った。窓台の板をめくりあげた。かなり力がいったが、板が壁からはがれた。家の骨組みを通っている導管が、なかにあった。紙袋がふたつ入れてあったので、床に転がっていた針金のハンガーですばやくひっぱりあげた。

いっぽうの紙袋には球状の覚醒剤と、小さなパケのはいったポリ袋が収まっていた。パケひと袋に三・五グラムの覚醒剤《クリスタル・メス》がはいっている。ジェントリーは末端価格を知らなかったが、パケは百袋かそれ以上あった。

ジェントリーはふりむいて、腕も脚ももぎとれそうになっているそばの死体の上に、覚醒剤の袋を投げた。「気をつけろ。致死量だぞ」といってから、つぎの袋を見た。現金がぎっしり詰まっていた。ほとんどが十ドル札と二十ドル札だったが、五ドル札と、一ドル札まであった。それを持ちあげて、床に横たわった売人に示した「いくらだ？」

出血はかなり食いとめていたものの、売人はかなり弱っていた。あえぎながらいった。

「知らん。一万三千くらいだろう。もっとあるかもな」

遠くからサイレンの低い悲鳴が聞こえ、ジェントリーは動きを速めた。金をブレザーのポケットに突っ込み、銃を探した。家のなかに七挺あったが、どれも目的には合わない。クロームめっきのデザート・イーグルは、靴箱くらいの長さだし、重すぎて役に立たない。シャツの下に隠せば、それを持ってこの地域から脱出することはできる。しかし、そんな馬鹿でかい目立つ拳銃では、首都で作戦を行なうのは無理だ。ＡＫ‐47とおなじような半自動ライフルが四挺あったが、折り畳んでもブレザーの下に隠して現場から逃げられるような大きさではなかった。

AK－47は好きだった――由緒あるロシア製のアサルト・ライフルは、どんなときでも頼りになる。しかし、隠し持てる武器ではない。

ピストル・グリップ付きのショットガンも二挺見つけた。ショットガンはデザート・イーグルとおなじで、なんとか隠し持ってここから逃げられても、大きすぎるので、ジェントリーが計画しているようなやりかたで効果的に使うことはできない。

ジェントリーは、重傷を負ってベッドの前に倒れている売人のところへ戻った。ウェストバンドのまわりを手探りしてから、男の服の血がつかないように気をつけながら、足首までずっと探っていった。

右の脛《すね》に留めてあるベルクロのアンクル・ホルスターに指が触れ、ジェントリーはほっと安堵《あんど》の息を漏らした。三八〇ACP弾を使用する小さなルガーLCPを引き出した。ホローポイント弾八発が込めてあり、ジェントリーの掌《てのひら》にすんなりと収まった。

売人は、まったく抵抗しなかった。脚に隠し持った拳銃のことを思い出さなかったのだろうかと、ジェントリーは不思議に思った。

ジェントリーは、ジーンズの尻ポケットに拳銃を差し込んでから、ベッド脇のナイトスタンドへ歩いていった。灰皿、煙草、つぶしたビールの空き缶、菓子の包装紙が散らばっていたので、ジェントリーは前腕でそれらすべてを床に払い落とした。

ジェントリーがそこにしばらくいたので、ベッドの前の床で横向きに寝ていた売人が、好奇心を抱いた。「目当てのものは手にはいったんだろう。もうなにもないぞ」

ジェントリーは、謎めいた答を口にした。「メッセージを送るのさ」

「なんだって？」

ジェントリーはすぐさまドアに向かった。床に倒れている売人には見向きもせず、通り過ぎた。

廊下を歩いているときに、うしろから売人が声をかけた。

「あんたは何者だ？」

ジェントリーは答えなかった。売人とその仲間が生きていようが死んでいようが、もう眼中にはなかった。今後の計画は、取るに足らない街の犯罪者たちよりもずっと重要だ。こいつらは目的のための、ひとつの手段にすぎない。


最初の捜査車両が平屋の前にとまる一分前に、ジェントリーはＡＫ‐47を高く構えて、裏庭に出た。アーリアン・ブラザーフッドのふたりは現場から逃げたのだと、すぐに気づいた。ピットブルまでもが、近づくサイレンの音を聞いて、脱走していた。ジェントリーはＡＫ‐47を叢《くさむら》にほうり投げ、柵のそばでモンテカルロによじ登って、用心深く有刺鉄線をどかし、隣の家の裏庭に跳びおりた。

二分後には、その界隈《かいわい》から遠ざかっていた。

今夜は思ったよりも手こずったが、ジェントリーの作戦には欠かせない序盤戦だった。隠し持つのが容易な小型拳銃と、計画を行動に移すための資金が必要だった。

ジーンズの尻ポケットに収まっているルガーのほかにも、もっと銃が欲しい。ちっぽけなルガー一挺で、このアメリカ本土で戦いつづけるつもりはなかった。だが、ルガーはまっとうな道具だし、それを得たために防御が大幅に改善された。

しかし、その銃よりもずっと現金のほうが重要だ。

ここはアメリカ、金が王様の国だ。

一万三千ドルあれば、戦争を起こすこともできる。

7

ＣＩＡ旧本部ビル七階での会議がはじまってから四十五分が過ぎると、自分の存在は出席者全員に忘れ去られているにちがいないと、スーザン・ブルーアは判断した。

たしかに、カーマイケルによってヴァイオレイター対策グループにくわえられたが、そのあとはずっと脇のほうに座ったままで、会話から締め出されているような感じだった。やりとりしているのはもっぱらメイズとカーマイケルで、ＪＳＯＣ《ジェイソック》の戦闘員をワシントンＤＣに配置するかどうかを検討していた。そういう手順のための準合法的な前例が明らかに確立しているらしいことに、スーザンは驚いた。カーマイケル自身はこれを規則どおりにやることなど気にかけていないが、所定の事項が書式に漏れなく記入されていないとＪＳＯＣが作戦を行なわないことを承知している。そのため、フォート・ブラッグ（ノースカロライナ州にある米陸軍特殊部隊の本拠。国内の米陸軍駐屯地には〝フォート〔砦〕〟が冠される）の司令部に連絡して練度の高い軍補助工作員をワシントンＤＣに配置するのに必要な詳細情報を、ＣＩＡのＪＳＯＣ連絡担当が把握するように念を入れているのだ。

スーザンは、カーマイケルの有能さに感銘を受けた。これまでともに仕事をしたことはなかったし、ときどき廊下で見かけるスーツを着た年配の堅物のひとりだろうと思っていた。

カーマイケルが、局内の敵を皆殺しにする男だという評判は知っていた。カーマイケルは長官と親密ではないが、仕事はやってのけるし、大統領は明らかに、冷酷な殺人マシーンを道具のひとつとして抱えたいと思っている。だから、カーマイケルの流儀に従うか、さもなければ邪魔にならないように逃げ出すしかないと、同僚たちは肝に銘じていた。

いま、カーマイケル、メイズ、出席していた通信担当が、ヴァイオレイター対策グループ戦術作戦センター《TOC》を四階に設置するための兵站《へいたん》について話し合いはじめた。地上のブーツ（現場要員）をもっと増やせと、カーマイケルはその前からいっていたので、メイズは民間警備会社から保全許可を有する資産を三十人雇うよう指示した。これらの資産とＪＳＯＣの戦闘員には、動きと責務を調整する中央作戦センターが必要になる。ＴＯＣがその機能を果たすはずだった。

これにＣＩＡの特殊活動部《SAD》を使わないのは意外だと、スーザンは思ったが、カーマイケルは、ＳＡＤの人間はワシントンＤＣで活動させたくないと、頑迷にいい張った。米軍と民間警備会社を使っておなじことをやらせると命じたばかりなのだから、おかしな理屈だった。だが、それは自分の知らない謎に関係があるのだろうと解釈して、スーザンは追及するのを控えた。

話し合いがすこし間遠くなったときに、スーザンは無理やり会話に割り込んだ。

「ヴァイオレイターの具体的な能力について知りたいのですが」

カーマイケルの許可を得て、メイズがいった。「ジェントリーは、すべての戦術とあらゆる諜報技術《トレードクラフト》を身につけ、関連のあるすべての強化訓練を受けている。飛行機の操縦、スキューバ・ダイビング、懸垂下降、ファストロープ降下、フリークライミングができる。クラヴマガというイスラエルの武術を会得し、SADでもっとも優秀な近接戦闘戦術家だった。降下、狙撃、高度監視、爆破、SEREの専門学校で訓練を受けている」

スーザンは、最後の略語を知らなかった。「SERE、ですか？」

「サバイバル、敵手回避《イヴェイジョン》、抵抗《レジスタンス》、敵地脱出《エスケイプ》のことだ」

「わかりました」

メイズが、なおもいった。「地上班は、地球上でもっともすぐれた強行資産《ハード・アセット》百五十名から成る。ジェントリーは、そのだれよりも優秀といわないまでも、おなじくらい優秀だった。それは五年前に一匹狼になる前の話で、その後も、技倆《ぎりょう》にかなり磨きをかけている」

スーザンはきいた。「強行資産とおっしゃるからには、ジェントリーはCIAの殺傷作戦に関わっていたのですね？」

一瞬、だれも答えなかった。

スーザンは、咳払いをした。「いいですか、わたしは副本部長に呼ばれて参加しました。危険の全貌を教えてもらえないのであれば、あまりお役には立てません」

カーマイケルが、ほとんどわからないくらい小さくうなずき、メイズがいった。「ジェントリーは独行工作員《シングルトン・オペレーター》として仕事に就き、つづいて独行暗殺者となり、ゴルフ・シエラ・タスク・フォースにはいり、暗殺と犯人引き渡しチームの尖兵《せんぺい》をつとめた」メイズは咳払いをした。「ゴルフ・シエラは、純然たる槍の穂先だった」

スーザンは、それをじっくりと聞き取った。自分が依頼されている作業の重大さが、一秒ごとに強まっていた。「わたしが聞いた噂では、彼は殺しの仕事を請け負う私的な暗殺者として、三十件以上の殺傷作戦を行なったということですが」

メイズが答えた。「われわれの確認した数字は、もっと小さい。十二件だ」

「ずいぶん食いちがっていますね」スーザンはいった。「でも、その稼業で長く生き延びてきたという事実は残ります。この脅威の術中にはまらないほうがいい、というのがわたしの意見です。アメリカの市街地での大がかりな作戦にひきずりこまれたら、わたしたちは反撃に脆《もろ》くなり、ことが露顕する危険にもさらされます」

カーマイケルが、頑固に首をふった。「スーザン、われわれはやつを追っているんだ。ワシントンDC付近にいることはわかっている。やつがこっちにいるあいだ、ハッチを閉めてつっかい棒をして、避難しているつもりはない。われわれはこいつを五年ものあいだ追っているんだ。こんな絶好のチャンスは見逃せない。やつの気が変わってどこかへ行くまでドアをロックしているようなことはやらない」

スーザンはそういう反応を予測していた。「いいでしょう。そういうことなら、ジェントリーがやりそうな行動を推理するのを手伝うブレーンを引き入れる必要があります。ジェントリーのことをもっともよく知っている局員は、だれですか？　彼のＴＴＰをすべて知っているひとは？」戦術《タクティクス》・技術《テクニック》・手順《プロシージャ》の三つがターゲットの作戦パターンをなす重要要素だと、スーザンにはわかっていた。ターゲットがつぎになにをするかを推測するのに、それが重要だった。

NSA連絡担当が、口をひらいた。「SADのマシュー・ハンリーが、ジェントリーのことをよく知っている。ゴルフ・シエラ・タスク・フォースでジェントリーを使っていたから」

カーマイケルが、まるでひとりごとのようにいった。「ハンリーは信用できない。あいつはわたしのポストを狙っている」

スーザンは頬をゆるめた。思い切ってジョークを口にした。「わたしも狙いたいですね、本部長」

何人かがくすくす笑った、カーマイケルは笑わなかった。馬鹿にするように鼻を鳴らした。「きょう一日、やらせてやろうか」

メイズがスーザンに賛成して、ハンリーを対策グループに入れてはどうかといった。「二年前にジェントリーはメキシコシティで、マット・ハンリーを撃ちました。ハンリーはなんとか生き延びた。ラングレーの廊下で本部長と親しく話をする仲ではないかもしれませんが、ジェントリーをさらし首にしたいという思いは、本部長とおなじくらい強いでしょう。いまはそれが肝心ではないですか？」

スーザンは、ハンリーのことはおぼろげに知っていた。ハイチ共和国のポルトープランスでハンリーがCIA支局長補佐をつとめていたときに、会ったことがある。だが、撃たれたことは聞いていなかった。ＣＩＡ施設補佐と要員を護るのが自分の仕事なので、そんな重大事件の情報を伝えられなかったというのは、信じ難かった。

「待ってください。ＳＡＤ部長が、グレイマンに撃たれたことがあるんですか？」はっと言葉を切った。「ヴァイオレイターでしたね」

カーマイケルがいった。「ハンリーは、当時ＳＡＤを現場で指揮していた。ハイチ支局長補佐だった。伏せられたんだ」

「わたしにも知らせず？」

「だれにも知らせなかった」カーマイケルは、テーブルを指でちょっと叩いた。「ハンリーは参加させたくない。当面、この件からは除外する」

スーザンはいった。「この狩り《ハント》にくわえたくないとおっしゃるのでしたら、それはそれでいいでしょうが、ヴァイオレイターがエージェンシーに不満を持っているのであれば、もとの担当官に不満をぶつける可能性が高いでしょう。ことに前にも撃っているんですから。この離叛工作員が野放しになって近くにいることは、ハンリーにあらかじめ報せる必要がありますよ」

カーマイケルがすこし折れたが、不本意のようだった。「ハンリーに警備をつけよう。安全かどうか、念のために自宅を見張らせる。だが、目につかないようにやろう。ハンリーにはいうな」

スーザンは、その問題を捨てて、ほかにジェントリーを知っているものがいないかどうかをたずねた。「いっしょに働いていた仲間は？　タスク・フォースのほかのメンバーはどうですか？」

ＪＳＯＣ連絡担当官がいった。「みんな死んだ。ジェントリーが殺した」

メイズとカーマイケルが、目配せを交わした。連絡担当官がそれに気づいて、怪訝《けげん》な顔をした。「なんですか？」

カーマイケルがいった。「それは正確ではない。ひとり生き残った」

そのあとはメイズが説明した。「ゴルフ・シエラ・タスク・フォースのチーム指揮官のザカリー・ハイタワーは死んでいない」肩をすくめた。「死んだほうがましだったな。アフリカでジェントリーを捕らえるのに失敗したあと、ハイタワーは本部長の命令でクビになった」

スーザンはいった。「チーム指揮官なら、ヴァイオレイターの作戦能力についてかなり詳しく知っているでしょう。どこにいるか、わかりますか？」

メイズがいった。「見当もつかないが、見つけられるだろう」

カーマイケルが、指を一本あげた。「まず、わたしがじかに会って、どんなふうになっているかを評価する。ハイタワーは、アフリカで重傷を負ってから、エージェンシーを叩き出された。たいがいの工作員とおなじように、根に持っていることもあるだろうし、かつてわれわれのところで働いていたころとは変わって、抜けがらのようになっているかもしれない」

　スーザンはうなずき、メモ用紙に書きつけた。

　話題を変えて、カーマイケルの直接警護の問題に移ろうとしたが、部屋の外から通信担当がガラスを叩き、ドアに近づいた。メイズがボタンを押し、ドアがカチリという音をたててあいた。

　メイズがきいた。「どうした？」

「スキャナー（電波の周波数を自動的に探す機能がある受信機）で、重大なものを傍受しました。警察がワシントン・ハイランズでの殺人事件を報告しています。押し込み強盗、死傷者複数です」

　カーマイケルが、コーヒーのマグカップを持って、ひと口飲んだ。「そのあたりで土曜日の夜にいつも起きている事件じゃないか」

「生き残った被害者が、襲撃したのは白人ひとりだったといっています。その男が、厳重に武装したアーリアン・ブラザーフッドの売人が何人もいる家を襲って、めちゃめちゃに破壊したようです。死者ふたり、重傷者四人です」

「何時だ？」

「三十分もたっていません」

「ひとりがそれだけのことをやったのか？」カーマイケルはきいた。

「そうです」

　カーマイケルとメイズがうなずき合い、スーザンは上司たちがなにを考えているかを悟った。

スーザンはきいた。「ヴァイオレイターはどうして、覚醒剤の売人がひしめいている家を襲ったんですか？」

カーマイケルがすぐさま答えた。「必要なものがあったからだろうな」

「覚醒剤がほしかったんですか？」

メイズが、きっぱりといった。「財源と物資だよ。金と武器だ。戦うのが平気なら、その両方を手に入れるのに、これ以上都合のいいところはない」

カーマイケルがいった。「それに、ヴァイオレイターは戦いが大好きだ」痩《や》せた顔にしだいに笑みがひろがった。「いかにもジェントリーらしい」

スーザンは、まごついていた。「どういうふうに？」

「まず、ジェントリーには金と武器が必要だ」カーマイケルはいった。「その両方を手に入れる、いちばん楽な方法は？　質屋を襲う？　警備員がいる酒屋を襲う？　パトカーからショットガンを盗んだり、小切手を現金化する店を襲ったりしなかったのは、なぜか？　どうして厄介な方法でやった？　武装したシャブ中《メス・ヘッド》の白人至上主義者どもがひしめいている家を襲ったわけは？」

「わけを教えてください」スーザンはいった。

メイズには、カーマイケルのいいたいことがわかっていたので、代わりにスーザンの質問に答えた。「なぜなら、ヴァイオレイターは正義の味方のつもりだからだ。狙うのは悪党だけだ」

「でも、彼がわたしたちにとって脅威だといいましたね」

「誤解してはいかん。やつは本気で自分はヒーローだと思い込んでいる。やつにとって、われわれは悪党なんだよ」ジョーダン・メイズが立ちあがった。「犯罪現場をこの目で調べる」

スーザン・ブルーアも立ちあがった。「本部長、わたしも行かせてください。われわれのターゲットのことが、まだよく理解できていません。これが彼の仕業だとしたら、現場の感じをつかみ、彼にどういう能力があるのかを見届けたいと思います」

「いいだろう」カーマイケルは、メイズに目を向けた。「きみもわたしとおなじように、ジェントリーの照準器に捉えられているかもしれない。完全な警護班を連れて、装甲車両で行ってくれ」

メイズが、低く口笛を吹いた。「いやいや、本部長。わたしはバグダッドでも、完全な警護班を連れていったことなんかありませんよ」

「そのころは、ジェントリーはわれわれの味方だった。ちがうか?」

8

日が暮れると、アンディ・ショールは〈レッド・ブル〉とコンビニのコーヒーで食いつなぐ。夜更《よふ》かしがしたかったわけではないが、夜を乗り切る超人的な化学構造の体を長年のあいだに創りあげたおかげで、《ワシントン・ポスト》の犯罪専門記者という仕事で抜きんでることができた。

たいがいの人間がベッドに潜り込んでいる時間にスイッチがはいっていると、それなりの代償があった——夜明けとともに体力が一気に下がるのだ。アーリントンにあるアパートメントに帰るのは、たいがい朝の八時で、九時には眠っている。だが、午後四時半には、ホワイトハウスに近い一五番ストリートN《ノース》W《ウエスト》にある《ポスト》の狭い小部屋に戻っている。

これを永遠につづける必要はないのだと、アンディは自分にいい聞かせる。アンディには大望があり、五年計画の四年目にはいったところだった。首都担当から脱け出して、全国担当か、調査報道チームのような重要部署に移りたい。そのために、アンディは毎日、ゾンビのようになるまで働き、編集長とうまくやり、愚痴《ぐち》をこぼさずにいた。

そういうことをすべて勘定に入れても、自分はまったく見当ちがいのことをやっているにちがいないという思いは否めなかった。そうでなかったら、だれがこんな寒い霧の夜に、DCでもっとも治安の悪い区に車で出かけていって、二重殺人を取材するというのか？

今夜、割りふられた仕事は、たいして興味をそそられるものではなかった――ウォーターゲート侵入事件とはまったくちがう（ウォーターゲート事件の全容解明のきっかけとなった、民主党全国委員会本部への侵入のこと）。アンディが車に積んだスキャナーで警察無線を傍受して得た情報によれば、麻薬密売所かどこかでの銃撃事件らしい。目新しくなく、刺激的でもない。そういう記事は数え切れないくらい書いてきた。だが、死体や重傷者がいるし、これが自分の仕事だから、社でやりかけていた仕事を終えるとすぐに、フォード・フェスティヴァに乗り、殺伐とした夜の闇へと走らせた。

運がよければ、この銃撃事件で六コラムインチ（段の横幅と一インチの高さの行をかけた面積）のスペースがもらえるかもしれない。

アンディは、GPSの最終指示に従って、四番ストリートSEからブランディワイン・ストリートに曲がった。

第八区の暗澹《あんたん》たる犯罪統計は知っていたが、アンディはこの界隈《かいわい》で心底、身の危険を感じるということはなかった。フィラデルフィア出身で、中流の下のほうの育ちだから、柄《がら》の悪い街と無縁というわけではなかった。DCでも一度強盗に遭ったことはあるが、そこは議事堂から半ブロックしか離れていなかった。だから、いわゆる要注意区域ばかりが危険だとは思っていない。

その界隈に車を進めながら、警察無線スキャナーを聞いていると、犯罪現場はアーリアン

・ブラザーフッドが使っている覚醒剤密売所らしいとわかった。車をとめてあたりを見まわし、その可能性がかなり高いと思った。目の前の建物と敷地は、まさに麻薬組織の隠れ家そのものだった。下見板張りのおんぼろの平屋で、窓に板を打ち付け、南部連邦旗のデカールを貼ったピックアップが、正面の私設車道にとまっている。玄関ドアは鋼鉄の黒い奇怪な代物《しろもの》だし、敷地の裏の柵は高く、鉄条網が取り付けてある。

敷地全体が警察のテープで囲まれ、雨の降る暗がりに近所の人間が何人か立っていた。通りでは十数台の捜査車両が、エンジンをかけたまま。すべてヘッドライトを家に向けていた。回転灯をつけたままの車も多かった。家の正面では消防車が二台、後部をくっつけるようにしてとまっていた。救急車が一台私設車道にとまり、ＥＭＴ（救急救命士）が車体に寄りかかっていた。

よくある深夜の光景だ。

三棟先の共同住宅の駐車場で、動物管理局員が大きなピットブルをおとなしくさせようとしているほかには、なにも緊迫した状況のない現場だった。救急車は負傷した被害者ではなく、死体を引き取りにきたのだろうと、アンディは思った。

車をとめたときに、アンディはグレイの日産の四ドアに気づいた。警察番記者をつとめているあいだに親しくなった、殺人課捜査員の車だった。カメラ、メモ帳、ｉＰａｄ、ＩＣレコーダーがはいっているバックパックをつかむと、アンディは車をおりて、ドアをロックしてから、通りの向かいの現場へ歩いていった。

警察のテープまで半分も行かないうちに、周辺に立っていた制服警官に、懐中電灯《フラッシュライト》で顔を照らされた。すぐにライトが消され、見憶えのあるがっしりした黒人警官だとわかった。

「どんな調子だ、マイク？」

警官が、片手をあげて答えた。「まだだめだ、アンディ」

アンディは、通りで立ちどまった。「なにがだめなんだ？」

「まだあんたを入れられない」

「嘘だろう？」いつもなら入れてくれるか、さもなければポーチからちょっと覗かせてもらえる。「どうして？」

「わからん」

「指揮している捜査員は？　ラウクか？　おれが来たといってくれよ。ラウクはいつも覗かせてくれる。一分もかからない」

「ラウクもはいってない」

「どうして今夜はそんなに厳しいことをいうんだ、マイク？　あそこにラウクのアルティマがとまっているのを見たぞ」

「ラウクは来てるが、家のなかにはいない。まだはいってない。聞き込みをしてる。話をしてみろ」

「現場もまだ見ていないのに、どうして聞き込みをするんだ？」

制服警官は答えなかった。気まずそうだったが、決意は揺るがないようだった。文句をつけてもいいが、いま家のなかにはいるのは無理だと、アンディにはわかっていた。

板でふさいだ正面の窓から、フラッシュライトの光が漏れているのに気づいた。家のなかにはまちがいなくだれかがいる。「どうなってるんだ？」アンディはきいた。

マイクという警官が目をそらした。「なあ、ラウクと話をしてくれよ」


アンディは、ラウク捜査員を五分後に見つけた。半ブロック離れたところで、二戸一型住宅の玄関の階段をおりてくるところだった。表情からして、住人からはかばかしい情報は得られなかったようだ。

「やあ、ボビー。今夜はどんな調子だ？」

ボビー・ラウクは五十歳で、筋肉質だが痩《や》せていて、髪が薄くなりかけている。ひっきりなしに煙草《たばこ》を吸っているが、それよりもサンドイッチでも食べたほうがいいように見える。

歩きながら、ラウクがいった。「順調だよ、ショール」

「どうして殺人現場に行っていないんだ？　事件はごまんと見ているから、見なくてもわかるっていうわけか？」

ラウクが、年下の記者の腕をつかんで、二戸一型住宅から向きを変えさせ、隣の家に向けていっしょに歩道を歩いていった。ラウクがいった。「頼むから川向こうへ帰ってくれないか。朝になったら来いよ」

アンディは時計を見た。生意気に聞こえないように、温和にいった。「午前零時五十八分だね。朝みたいなものだ。さあ、来たよ」

ラウクが、溜息をついた。「悪いが、あんたを現場に近づかせるわけにはいかないんだ」

「どういうことなのかな？　あそこにはセレブの死体でもあるのか？」いいながらアンディはくすりと笑ったが、ラウクが気まずそうな目を向けたので、すぐに真顔になった。

「そうか」アンディはたちまち興奮した。特ダネになりそうな見込みになってきたので、やる気が出てきた。「下院議員の息子とか？　だれなんだ？」

ラウクが首をふった。「いや、そうじゃない。白人のクズの売人が何人か死んだだけだ。そういわれた」

「それなのに、なんでこうなんだ？」

ラウクが、闇のなかで立ちどまり、顔を近づけたので、アンディはちょっとひるんだ。なにかを耳打ちしたいのだと、すぐに気づいた。異様な光景だとわかっていたが、アンディも顔を近づけた。

ラウクがいった。「スパイ」

「なんだって？」

「あの家にはスパイがおおぜいはいっている。調べが終わるまで、おれたちを入れさせない」

「〝スパイ〟ってどういう意味だ？　ＣＩＡとか？」

ラウクが、肩をすくめた。「そうはいわなかった。しかし、おれは陸軍にいたから、軍の情報部じゃないことはわかる。風紀課にいたときに、ＣＩＡとは何度か顔を合わせた。トレンチコートを着たやつがふたり現われた。ＦＢＩ《ビューロー》の連中みたいなぱりっとした身なりじゃない。酒臭くて、爪を噛《か》むようなやつらだ。ふつうの国土安全保障省の身分証みたいなのをちらつかせて、自分たちの縄張りだとでもいうように、警察を押しのけて通る。今夜もおなじだが、ただ、生真面目な顔の女がひとりいた。そいつもトレンチコートを着てるよ」ラウクが、レインコートの下の細い肩をすぼめた。「まちがいなくスパイだ」

　ラウクが向きを変え、密売所の家のほうを見た。アンディもおなじように、荒れ果てた家を遠くからじっくりと眺めた。

「大使館街《エンバシー・ロー》でもないのに」アンディはいった。「やつら、こんなところで、なにをやっているんだ？」

　ラウクが、霧雨まじりの風から炎をかばいながら、煙草に火をつけた。「スパイは自分たちの動機をわざわざ明かすようなことはしない。それが本来の流儀だよ」

「ほかに知っていることは？」

「現場に到着した警官とＥＭＴがいったことだけだ。ふたりが病院搬入時死亡《DOA》。ひとりはライフルの弾丸で頭を半分吹っ飛ばされ、もうひとりは忍者の刀みたいなもので串刺しにされた」

「ひどいな。怪我人のほうは？」

「四人がメドスター外傷センターに運ばれた。全員、アーリアン・ブラザーフッドだ。ひとりはAK－47の弾丸を三発くらった。もうひとりは顔を叩き潰された。三人目は脳震盪《のうしんとう》と、たぶん首を痛めてる。四人目は醜い女で、脚に二発くらってる。犯罪現場を見るのを許可されたら、すぐに事情聴取するつもりだ」ラウクの声から、不快に思っていることがありありと感じられた。

「スキャナーで聞いたんだが、男ひとりがぜんぶこれをやったとか」

「現場に到着した警官に、女がそういった」

アンディは、一瞬考え込んだ。この事件にいよいよ興味をそそられていた。「CIAの連中が出てきたときに話が聞けるように、テープの外で待たせてもらえないか？」

ラウクがアンディをちらりと見て、記者とおしゃべりをしたのはまずかったと気づいたらしく、ぴたりと口を閉ざした。「おい……おれはCIAとはいってない。あんたがいったんだ。おれは国土安全保障省だといった。頼むから、やつらがいなくなるまで、よそへ行ってくれ。朝にまた来い」

ラウクが煙草を溝に投げ捨て、つぎの家のドアをノックした。

車のそばに歩いて戻ったアンディは、赤と青の回転灯に照らされて、しばらくそこに立って現場を見ていた。とうとう地区担当の警官が近づいてきて、一ブロックか二ブロック離れてくれないかと頼んだ。ふつうならアンディはくそくらえというところだったが、今回はやめておいた。フォードに乗り、角を曲がってとめてから、カメラを持ってひきかえした。共同住宅二棟のあいだを通って、瞬《またた》く回転灯の反射に目を細めながら、犯罪現場の一ブロック北へ行った。

アンディの正面の通りに、この界隈《かいわい》にはそぐわない黒いGMCユーコンが二台とまっていた。いずれも運転手が乗っていて、助手席にひとがいた。アンディは、姿を見られる前に立ちどまり、共同住宅のほうへあとずさった。階段の下にちょうどいい暗がりがあり、そこから二台を見張ることができた。そこでじっと待った。

十分後、オーバーを着た人影がいくつか、GMCユーコンに近づいた。ひとりは五十代前半の白髪の男で、ふたりに左右を固められていた。護衛だとアンディにはすぐさまわかった。その横に、眼鏡《めがね》をかけた三十代の女がいた。知的な職業の女らしく、茶色の髪を頭のうしろで丸くまとめている。アンディは、ストロボが光らないように用心しながら、ふたりが車に乗って去る前に、写真を数枚ずつ撮った。

フェスティヴァに戻るとすぐに、カメラのディスプレイで画像を確認した。仔細《しさい》に見たところで、見憶えのある顔だとわかるとは思っていなかった。やはり知らない顔だった。だが、見分けられる人間がいるはずだ。ワシントンDCのもっとも荒れた地区で、車のなかに座ったまま、連絡リストで電話番号を調べて、電話をかけた。

一〇キロメートルほど西のジョージタウンで、五十四歳の女性が、ナイトスタンドの上で震動しているスマートフォンにのろのろと手をのばした。そうしながら、目をしばたたいて眠気を払い、スマートフォンの画面の時刻を見た。

一時十五分。

溌剌《はつらつ》としているふりはせず、眠そうな声のままでいった。「キャサリン・キングです」

「キングさん。アンディ・ショールです。晩《おそ》くに電話してすみません」

「だれ？」

「アンディ・ショール。首都担当です」

キャサリンは上半身を起こして、目をこすった。「首都担当。そうだったわね」といったが、名前に憶えはなかった。「どんな用事なの、アンディ？」

「こんな時間に申しわけありませんが、ワシントン・ハイランズで二重殺人の取材をしています。専門家としてのご意見をうかがえれば助かります」

キャサリンは、右側を下にして、また横になった。「犯人は執事よ。もう寝てもいい？」

アンディは、くすりと笑った。「このゴミ捨て場に執事がいないことはたしかですよ。いいえ、電話したのは、CIAがここに来て犯罪現場を調べていると聞いたからです。そういう事件を手がけたことはないので、連絡しようと思ったんです」

キャサリンは体を起こした。「待って。CIA《エージェンシー》の人間が、D《ディストリクト》Cの殺人を調べているというの？」

「そう聞きました。その刑事《ディック》が最初に現場に——」

「なんですって？」

「失礼。その捜査員《ディテクティヴ》は、現場にはいったのは国土安全保障省の人間だといわれたそうです。

あからさまにＣＩＡとはいいませんでしたが、そう推理していました」

「ＣＩＡ本部《ラングレー》が、どう関係があるのよ？」

「まったくわかりません。警察にもわかっていないようです。犯罪現場はアーリアン・ブラザーフッドの隠れ家の疑いがありますが、それが関係あるのかどうかもわかりません。ただ、あなたが社では国家安全保障問題が専門のベテラン記者だというのを知っていたので、手を貸していただけるかなと思ったんです。この街のインテリジェンス・コミュニティ（アメリカ連邦政府の情報機関すべてを示す言葉）について、あなたよりも詳しい人間は、ひとりもいませんよね」

　キャサリンは陳腐な褒《ほ》め言葉など見抜くことができた。このアンディ・ショールという記者のことが、すこしわかった。警察番記者はたいがい、白髪頭の年配のベテランか、それとも若い野心的な記者だ。アンディは明らかに後者で、すり寄ろうとしている。キャサリンは、ベテラン記者と呼ばれるのが大嫌いだった。名物記者と呼ばれるのとおなじくらい不愉快だ。だが、アンディの情報に興味をそそられていたので、おべっかに気をよくすることもなく、怒りもおぼえなかった。「アナコスティア川のそっち側に、ＣＩＡにとって重要な人間がいるとは思えないわね。それが防諜関係者で、局員が麻薬密売所に行ったところを捕まったのだとしたら、ラングレーも夜中に騒然とするでしょう。だけど、それは頼りない推測にすぎないわね」

「男がひとり、警護官付き、女がひとり。ふたりとも、写真を撮りました」

「写真ですって？　エージェンシーの人間を撮るときには、よっぽど用心しないとだめよ。

本質的にカメラ嫌いだから。写真を撮るのを気づかれなかったでしょうね？」

「ぜったいに気づかれていません」

「わたしのスマホに送るつもりなのね？」

「これから送ります」

キャサリンは眼鏡を取り、ナイトスタンドの明かりをつけた。画像が届くのを待つあいだに、寝室を見まわした。ひとり暮らしだし、子供がいないので、散らかすのは自分だけだ。空《から》のシリアルのボウルとスプーンが、ナイトスタンドに置いてあり、向こうの隅のソファにはヨガ・タイツとスウェットシャツが積んである。クロゼット寄りのドアの脇に置いた椅子に、レインコートがかけてある。

三日前にカイロ出張から帰ってきたところで、キャサリンはそこでエジプト情報部の情報源と会い、まだ荷物の片づけが終わっていなかった。キャスター付きの大きな〈ノースフェイス〉のダッフルバッグが、部屋の隅のテーブルに置いてあり、蓋《ふた》があいたままで、汚れた服が床にこぼれ落ちていた。

キャサリンのスマートフォンに、画像が二枚表示された。一枚ずつ見た。最初の一枚を拡大すると、薄茶色の髪をきつくうしろでまとめている女だった。見憶えはなかった。指でスクロールして、つぎの画像を見た。五十代前半の白髪の男。警護官がふたり、影のように付き添っている。

不思議だった。この男がＣＩＡ局員だとしたら、なおのこと奇妙だった。長官と本部長クラスを除けば、ＣＩＡ幹部がアメリカ国内で警護官とともに移動することは、めったにない。目をしばたたいて眠気をさらに払いのけ、さっと目をこすった。白髪の男の写真を、もう一度見た。数秒後に、口をひらいた。「ぜんぜん理解できないわね」

ひとりごとだったのだが、アンディがきいた。「ふたりに見憶えはありますか？」

「白髪の品のいい男は、ジョーダン・メイズよ。イラク以来、会ったことはないわ。もう六年になる。当時は幹部工作員だったけれど、いまはＣＩＡ国家秘密本部の副本部長よ」

「大物なんですね？」

「大物よ。そんな人間が、真夜中にＤＣでもっとも治安の悪い地域の犯罪現場をうろうろする理由が、なにひとつ思い当たらない。まともな人間が行くような場所じゃないし」ちょっとためらいがちに、キャサリンはいった。「気を悪くしないでね、アンディ」

「気にしていませんよ。国家安全保障の特ダネ《ビート》とはちがって、心地よい演奏《ギグ》なんか聴けないですからね」

アンディのその意見は、キャサリンの意識には伝わらなかった。ジョーダン・メイズの画像をじっと見つめていた。「メイズの受け持ちは一〇〇パーセント国外よ。デニー・カーマイケルがメイズの飼い主よ」

「だれですか？」

「カーマイケルは、事実上ＣＩＡを動かしている人間よ」

「長官ですか？」

「長官はCIAの運営には関わらないの。政治任命だから。監視役として送り込まれるけれど、手は汚さない。デニー・カーマイケルは、国家秘密本部の本部長で、スパイの国のトップ・スパイなのよ。世界中の汚れ仕事は、カーマイケルがすべてやっている」

「悪いやつですか？」

「それは見かたによるわね。いいこともたくさんやっていると思うけれど、カーマイケルが版図をどんどん拡大して、ラングレーに自分の統治を行き渡らせるのを、わたしはずっと見てきた。熱烈に支持する気にはなれない」

「直接の部下がワシントン・ハイランズでなにをやっていたのかと、カーマイケルにきくつもりですか？」

キャサリンは、しばし考えた。「いいえ。そういう手順ではだめよ。メイズのほうをすこし探ってみる。犯罪現場に同行した女が何者なのか、調べあげる。いまみたいに手がかりひとつないときに、カーマイケルに質問しても、適当にごまかされるだけよ。事実をいくつかつかんで、じっさいよりもずっと多くを知っていると思わせることができるようになれば、じかに対決できる」

アンディは、それには答えなかった。とうとうキャサリンはきいた。「わかっているの？」

明らかに肝をつぶしているような声が返ってきた。「すごい技倆《ぎりょう》だ」

「わたしは嘘をつくのを生業《なりわい》にしているひとたちと話をする。そのうちに、嘘を洗い出せる技術が身につくのよ。ハイランズの事件についてわかったことがあったら、これからも教えてちょうだい」

「もちろん教えます。共同で署名入り記事にするというのはどうですか？」

キャサリンは、電話に向かって笑みを浮かべた。「あまり先走りしないことね、アンディ。まだ記事になるかどうかもわからない。一週間に五度、地球を揺るがすような〝見逃せない〟手がかりをつかんだことがあるけれど、結局なんでもなかった。当面、両方から糸口をたぐっていって、なにが出てくるか、ようすを見ましょう。それでいいでしょう？」

「とてもありがたいです。なにかわかったら知らせます」

キャサリン・キングは、電話を切って、眼鏡をはずし、ベッドに横になった。だが、三十秒後にまた起きて、立ちあがり、一階のホーム・オフィスへ行った。

CIAのスパイ、アーリアン・ブラザーフッド、二重殺人に、どういう問題が関わっているにせよ、数時間の睡眠よりもずっと重大だ。キャサリンはコンピュータの前に座って、メイズ、カーマイケル、未詳の女について調べまわり、できるだけ多くの事柄を突き止めようとした。

9

アーサー・メイベリーは、七十歳に近く、見かけもそれなりに老けていた。風雪を経た黒い肌、銀色の豊かな髪、コークの瓶の底くらい厚いレンズの眼鏡《めがね》。ベトナム戦争に陸軍歩兵11B《イレヴン・ブラヴォー》（陸軍部隊の根幹をなす戦闘員、標準的な歩兵）として出征し、帰国して、ワシントン首都圏交通局《WMATA》のバスを四十一年間運転した。いっぽう、メイベリーの妻は、フォールズ・チャーチの病院で働いて、調理責任者になった。夫婦は子供を四人もうけ、さまざまな面で恵まれたが、それ以外のことではあまり豊かにはなれなかった。いま、メイベリー夫妻には、孫がいて、子供が巣立った家に住んでいる。ふたりとも引退し、コロンビア・ハイツにあるガタのきている広い家で、つましく暮らしていた。

　連邦政府がアメリカの数すくない成長産業になったせいで、DCの地価はここ数年のあいだに急上昇し、そのため、メイベリーの土地家屋の税金も高騰《こうとう》した。その通りは、最貧困層の住むコロンビア・ハイツでも、もっとも油断のならない地区だったが、メイベリーと六十八歳の妻バーニスは、ローンを払うのもやっとだったので、狭いうえに条例に適していない地下室を、ひと月二百五十ドルの家賃で貸すことにした。前の店子が麻薬不法所持容疑で逮捕されたばかりだったので、日曜日の朝、教会から帰ってきた直後に玄関ドアをノックされたとき、狭い庭に建てた貸し間ありの看板をだれかが見てやってきたことを、メイベリーは願った。

その通りの住人は七〇パーセントがアフリカ系アメリカ人で、二二パーセントがヒスパニックだった。あとはアジア系と白人がおなじくらいいて、このあたりに住む白人の大多数は年配者だった。だから、ブレザーを着て髯《ひげ》をちゃんと剃《そ》っている白人が玄関口の階段に立っているのを覗き穴から見たとき、新しい店子が得られそうだという希望は、ほとんど打ち砕かれた。

バーニスが、玄関の間にいるメイベリーのそばに来た。教会にかぶっていった帽子を、まだ脱いでいない。「だれなの？」

「知らない男だ」

「部屋のことで来たのよ」バーニスが、きっぱりといった。

「どうかな」

「どうしてそういえる――」

メイベリーは木のドアをあけたが、外側のストーム・ドアと鉄格子はあけなかった。

「まあ」ストーム・ドアの向こうに若い白人の顔が見えたので、バーニスはいった。

「なにかね？」

白人が、かんぬきをかけたドアごしにいった。「おはよう」

「なにかね？」メイベリーは、疑念もあらわにくりかえした。

「貸し間の看板を見た。部屋を見せてもらえないか？」

どういうことだ？　メイベリーは、白人に部屋を貸すつもりはなかった。人種差別主義者ではなく、現実家だったからだ。このあたりにつとめている白人が、この通りの地下に住みたいわけがない。

「どうですか？」返事を十秒待ってから、白人がいった。

「あんた、この辺の人間か？」

「ちがいますよ。ミシガンから来たんです。伯父がペットワースに家があるんですが、亡くなりました。おれはこっちに二カ月くらいいて、家を売ろうとしてるんです」

メイベリーが、いくらか口調を和らげた。「それは気の毒に」

「どうも。家賃はいくらですか？」

間があった。「三百ドル」

「そうですか？　通りの先の〈ジャイアント〉の掲示板を見ましたよ。二百五十って書いてあった」

メイベリーが、また身をこわばらせた。「それじゃ、どうしてきくんだ？」

白人がにやりと笑った。「ぼったくるかどうか、たしかめようと思って」

三人とも居心地悪く立っていたが、やがてメイベリーがいった。「まあ、わかってくれ。値段があがっててね。いやならやめればいい」

「見られますか？」

メイベリーは、隣に立っていたバーニスの冷たい視線を感じた。バーニスはだいたいひとを信用しないたちだし、メイベリーも白人の話を信用していなかった。バーニスが男の目の前でドアをぴしゃりと閉めるにちがいないと思った。

だが、メイベリーは三百ドルのことを考えていた。それに、この白人が弁護士を呼び、黒人の家主が部屋を貸さなかったといって、面倒を起こすかもしれない。

メイベリーは、壁にかけてあった鍵を取り、ポーチに出た。バーニスが無言ですぐうしろをついてきたが、不安に思っているのが感じ取れた。この男に部屋を貸したら、馬鹿だといわれるにちがいない。相手は仕事もなく、麻薬をやっているかもしれないのだ。

あきらめの態《てい》で溜息をつくと、メイベリーはバーニスの先に立ち、男を私設車道《ドライヴウェイ》に連れていった。

ジェントリーにしてみれば、表の外観が作戦上の秘密保全という観点から見込めるかぎり完璧に近かったので、部屋のなかはどうでもよかった。地下の出入口は私設車道から離れていて、狭い中庭《パティオ》から階段を六段おりたところにある。ストーム・ドアは堅固な感じで、その奥の木のドアも頑丈そうだった。目の高さに細い覗き穴があるだけだが、それで私設車道を見渡せるし、角の家なので、窓から南、東、北がかなり遠くまで見える。

ジェントリーとメイベリーは、地下の部屋へ行った。三人がはいると、動きまわるスペースもほとんどない。ずんぐりした女が大きな帽子を脱げば、もうすこし動きやすくなるのではないかと、ジェントリーは思ったが、それはいわなかった。そのかわり、手早く部屋を調べた。三メートル四方ほどで、奥に小さなバスルームがある。裏の壁沿いはキッチン・カウンターで、その下の床には膝ほどの高さの冷蔵庫が置いてあった。

しろうとの手で改造したことは明らかだった。部屋のまんなかを水道管が通っていて、水に濡れて反《そ》り、壁板は家主が日曜大工で貼ったようだった。安物のリノリウムの床は、身長一六八センチ以上の人間がベッドからバスルームに行くには、かがまなければならない。だが、そういう不便さはあっても、ジェントリーがここ数年暮らしてきた部屋と遜色《そんしょく》なく、たいがいの部屋よりもずっとましだった。

ベッドはツインだったが、それしかはいらないだろう。一カ所だけにある小さな窓の脇に、テーブルと椅子がおいてあった。ケーブル配信ボックスにつないであるとおぼしい、小さなテレビまであった。

ケーブル・テレビか？

死んで天国に来たのかと、ジェントリーはふと思った。

南側の壁に、小ぶりなクロゼットのアコーディオン・ドアがあった。出入口ドアがあくと、クロゼットはその蔭になる。クロゼットは奥行きが六〇センチしかないが、幅は一八〇センチもあった。覗き込むと、湿気かかなりの熱のせいで、奥の板壁が波打っていた。

「あれはなにかな？」ジェントリーはきいた。

「ああ、なんでもない」家主がいった。「この部屋は地下の隅にこしらえた。あの壁の向こうに温水機とボイラーがある。壁に断熱材を入れればよかったんだろうが、ここに住んでも気にはならないよ」

メイベリーが、クロゼットに体を入れて、板を叩いた。「ほら。丈夫にできてる」

ドラムみたいにうつろな音がするとジェントリーは思ったが、欠点ではなく特徴だと考えることにした。それはこの地下から上の家へ行けることを意味する。板壁をちょっと〝改造〟すれば、望ましくない人間が地下の出入口に来たときのための脱出路が用意できる。

ジェントリーは、もう一度部屋を見まわした。「なかなかいい」

「名前を聞いてなかったな」

ジェントリーは、偽名や作り話をすぐにこしらえられる。ミシガンから来たことや、ペットワースに住んでいて死んだ伯父のこともそうだった。真実はぜったいに口にしない。「ジェフ、ジェフ・ダンカンだ」

「ちょっとききたいんだが、ジェフ、どうして伯父さんの家に住まないんだ？」

「固定資産税が払えないから、売らなきゃならない。売りに出す前に、修繕する必要があるんだ。それには配管や、暖房《H》・換気《V》・空調《AC》をやるあいだ、水道をとめないといけないし、暖房が使えなくなる」

ジェントリーは、家主の黒人がさらに態度を和らげたのを見てとった。家主と心が通じるような話をでっちあげるのも手のうちだ。

　家主が「まったくだな。税金が馬鹿高くなってる。このあたりもひどいんだ」といったので、すこし親しくなれたとジェントリーは思ったが、女房のほうはあいかわらず、ユニコーンでも見るように、ぽかんと口をあけてじろじろ見ていた。

「三百ドルだな」ジェントリーは念を押した。

「まけられないよ」家主が答えた。

　ジェントリーは、考えるふりをした。やがていった。「一カ月分の家賃と、つぎの月の分の家賃を払おう。それでどうだ？」

　年配の家主は、まごついていた。そんな申し出は予想していなかったので、一瞬口ごもってからいった。「私設車道に車をとめる場所はないよ。このあたりで駐車するところを見つけるのは難しいぞ」

「だいじょうぶだ。車は伯父の家にとめる」

　相手は唇を噛《か》んだ。女房のほうを見てからいった。「キッチンというほどのものじゃない。便所はすこし漏る。テレビはただのケーブルだ」

「それでじゅうぶんだ」

「わかった」メイベリーがいった。「もちろん、運転免許証は見せてもらわないといけない。身許を確認しないと」

　ジェントリーは、薄笑いを浮かべた。「ひと月四百にするといったら？」

　当初の予定より百五十ドルも増えることになるにもかかわらず、メイベリーは渋い顔をし

な」

「ああ、それは厄介だな。わしは規則を守るんでね。あんたに向いた部屋じゃないみたいだ。「旦那《だんな》、犯罪者は泊められないよ」

「犯罪者じゃない、メイベリーさん。役所《おかみ》のやりかたが嫌いなだけだ」

ジェントリーは、首《こうべ》をめぐらして、狭い部屋を眺めまわした。「たしかに、規則どおりがいちばんいい」

「そういってるじゃないか」

「いいねえ。裏口をちょっと見せてくれるかな？」

「なんだって？」

「裏口だよ」

「いや……出入口はそこだけだ」

「そうか」ジェントリーはいった。「たしか、住宅条例では、私営の貸し間には、火災に備えて出入口が二カ所ないといけないはずだよ。あんたがおれの身許調査をしているあいだに、おれは市に問い合わせて、あんたが住宅条例や都市計画に従っているかどうかを、たしかめるよ。そうすれば、おたがいに納得して話がまとまる」

アフリカ系アメリカ人は、長いあいだ白人を睨《にら》みつけていた。

ジェントリーは、にやりと笑った。「あんたがいったとおり。規則どおりだ」

バーニスが手をのばして、夫の腕をつかみ、心配そうに握った。アーサー・メイベリーがしだいに口をほころばせ、歯をむき出して笑った。「いいだろう。あんたのやりかたでいい。一カ月あたり五百ドルと、保証金として二百五十ドルを前払いしてくれ」

この狭い部屋を粉微塵《こなみじん》にでもしないかぎり、二百五十ドルの損害は出ないだろうと、ジェントリーは頭のなかで計算した。だが、薄笑いを浮かべて、財布に手をのばした。「厳しい取り引きだが、あんたのやりかたが気に入った」

バーニスが、はじめて口をひらいた。男たちふたりが敬意を表し合っていることなど、これっぽっちも伝わっていないようだった。「いまからいっとくよ、若いの。パーティは許さないからね」

ジェントリーは、一生に一度もパーティをやったことがなかったし、額の高さを鉄の水道管が通っている三メートル四方の部屋では、たいしたパーティはできないだろうと思った。「おれは出かけることが多いだろうな。あんたの店子のなかで、いちばん静かな店子になると約束する」

「麻薬もだめだよ」バーニスがつけくわえた。

「ぜったいにやらない」

〝ジェフ・ダンカン〟は、アーサー・メイベリーに千二百五十ドルを渡し、鍵を受け取った。いつ越してくるのかとメイベリーがきくと、徹夜だったからすぐに寝て、夜にホテルから持ち物を持ってくると、相手は答えた。

アーサーとバーニスは、新しい店子をそこに残して、家の玄関へ行った。ストーム・ドアを閉めたとたんに、バーニスがひとこと「麻薬だよ」といった。

「おそらくそうだろう」メイベリーは答えた。それから、すこし悲しげにいった。「だけど、どうすればよかったんだ？　家賃二カ月分払うっていわれて、鼻先であしらえるか？　それに、余分な金もはいった」

バーニスが、舌打ちをしてくりかえした。「麻薬だよ」

メイベリーは溜息をついた。これから二カ月、それを何度も聞かされるとわかっていた。

ジェントリーは、金属製の椅子でドアがあかないようにしてから、数日ぶりのシャワーを浴びた。ルガーLCPの拳銃を、バスルームに持っていって、石鹸《せっけん》受けに置いた。石鹸もシャンプーもなかったので、湯で洗い流しただけだったし、タオルもなかったので、ベッドの薄い掛け布団でちょっと拭いたが、水をしたたらせて体が乾くのを待つしかなかった。服を着て、靴もはいた。枕とウールの毛布をベッドから引きはがし、出入口ドアからは死角になっている細長いクロゼットにほうり込んだ。ふたつ残っていた枕を濡れた掛け布団で巻き、ベッドのシーツの下に入れて、ほぼ人間の大きさのふくらみにした。

部屋の明かりを消し、クロゼットの毛布と枕のほうへ行って、横たわり、ポケットから拳銃を出して、体のそばのリノリウムの床に置いた。

ドアのロックと押さえにした椅子のことを考えた。高度の警備がある施設とはいえないが、疲れきっていて、ほとんど考えられなかった。ドアを蹴りあけた人間がベッドを見て、そこにだれかが寝ていると思い込むことを願うしかない。敵はまずそのターゲットを撃つはずだから、ちょっとした警告にはなる。部屋に数歩はいって左を見るまで、クロゼットにいるとはわからないし、そのときにはジェントリーがそいつを撃ち殺しているはずだった。

とにかく、そういう目論見《もくろみ》だった。ストーム・ドアを破られても目が醒《さ》めるかどうか、ジェントリーにはわからなかった。それに、襲撃者はたいがいふたりで組んでいるか、重装備の戦闘員が列をなしているだろう。ちっぽけな三八〇ACP弾では、先鋒とその相棒を殺すのがやっとだろう。

だめだ。たいした防御にはならない。しかし、部屋の防備をもっと固めるには、その前に体力を取り戻さなければならない。だから、そこに横になって、目を閉じ、どうにか眠ろうとした。

ジェントリーは一カ月ずっと移動しつづけていた。ロシア、スウェーデン、ドイツ、ベルギーで転々と居場所を変えた。それから、スペインとポルトガルへ行った。そこで貨物船と落ち合い、アメリカに来た。

航海の八日間、昼間は船底のネズミみたいに、船内の奥の隠れ場所に行った。深夜は体がなまらないように、船艙《せんそう》を歩き、ランニングした。

この脱出行には手助けがいた。ジェントリーに借りができたと考えた、モサドの工作員。ほんとうはべつの人間に借りがあると彼が考えていることを、ジェントリーは知っていた。

とにかく、その男はアラビアン・ナイトに登場する壺《つぼ》から出た霊鬼《ジン》のように願いをかなえてくれ、ジェントリーをアメリカに送り届けた。

ジェントリーは、そのモサド工作員とは交渉を絶つと決めていた。個人的な関係には弱点が多い。だから、アメリカ本土へ潜入するための導管としてモサド工作員を利用したあとは二度と接触せず、単独でやるというのが、当初からの計画だった。

まさにそのとおり、着ている服以外の物はすべて貨物船に置いてきた。はなからそのつもりではなかったのだが、接近するヘリコプターの音が聞こえたし、追っ手だとわかっていた。

上陸すると、車のエンジンを直結でかけて盗み、ワシントンDC郊外のメリーランド州にあるグリーンベルト地下鉄駅へ行った。車の灰皿にあった硬貨でメトロカードを買い、コングレス・ハイツ駅まで行くことができた。

現金と武器が必要だったし、その地域は両方を手に入れるのにもっともターゲットが豊富な環境だと知っていた。

目当てのものは手にはいったし、当面使える都合のいい作戦基地も得られた。今後数日のあいだに、何度も居場所を変えざるをえなくなるだろうとわかっていたが、新しい隠れ家がばれないように、できるだけの手段を講じるつもりだった。

ジェントリーの考えでは、このワシントンDCでの自分の任務はいたって単純だった。もとの雇い主であるCIAは、この五年間、ジェントリーを殺そうと血眼《ちまなこ》になっている。その理由がわからない。ジェントリーはずっと逃走をつづけ、外国で暮らし、電子監視網にかからないようにして、他人との関係や絆を絶ってきた。毎日二十四時間、肩ごしにうしろに目を配ってきた。

何度か捕らえられそうになり、CIAから逃げている最中に、ほかの主体《エンティティーズ》にも殺されかけた。

ジェントリーは、逃げるのにうんざりして、これをきっぱりと終わらせる潮時だと決断した。

小規模な部隊の戦術訓練を受けていた数年のあいだに、さまざまな真実を学んだが、そのうちのひとつが卓越していた。敵は攻撃するときに、こちらがどういう役割を演じるかを予期する。つまり、逃げるか、隠れるだろうと考える。だが、脅威を攻撃して、形勢を逆転させるのが、もっとも有効な自衛である場合が多い。

CIAでジェントリーのおもな教官だった、モーリスという名前しか知らない男は、それを経文のようにたびたび唱えた。いまでもモーリスのしわがれた声が聞こえる。「逃げてもいいが、逃げられなくなったら、隠れろ。隠れてもいいが、隠れられなくなったら、戦え。戦いのあとはなにもないから、とことん戦え」

ジェントリーは、もう逃げられなかった。もう隠れることもできない。だから、戦うために戻ってきた。脅威を攻撃し、答を得て、終止符を打つ。

この悪夢のような状況を打開せずにワシントンDCを離れることはありえない、とわかっていた。〝目撃しだい射殺〟という制裁を科されている裏にあるCIAの動機をあばき、制裁をなんとかして解除させないかぎり、逃亡の甲斐《かい》もなく死ぬことになるだろう。

この事態の全容について、ジェントリーはひとつの基本的な推論を立てていた。CIAでのジェントリーの仕事人生は、独立資産開発プログラムと呼ばれる小規模な新計画からはじまった。ジェントリーと、ジェントリーに似たような若者たちが、CIAでも最高の現場工作員の選りすぐりに個人訓練をほどこされ、やがて世界各地に派遣されて、単独作戦を行なった。上層部が関与を否定する困難な任務を命じられて、ほとんどの場合、自分の流儀でそれを実行した。

プログラムは解散され、ジェントリーはべつの部隊に組み入れられた。CIA特殊活動部《SAD》のほかの隊員より単独作戦の技倆《ぎりょう》に長《た》けているという事実が残っただけで、ジェントリーにとって独立資産開発プログラムは過去のものになった。

だが、つい先月、自分がプログラム全体で生きている最後のひとりになったことを、ジェントリーは知った。あとの十七人の若者は、それまでに殺され、ジェントリーも十七人の最後の生き残りを殺さなければならなかった。

いまでははっきりとわかっている。CIAはなんらかの理由で、独立資産開発プログラムにいたものを消してきた。ジェントリー以外は、すべて死んだ。

そしていま、ジェントリーに悲運が襲いかかろうとしていた。まだ斃《たお》されていない最後のひとりだからだ。

わからないのは、その理由だった。

プログラムのことや、資産に下された抹殺指令を暴露することはできるが、その前に証拠が必要だった。証拠がなかったら――《ニューヨーク・タイムズ》に電話して、疑っていることをいっても――頭がおかしいと思われて、記事にはならないだろう。

ＣＩＡはその容疑を否認するだろうし、メディアを抱き込んでいるから、勝利を収める。証拠が必要だ。証拠が見つかれば、正義が得られる。それがジェントリーの望みだった。復讐ではなく、正義だと、自分にいい聞かせた。

ワシントンＤＣには、自分が探し求めている答を知っている連中がいると、ジェントリーは確信していた。進んで答を教えてくれる、などという幻想は抱いていなかったが、こっちには覚悟がある。そいつらを見つけ出し、知っていることを突き止め、めちゃめちゃになった人生を立て直す。それは可能だと思った。自分は単純でも愚かでもない。だが、心のどこかでは、逃げるのに飽き飽きしていて、それを終わらせるためにみずから死地に飛び込もうとしているのではないかと考えていた。

マイナス思考を精いっぱい頭から追い出し、午前十時前にうつらうつらと眠りに落ちた。数カ月ぶりに死人のように眠りこけた。

10

デニー・カーマイケルは、暗いオフィスで革のソファに横になったが、目はあけたままで、天井を見据えていた。午前七時過ぎまで徹夜で働き、そのあとで二時間ほどとぎれとぎれに眠った。いまは目が醒《さ》めて、横になったままで考え込み、計画を練っていた。不安になり、あれこれ計算していた。

ドアがゆっくりとあき、細い光が部屋に射し込んだ。カーマイケルははっとした。なにもいわずにオフィスにはいってくる人間などいない。グレイマンの姿を思い浮かべた。炭で顔を黒く塗り、艶《つや》消し黒の反《そ》ったナイフを手にして、ヘビのように冷たく、暗く、死んだ目をしている。

カーマイケルはすばやく転がって上半身を起こし、闇のなかを手探りして、デスクのバンカーズ・ランプ（スタンドが真鍮で笠がグリーンのガラス、スイッチがチェーンという特徴の電気スタンド）のチェーンを引いた。

ジョーダン・メイズが、コーヒーのカップ二客を持って、立っていた。「すみません。まだ眠っていると思ったもので」

カーマイケルは、目をこすってコーヒーを受け取り、コーヒー・テーブルの向かいに座るようメイズを手で促した。

「何時だ？」

「十時くらいです」メイズがいった。「あと一時間くらい休んでいただきたいところですが、ワシントン・ハイランズ担当の殺人課捜査員から連絡があったもので」

「いってくれ」

メイズも目をこすった。徹夜の疲れが顔に出ていた。「ブランディワイン・ストリートの事件はヴァイオレイターの仕業です。疑いの余地はありません」

「どうしてそうだとわかる？」

「現場に指紋が残されていました」

カーマイケルは、首をふった。「馬鹿な。警察のファイルにジェントリーの指紋はない。地上班の隊員はひとりも国内のデータベースには載っていない。ジェントリーの指紋の記録は、われわれのところにあるだけだ」

「わかっています。指紋の分析はまだなされていません」

「では、どうしてDCの警察が――」

「自分だったことを、ジェントリーがわれわれに知らせたかったからです。ジェントリーは、死体を残していった部屋のナイトスタンドに、親指の指紋をべったりと残していきました。それも数多く。くっきりとつけられた指紋が、数字の6の形になっていました」

カーマイケルは、背すじをのばした。「シエラ 6《シックス》。特務愚連隊《グーン・スクワッド》のジェントリーのコールサイン」

「メッセージです。〝おれは帰ってきたし、怒っている。おれがここにいることを、エージェンシーに知っておいてもらう〟」

カーマイケルは、ソファに座り直して、胸いっぱいの空気を吐き出した。首すじから背中いっぱいに、さむけがひろがった。「あつかましいやつだ。隠れるつもりはないということだな。つまり、逃げもしない。やつはアーリアン・ブラザーフッドから、なにを奪った？」

「生存者によれば、袋にいっぱいの現金を持っていきました。額ははっきりしません。麻薬課の捜査員と話をしたところ、一万ドルくらいだろうと推測していました。その密売所の商売の規模からの推定です。警察は、覚醒剤もかなりの量、押収したようです」

「それだけか？　ヴァイオレイターは金しか持っていかなかったのか？」

「生存者は、敷地内で見つかった五、六挺の武器のほかにはなにもなかったといっていますが、そんな言葉はあてにならない。バズーカ砲をジェントリーが持ち出していたとしても、やつらは警察にはしゃべりませんよ。家にバズーカ砲があったのを認めることになりますからね。被害者ひとりの脚に空《から》のアンクル・ホルスターがあるのを、捜査員が見つけました。サブコンパクト拳銃用のサイズです」

カーマイケルは、短い髪をかきむしった。「わかった。ジェントリーは小型拳銃と小規模な作戦を行なうのにじゅうぶんな金を持って、姿を消したわけだ」

メイズがきいた。「やつの狙いはなんでしょう？」

カーマイケルは、ただコーヒーに視線を落とした。「復讐だろうな。やつのつぎの一歩は、この地域の知っている仲間に接触することだ」

「その前線なら監視しています。やつが接触する可能性がある人間を、四人探り当てました。なんらかの機能を果たすときに、やつがいっしょに働いた連中です。それぞれに資産を張り付けてあります」

「たった四人か?」

「いっしょに働いた人間のほとんどが、死にました。本部長とわたしを除き、すべて監視しています。本部長とわたしはここに詰めていますから。そうそう、ザック・ハイタワーも監視していません。まだいどころがわからないので」

「マット・ハンリーは?」

「民間警備会社から四人雇って、ハンリーの家を見張らせています。JSOC《ジェイソック》が到着したら、強行資産《ハード・アセット》を張り付けます」

「よし。ジェントリーはハンリーのところへ行く」

メイズが、一瞬口ごもってからいった。「これにはSADを使う必要がありますよ。召集をかければ、地上班の射手《シューター》（射撃手ではなく特殊作戦を行なう戦闘員を指す言葉）を二十五人投入できます」

カーマイケルは、首をふった。「地上班を投入すれば、ハンリーが関わることになる。SADを使わなくても、武装資産はじゅうぶんにある」

「ハンリーが作戦を脅《おびや》かすと、本気で考えているんですか?」

「いや。だが、あいつはつぎのNCS本部長候補だ」

「だからなんですか？」メイズはきいた。「本部長が長官になったら、ハンリーは本部長になるでしょう。でも、長官になったら、そんなことはどうでもいいでしょう？」

「わたしはあいつが嫌いだし、あいつもわたしを嫌っている。ハンリーはだめだ。あいつを見張らせろ。それだけでいい。ジェントリーはあいつのところへ行く。そこでジェントリーを殺《や》る」

「それじゃ……ハンリーは囮《おとり》ですか」

「それであいつは、エージェンシーに一所懸命尽くしたことになる」カーマイケルはふとあることに気づいた。「ジェントリーの家族も見張らせたほうがいい」

「近縁のものは父親だけです。六十四歳で、フロリダの小さな町に住んでいます。しかし、ジェントリーがティーンエイジャーのときから、疎遠になっていますよ」

「関係ない。その男も見張らせろ」

「エージェンシーの見張りが、すでに現地にいます。もちろん、ヴァイオレイターが現われたら、強行資産は空路でそこまで行く必要がありますが、フォート・ブラッグから出動させればいいし、そこまでの飛行時間は九十分以下です」

　カーマイケルの秘書の声がインターコムから聞こえ、スーザン・ブルーアから電話がかかっていると告げた。つなぐようにとカーマイケルが命じ、すぐに三十九歳の元ターゲティング・オフィサーの声が、スピーカーから流れた。

カーマイケルは、例によって必要な言葉だけを発した。「ザック・ハイタワーの居場所について情報は？」

「はい。二時間後には捕らえます。隠れ家に連れていきますか？」

「いや。こっちへ連れてきてくれ。七階の威圧感を味わわせてやる。協力するかどうか、たしかめる」

「かしこまりました」

カーマイケルが電話を切ると、メイズはいった。「ハイタワーが連れてこられるまで、ここにいますか？」

「いや」

「わかりました。隠れ家への移動の予定を組みます。ハイタワーが連れてこられる前に、すこし眠ったほうがいいですよ」

カーマイケルが、一瞬、落ち着きのない表情を浮かべた。メイズの見たことのない表情だった。「なんですか？」

カーマイケルはいった。「数時間、本部を離れなければならない。よそで資産と会う。ひとりで行く必要がある」

メイズは、上司の顔をしばし見つめた。そして、立ちあがり、ドアを閉めた。デスクのそばに戻って立った。「冗談ですよね？」

「心配するのはわかるが、こうしなければならないんだ。きみとドレンジ以外のものに、知られてはならない。きみにいうのは、いないのをごまかしてもらうためだ。ドレンジにいうのは、付き添えなくなるからだ」

メイズは、信じられないという顔のままだった。「ジェントリーがどこかにいるんですよ。わかっているはずですが」

「わたしにはもう隠密行動ができないと思っているのか？」

「街に出たら、安全ではないですよ。だれに会う必要があるにせよ、ここで秘話通信を設定できるでしょう」

「じかに会わなければだめなんだ」

メイズがいった。「では、わたしが行きます」

カーマイケルは、ただ首をふった。

「いいですか、本部長。愛人かなにかがいるんでしたら、この嵐が過ぎるまで、我慢してください」

カーマイケルは、溜息をついた。「わたしに愛人がいて、きみがそれを知らないとしたら、副本部長として失格だろうが。最長でも三時間、席をはずすだけだ。電話にも出ないから、なにか説得力のある口実を考えてくれ」

メイズの啞然《あぜん》とした顔は、変わらなかった。「なにが懸かっているか、わかっているんでしょうね」

カーマイケルは、あきれて目を剝《む》いた。「ジェントリーが危険な男だからか？」

「ジェントリーのことだけではありませんよ。本部長は長官になりたいんでしょう。それだけの仕事はしてきましたよね。ジェントリーの一件が漏れたら、それが台無しになります。長官になれないだけではなく、なにもかも失いますよ」

「漏れない。われわれが始末する」

メイズは、もう一度説得しようとした。「わたしを蚊帳《かや》の外に置くのは、賢明ではないですよ」

「わたしだけが負う重荷もあるんだ、メイズ。それはそのままにしておこう」

米陸軍のUC-35Aジェット輸送機が、アンドルーズ統合基地に着陸し、滑走路36右の奥の格納庫内に地上走行《タキシング》していった。格納庫の扉が閉じられ、降着装置に車輪止《チョック》がかまされると、昇降口があいて、地上員が移動式タラップを用意した。三十代と四十代の男が十二人、セスナ・サイテーションVの軍用型であるUC-35Aからおりてきた。おのおのが巨大な黒いダッフルバッグを肩にかつぎ、タラップを離れるとすぐに、格納庫の床に重いバッグをおろした。

アンドルーズは軍の基地で、UC-35Aは軍の輸送機であるのに、十二人はさまざまな私服を着ていた。基地にいるときや勤務中に、そういう違反を犯しても許される兵士は、ほとんどいない。だが、その小部隊は、正規の陸軍部隊ではなかった。彼らは統合特殊作戦コマンド《JSOC》戦闘員の特命部隊だった。具体的にいうと、国土安全保障上の問題で政府を支援する任務を負っている、ＪＳＯＣの精鋭の支隊だった。

ＪＳＯＣには、直接行動を行なう資産から成っている部隊がふたつある——ＳＥＡＬチーム6とも呼ばれる海軍のＤＥＶＧＲＵ（特殊戦開発群）と、数十年にわたり一般にデルタ・フォースと呼ばれてきた陸軍部隊だ。部隊員は公開されている情報源では、まだときどきその名称を使うが、機密扱いの部隊名称は変更されている。

数え切れないほどの著作、映画、記事、ＪＳＯＣの人間が受けたり行なったりしたインタビューのために、部隊の作戦や戦闘能力が暴かれてしまったと、ＪＳＯＣ上層部は考え、新しい名称に変わったときに、名称そのものが隠語で秘匿《ひとく》された。

ＪＳＯＣの陸軍側の人間は、ハリウッドの中央の舞台をよろこんで海軍のＳＥＡＬに任せた。

ＪＳＯＣはもう何年もジェントリーを狩っていたが、今回のメンバーにはその経験がなかった。ジェントリーがずっと国外にいたからだ。この十二人は、国土安全保障省との特別な取り決めで、アメリカ国内で活動している。

アンドルーズ統合基地の格納庫の十二人は、軍の国内作戦における先鋒だったので、この任務のために召集されるのは当然の流れだった。前の晩にお偉方がＣＩＡから連絡を受けて、ＤＣで暴れている離叛者の元ＣＩＡ工作員を抹殺するようにという、極端な手段も辞さない任務を命じた。十二人はその直後にフォート・ブラッグ内の柵に囲まれた本部へと急ぎ、装備を整えて、待機していた陸軍の輸送機に乗った。

九十分後にはアンドルーズに到着し、いまは荷物をほどいて、装備を組み立て、特徴のないシヴォレー・サバーバン三台に積み込み、ワシントンDCのキャピトル・ヒルにある隠れ家を目指した。

普段着姿の男十二人は、ヴァイオレイターが元CIA工作員で、造反し、同僚を何人も殺したということを知っているだけで、狩りの背後の理由はほとんど知らなかった。大統領命令で抹殺するリストに載るほど不都合でいまわしいのだと判断し、それ以外に必知事項があるとは考えなかった。

この部隊の指揮官は、暗号名を〝ダコタ〟という四十三歳の陸軍中佐だった。ダコタとその配下が隠れ家に着くとすぐに、ジョーダン・メイズ、スーザン・ブルーア、メイズに付き添っている警護班が、玄関にやってきた。メイズとブルーアとダコタが、リビングでブリーフィングをはじめ、JSOCチームの残りの面々はダイニングでハイテク通信機器の準備とテストを行なった。

ダコタはメモ用紙に書きながら、CIA局員に必要な質問をした。それから、自分たちが使える監視資産のリストをともにこしらえた。つぎに、ターゲットが接触しようとした場合に備え、見張らなければならない以前の仲間とCIAのほかの局員の自宅について検討した。

ブリーフィングが終わったことをブルーアがほのめかすと、ダコタはテーブルの向かいに座っていたCIA幹部局員ふたりを眺めた。「われわれはこれまでも国内で殺傷作戦を行なってきた。めったにないが、たまにある。これだけ承知しておいてくれ。われわれが突入すれば、副次的被害は軽微か皆無だ。べつの手段——地元警察、FBIのSWAT、CIAの射手《シューター》、その他の資産など、あんたたちが自由に使えるもの——をあんたたちが使ったら、おれやおれの部下みたいに精密にはできない。おれたちには、この手のことを迅速に、手際よく、ひっそりとやる経験がある」

メイズがいった。「じつはあんたたちが最初の選択肢なんだ。ジェントリーはDCですでにふたり殺している。われわれよりも早く地元警察が発見するのではないかと懸念しているが、目撃するか、目撃した可能性があるときには、可及的速やかにあんたたちを出動させる」

ダコタは立ちあがり、CIA幹部局員ふたりと丁重に握手を交わしてからいった。「おおいに結構。やつのところへ案内してくれれば、おれたちがやつを斃《たお》す。それまでは、装備を整えて、街に出る。連絡を絶やさないでくれ」

11

デニー・カーマイケルは、ＣＩＡ本部マクリーン・キャンパスの駐車場ですでにローターを回転させていた、ベル・ジェットレンジャーに乗り込んだ。

移動のこの行程だけは、ドレンジが付き添う。監視探知手順《SDR》は自分でやり、そのままひとりで会見の場所へ行くと、カーマイケルが告げたとき、ドレンジは当然ながら仰天した。だが、近接警護官は本部長にこれはいいが、あれはだめだと指図できる立場ではないので、いつものように四五口径のヘッケラー&コッホ・セミオートマティック・ピストルをショルダー・ホルスターで身につけてくださいと念を押しただけだった。ＣＩＡ局員はほとんどが武器を携帯しないが、カーマイケルはあらゆる面でありきたりのＣＩＡ局員とは異なる。たとえ国内でも、移動中にはたいがい着装武器を帯びている。

ジェットレンジャーは、離陸からわずか十五分後に、プリンス・ジョージズ郡のワシントン・エグゼクティヴ空港に着陸し、カーマイケルは機内にドレンジを残して、ベージュのトヨタ・ハイランダーに乗った。ＣＩＡが雇った人間が駐車場にとめて、フロアマットの下にキイを隠してあった。カーマイケルはハイランダーを空港の敷地から出して、昼前の車の流れに乗り、州道２１０号を北のワシントンＤＣへと向かった。バックミラーをたえず覗き、インターステート95号に乗って東に向かい、尾行がいないと確信すると、インターステートをおりて、西に折り返した。ウッドロー・ウィルソン橋でポトマック川を渡り、ヴァージニア州アリグザンドリーアにはいって、監視探知手順《SDR》を行ないながら、旧市街の狭い通りを二十分間走った。

キング・ストリートで駐車し、車内に十五分いてから、さらに徒歩でＳＤＲをつづけた。ギフトショップや骨董《こっとう》品店にぶらりとはいったり、脇道に折れてはまた戻ったりしながら、そのあたりを三十分にわたりあてどなく歩いた。十二時十五分に、サンドイッチ店にはいって、ライ麦パンのパストラミ・サンドイッチを注文した。窓ぎわのカウンター席でそのランチを食べながら、通りに目を配りつづけ、尾行者がいる気配を探した。

訓練で磨いた目でも、ふつうではないことがなにも見当たらなかったので、カーマイケルは十二時三十分にサンドイッチの残りを捨てて、キング・ストリートを北に向かい、キンプトン・ロリアン・ホテルの正面の庭にさっと折れた。

ロビーにはいると、そのままフロントへ行き、早いチェックインでスイートを一泊申し込んだ。つねに持ち歩いている偽装身分のクレジット・カードを使った。女性のフロント係が、四階のスイートのカードキイを渡した。カーマイケルは、フロントの奥にあるエレベーターの前へ行った。ちょうどそのとき、気品のある風采《ふうさい》の男が、紳士用洗面所から出てきて、カーマイケルの横でエレベーターを待った。

エレベーターに乗ったふたりは、四階に着くまで無言で立っていた。カーマイケルは、四階の廊下をスイートに向けて歩き、男がついてきた。言葉は交わされなかった。

ふたりはともにスイートにはいり、カーマイケルがドアを閉めた。

カーマイケルのあとをついてきた男は、五十代前半の痩《や》せた美男で、グレイのピンストライプのスーツを着ていた。浅黒く、繊細な目鼻立ちで、やさしげな品のいい物腰が、カーマイケルのいかめしい態度と比べると、よけいに際立った。

ドアが閉ざされたところでようやく、浅黒い顔の男が、カーマイケルに握手を求めた。かすかななまりしかない、完璧な英語でいった。「会えてよかった、デニー」

「やあ、カズ」

カーマイケルは、そっぽを向いて、携帯電話ほどの大きさの装置を出し、スイッチを入れた。部屋のまんなかへ行き、コーヒー・テーブルにそれを置いた。無線周波数の信号攪乱《かくらん》機で、盗聴器の発する電波を遮断する機能がある。

そのあいだに、カズと呼ばれた男がスーツのジャケットを脱いで椅子にかけ、ソファのほうへ行った。そこで静かに座って、カーマイケルが装置を調節するのを見守った。

ほんとうはカズという名前ではないが、カーマイケルは十五年にわたって彼をそう呼んでいた。ムルキン・アル－カザズよりもずっといいやすいからだ。カズはいま、サウジアラビアの情報機関、総合情報統括部《リアーサト・アリスティフバーラート・アルアーマー》（GIP）のアメリカ支局長だが、ふたりはカズがもっと下級の工作員だったころからの知り合いだった。

カーマイケルを見ながら、カズが笑みを浮かべた。「ホテルの部屋で秘密の会合か。古き良き日々みたいな感じだな、友よ」

カーマイケルは、無愛想に答えた。「過去をロマンティックに思わないほうがいい。いまよりもよかったわけではない」話しながらカーマイケルは携帯電話を出し、イヤホンを耳に差し込んだ。

「とにかく、あのころは若かったじゃないか。若さをロマンティックに思っているんだ。たとえむだにしてしまったとしても」

カーマイケルは、携帯電話からイヤホンにワイヤレスで音楽を流そうとしたが、信号が伝わらなかった。信号攪乱機が機能していると納得すると、イヤホンをはずし、携帯電話といっしょにジャケットのポケットにしまった。

カズがいった。「土曜の昼過ぎにこんなふうにわたしに会いにくるとは、よっぽど厄介なことになっているんだな。秘話電話で処理できないとは、どういう問題なんだ？」

カーマイケルは、しばらくカズを無視して、こんどは隣の寝室のテレビをつけてから、リビングに戻り、そこでも薄型テレビをつけた。それぞれちがうチャンネルに合わせてあった。寝室ではアクション映画、リビングではニュース局のインタビュー番組が流れ、ぶつかり合う音がスイート全体にあふれた。

カーマイケルは、ソファにカズとならんで座り、小声でいった。「いうことを聞かない資産がアメリカ合衆国に戻ってきた。よりによってワシントンＤＣに」

「あなたの資産？　それともわたしの？」

「かつてはわたしの資産だった」

「ひょっとして、暗号名ヴァイオレイターか？」

カーマイケルは、この情報を相手がすでに知っていた気配はないかと、カズの顔を入念に見た。「そのとおり」

カズは驚きを見せなかったが、当然だと思っているようでもなかった。カズの顔は解けない暗号だった。落ち着いた明るい表情で、カズがいった。「ずいぶん大胆なことをする。あなたたちには煩《わずら》わしいだろうが、好機だと見なしたほうがいい。やつはだいぶ前から、四方八方を転々として、姿を隠してきた。それがいま、あなたたちの縄張りにいるんだ」

「DCはわたしの縄張りではない」

カズが、両眉をあげた。「ということは、つまり……わたしの縄張りだといいたいんだな」

「そのとおり。きみの縄張りだ」

カズが淡い笑みを浮かべた。「ときどきあなたはそれを念押しするね。わたしをここに呼んだ理由はわからないが、告白が聞きたいのなら、はっきりといおう。ジェントリーの動きのことは、わたしはまったく知らなかった。イスラエルの親しい友人たちと話をしたほうがいいんじゃないか。偉大なモサドは、どんなときでも、なにもかも知っているはずではないのか？」

イスラエルは、カズの宿敵だった――だから、カーマイケルと話をするときはいつも、アメリカがイスラエルと親密であることを当てこすれる機会を逃さなかった。

情報の世界で、イスラエル、アメリカ、サウジアラビアは、とてつもなくやりづらい三角関係にある。

カーマイケルはいった。「告白など望んでいない。ヴァイオレイターがこっちに来たのを、きみが知っていることはわかっている。わたしが必要としているのは行動だ」

「おもしろくなってきた」カズが、かなり皮肉をこめた笑みを浮かべた。

相手のこざかしい態度に辛抱できなくなりかけていることを、カーマイケルは隠そうともしなかった。「駆け引きしている時間はない。なにが危険にさらされているか、おたがいに承知しているはずだ」

「わたしの考えでは、ヴァイオレイターが来たために危険にさらされているのは、ただひとり」――カズが言葉を切り、口をほころばせた――「あなただ、デニー。はっきりとわかっているはずだよ。やつがここに来た狙いはあなただ」

「やつの意図がなんであろうと、抹殺するつもりだ。DCで。これにはほかの道具も使うつもりだが、きみときみの配下にも参加してもらいたい」

カズは首をふった。「問題外だ。わたしの国の指導部にいいつけられた仕事で、いまはきわめて忙しい。あなたにはまったく興味がないだろうが、わたしは現時点であなたの必要に応じて資産の任務を変更できるような立場にはない」

カーマイケルは、すこしにじり寄った。「きみとは良好な協力関係にある。きみのおかげで、わたしの配下は中東で動きやすい。わたしはきみたちがDCで動きやすいようにしている。その関係をつづけたい」

「あなたがいうように、いまは良好な関係だ。それがつづかない理由でもあるのか？」

「ジェントリーという非常事態をすばやくそっと処理しないと、わたしが責任をとることになるだろう。かなり大きな罪を負うだろう。わたしの後任が、わたしが認めてきたのとおなじ取り決めをサウジアラビアに認めると思うか？」カーマイケルは身を乗り出した。「それは……ぜったいに……ありえない。きみは国外追放されるだろうし、こちらにいるきみの細胞は免責に浴することはできない。墓標の立たない墓穴にほうり込まれなかったとしても、一網打尽にされ、刑務所に送られる」

カズがいった。「死と破壊の脅しか？　本気なのか、デニー？　あなたについて文句をいう人間は……失礼だが、おおぜいいる……みんなおなじことをいう。あなたには、情報の仕事に欠かせない言葉のあやがないと。わたしはあなたを弁護している。しかし、話し合いの初手から、わたしたちの長くつづいてる取り決めについて、あからさまな脅しをかけるようでは、素養がなく下品だという他人の批判もあながち的はずれとはいえないね」

カーマイケルは黙って、カズがいいたいことを吐き出すのを待った。

カズが落ち着いた。「まあ、親しき友よ。あなたのいうとおりだ。わたしたちの相互の関係は、みんなにとっていいことだ。両国が友好関係にあるあいだは、物事がうまくいく。あなたとわたしが友人であるあいだは、物事は最高にうまくいく」

「では、手を貸してくれ」

「なにが望みだ？」

「やつを探してもらいたい。きみときみの配下で」

カズが、大きな溜息をついた。「やつを狩るのに、ほかになにを使う？」

「エージェンシーと軍の資産だ。だが、それだけでは足りない。きみのところの腕利きが必要だ」

「競技場が混雑しているようだな。わたしの配下にとっては危険だ」

「狩りにくわわるほかの主体の動きを、きみたちに伝えるようにする。必要に応じて、きみは自分の資産をアメリカの資産から遠ざければいい」そこでカーマイケルはきいた。「DCで動かしている人数は？」

「すまないが、それはいわないほうがいいだろう」

「十人」カーマイケルはいった。「十人だ。全員、これにふり向けてくれ。もっと投入したいようなら、便宜をはかる」

カズは渋っているようだったが、やがて不承不承従った。「わたしはこの稼業では、プロとしての信用と作法というふたつの事柄を求めない。だが、デニー、あなたとわたしには共通の利害がある。あなたがなんらかの形で好意に報いるという前提で、手を貸そう」

カーマイケルは、そういわれるのを予期していた。「ヴァイオレイターをわれわれが見つけるのを手伝ってくれれば、きみたちがDCでもっと自由に動けるようにすると約束する。リードをはずしはしないが、庭をもっと嗅《か》ぎまわれるように、リードをすこしゆるめよう」

カズがうなずいた。

カーマイケルは、さらにいった。「わかっているだろうが、ジェントリーが生きて捕らえられるようなことがあってはならない」

カズが手をのばし、カーマイケルの腕を軽く叩いた。「わたしたちが先に見つけたとしても、やつを生かしてはおかない」カズが立ちあがり、手を差し出した。「協力して、この厄介な問題に終止符を打とうじゃないか」

「すばらしい。きみとはこれからもじかに交渉する。なにかわかったら、即座に報せる」

カズが、スーツのジャケットを取った。それを着ながらいった。「目先のことで、ひとつ忠告したい」

「どんな忠告だ？」

「街には出るな。いまジェントリーがあなたの一五キロメートル以内にいるとすると、自分で車を運転するのは危険だ」

「きみとの関係は承認されていない。警備陣を引き連れてサウジアラビア大使館へ行くわけにはいかない」

「それなら、昔とおなじようにふるまえばいい。レバノンやサナアやチュニジアでやったように。若い現場工作員の役割を演じるんだ。投函所を使い、暗号文をやりとりする」

カーマイケルは、眼鏡の下の目を拭《ぬぐ》った。早くも睡眠不足と戦わなければならなくなっていたし、ジェントリーを見つけて抹殺するまで、ちゃんとした休息はとれないとわかっていた。「芝居がかったことはやめろ、カズ。秘話携帯電話を使う。つねに持っているようにする。きみもそうしてくれ」

カズが肩をすくめた。がっかりしているふりをした。「いいだろう」

ふたりはべつべつに部屋を出た。まずカーマイケルが出た。夜に配下をひとりホテルによこしてとまらせ、テレビのホテル・サービス画面を使ってチェックアウトさせるつもりだった。そうすれば、フロントへ行って、顔を見せて手続きをする必要はない。

旅行の世界は自動化され、スパイにとっていろいろな事柄がやりやすくなっている。

12

カーマイケルは、キング・ストリートにとめたハイランダーに戻り、ヘリコプターとドレンジがいる空港にたどり着くために、そこからあらたにSDRを開始した。午後三時にはCIA本部に戻っているはずで、そこでようやくメイズとともに安堵《あんど》の息をつけるだろう。

運転しながらカーマイケルは、目前に立ちはだかっている前例のない難問のことを考えた。人口六百万人の首都圏でひとりの人間を見つけなければならない。この五年間、グレイマンを殺すことはずっと最優先事項だったが、いまだにそれを達成できていない。その五年のあいだに、世界中で人的情報資産を指揮し、遠陬《えんすう》の地で重要ターゲットを暗殺し、世界の大国に対する大規模情報作戦を成功させ、本土でテロ攻撃を未然に防ぎ、アフリカの地域紛争での勝利にも関わった。

だが、コートランド・くそ・ジェントリーは、どういうわけか生き延びている。ジェントリーは長いあいだ難攻目標《ハード・ターゲット》でありつづけていたが、今回は過ちを犯した、とカーマイケルは確信していた。アメリカでどういう成果をあげられるとジェントリーが思ったにせよ、国外に脱出することはできない。

カズとその配下が乗り出したからには、それは不可能だ。

カーマイケルは、カズがワシントンDCで小規模な工作員チームを動かすのを、三年にわたって認めてきた。アメリカ国内の外国人工作員を探し出して逮捕するために仕組まれたFBIの防諜計画にひっかからないように、おとり捜査に警戒するよう注意したこともある。それをだれも知らない。FBIも、CIA長官も、ジョーダン・メイズも知らない。カーマイケルがアメリカにいるサウジアラビア情報部の親玉と良好な協力関係にあることは、メイズも知っていた。だが、ふたりが持ちつ持たれつの関係にあるとは、夢にも思っていなかった。

法に反する、承認されていない関係だったが、カーマイケルには規則などどうでもよかった。成果にしか興味がない。

カズはその見返りに、アメリカの情報機関のトップがかつてアラブ国家からあたえられたことがないほどの質と量の情報を提供した。ドバイのアルカイダの銀行口座番号、重要ターゲットの名前と住所、イラクで活動しているISIS《イシス》（イラクとシリアのイスラム国）幹部とおぼしい人物の通信を傍受して録音したもの、その他、CIAがほかでは入手できない細目《アイテム》を、カズは大胆にもイスラム世界の自分の人脈を通じて収集し、カーマイケルにじかに教えた。

カズの情報によって、聖戦主義者《ジハーディスト》が大幅に減ると考えるのは幻想だった。アルカイダはつねに新しい資金源を見つけるし、ISISはべつの人間を指導者に据える。だが、カーマイケルはカズから受け取る産物《プロダクツ》（情報機関が配布する最終諜報報告書）におおいに満足していた。この密接な提携関係を隠しておかなければならないのは残念だが、外国の工作員がアメリカ国内で自由に活動することなど、百万年たっても承認されないだろうと、カーマイケルは承知していた。ＦＢＩの偏狭なやつらや、ホワイトハウスの政治しか頭にない連中がこれを知ったら、戦慄するにちがいない。

　カーマイケルは、諜報という稼業を知り尽くしていた。物事を動かすには、代価がいる。それに、カズがなにを望んでいるかも見抜いていた。カズは、アメリカ国内で反米活動がしたいわけではない。そうではなく、サウジアラビアの敵に対する活動を望んでいるのだ。ほかの産油国に対する経済諜報。国連、アメリカのメディア、ＤＣに本拠のあるシンクタンクという海で群れをなして泳いでいる、中東の近隣諸国に対する政治諜報。

　カーマイケルは、カズとは長年の付き合いで、信頼しているとはいえないが――サウジアラビアはどんなときでも自国の利益を追い求める――カズの動機ははっきりとわかっているつもりだった。カズは、下院議員を殺す暗殺チームをアメリカ各地で動かすようなことはしない。カズがアメリカ国内で国家の目的を追い求めるのに、すこし自由に動けるようにしてやるのは、自分が得るものの正当な代価だと、カーマイケルは考えていた。

　プリンス・ジョージズ空港に向かい、ウッドロー・ウィルソン橋をひきかえしているとき、カーマイケルはつかのま自己満足と誇りを味わった。駒を盤の上で動かしているチェスの名人になったつもりだった。

ジェントリーのことを考えると、そういう気分は薄れた。ジェントリーが目下の問題だからではない。ちがう。ジェントリーのことが頭に浮かんだのは、ムルキン・アル＝カザズと密接に協力してきた十五年間にたった一度だけ、両者の関係に大きな踏み誤りがあったからだった。カズが提供した情報が、どういうわけかその一度だけ、諜報活動の大失態としかいいようのない事態を招いたのだ。

それは数年前のことで、その諜報活動の大失態の最終結果が、いまアメリカの街を好き勝手に動きまわっている。その男は、空から無数のミサイルが落ちてくるように、アメリカのインテリジェンス・コミュニティすべてが全力で襲いかかってくるようなことを自分がやってしまったことに、まったく気づいていない。

ムルキン・アル＝カザズは、キンプトン・ロリアン・ホテルのスイートで、二十分のあいだ静かに座っていた。そのあいだにメールを送り、ほかの問題を処理した。それから、スイートを出て、そのときにドアの掛け金をハンカチで拭《ぬぐ》った。

ホテルから二ブロック離れたデューク・ストリートで、迎えの車に乗った。標章のないランドローバーやキャデラック・エスカレード数台にはさまれた車列の中央で、ジャガーのセダンのリアシートに深々と座り、オフィスに向かった。

ニューハンプシャー・アヴェニューを隔ててウォーターゲート・コンプレックスの向かいにある、サウジアラビア王国大使館に戻るまで、カズは無言でサイドウィンドウの外を見つめていた。カズのオフィスは大使館内にあり、ひとつの棟のかなりの部分を占めている。

サウジアラビアがかなり大規模な情報機構をワシントンDCで動かしているのには、おもに三つの理由がある。まず、サウジアラビア人の若者多数が勉学のためにアメリカに来て、英語を学びアメリカの生活様式を身につける。したがって、優秀な人間をカズがそこから数多く選抜して、DCにおける情報機関要員を充実させることができる。

つぎに、サウジアラビアには信じられないような巨額の金がある。流動資産。容易に手にはいるアメリカ・ドル。優れた諜報活動は、金だけに頼ってはいないが、もちろんあらゆるたぐいのスパイ活動で、金は有効な潤滑油になる。カズには、装備を買い、不動産を借り、アメリカのあらゆる階層の男女を買収するための予算が数百万ドルある。

さらに、サウジアラビアの情報機関が、アメリカ国内でこれほど効果的に活動できるのは、CIA国家秘密本部のデニー・カーマイケル本部長と、サウジアラビア総合情報統括部のアメリカ支局長ムルキン・アル゠カザズの特別な関係があるからだった。

ふたりの秘密条約は、アメリカ国内でのカズの活動はアメリカ以外の国に対するものでなければならない、と規定していた。また、アメリカの主要同盟国に対する活動も禁じられていた。それがイスラエルを意味していることを、ふたりは承知していた。たとえば、カズがイスラエル大使の自宅を監視していて、DCで逮捕されるようなことがあってはならない。

その他の情報収集であれば、カズとその配下は自由に行なってかまわない、とデニーは自分たちの合意を解釈していた。石油パイプラインの取り引きについて知るために、ロシア領事に対して長距離盗聴装置を使用してもかまわない。サウジアラビア王国にとって重要な外交・軍事問題の情報を得るために、中東のほかの国の大使館から情報を収集する作戦を行なってもかまわない。DCでシンクタンクを訪れたり、支援団体と話をしたり、抗議集会をひらいたりする、サウジアラビアの権益にとって危険な外国人を監視してもかまわない。

アメリカ人に対する活動を行なうまでもなく、カズにはほかにやることが山ほどあるのを、カーマイケルは承知していた。

それがいま、一変した。

だが、カーマイケルが合意について了解していることとは裏腹に、カズにはアメリカ国内で配下にやらせる活動について、べつの思惑があった。アメリカの情報機関のトップに庇護《ひご》され、アメリカ国内で殺傷を伴う直接行動任務を秘密裡《ひみつり》に許可されていることにつけ込んだのだ。カズの配下は、イスラエル人ブロガー、アメリカとサウジアラビアの関係を危うくする本を書いた著名作家、サウジアラビアが航空機エンジンで大きな利益のある契約を得るのを邪魔した、ドイツ防衛産業界のビジネスマンを暗殺した。

それらの殺人はすべて、強盗、自動車強盗、自動車事故として見過ごされた――カーマイケルはこれっぽっちも疑念を抱いていなかった。友人でパートナーのムルキン・アル－カザズが、じつは鶏小屋にはいり込んだキツネだとは、知る由《よし》もなかった。

そしていま、カズはアメリカのインテリジェンス・コミュニティの最重要人物に、アメリカ合衆国国内でたったひとりのアメリカ人工作員を見つけて殺すために、すべてのエネルギーを注ぎ込むよう依頼された。カズのアメリカ国内における包括的な任務とは、一見、無関係のように思えるが、カズは依頼に応じるつもりだった。なぜなら、デニー・カーマイケルの生存は、サウジアラビア王国の権益に関わっているからだ。

13

大学の友愛会の若者三人は、まったくのしらふだったが、それよりも嫌なことがあった。最悪なのは、ずぶ濡れで、腹ペコで、口惜《くや》しいことだった。それに、まだ一頭も仕留めていない。

その週末、三人は大きな期待を抱いていた。金曜日は最高のパーティだった。ジェイの二十二歳の誕生日で、ジェイと親友ふたりのために、父親が思い出になるひとときを用意してくれた。金曜日の午後、三人はクリーヴランドのケース・ウェスタン・リザーヴ大学のシグマ・イプシロン友愛会寮から空港に向かい、ジェイの父親の法律事務所が所有するセスナ・サイテーション・マスタングに乗った。ルイスバーグのグリーンブライアー・ヴァレー空港に着くまで、脚のきれいなアテンダントが持ってきてくれたラムのコーク割りを飲んだ。空港から車でハンティング・ロッジへ運ばれ、チェックインするとすぐにバーへ行って、夜晩《おそ》くまで年配の連中とともにストレートのウィスキイを飲んだ。

土曜日の朝、ベッドから起き出したときには、ふらふらで二日酔いになっていたが、アドレナリンで乗り切った。新しい迷彩服を着て、借りたライフルを肩から吊るし、重いバックパックを背負って、朝食を食べようとぶらぶら下におりていった。

ガイドとはロビーで落ち合うことになっていたので、パンケーキとベーコンを食べながら、週末を山にはいってイノシシ狩り三昧で過ごすための戦略を話し合うつもりでいた。食事を終えたら4WDに乗って山を登り、イノシシを撃ち殺しにいくものと、三人とも思っていた――イノシシが倒れるたびに、〈ファイアボール〉ウィスキイか〈イェーガーマイスター〉リキュールを一杯飲んでもいい。

だが、食堂のすぐ前のロビーでガイドと会うと、三人は食事のある方角から引き離され、朝の雨のなかに連れ出された。不機嫌な顔をした顎鬚《あごひげ》の中年男のガイドにジェイが、どうしてそんなに急いでロッジから出発しなければならないのかときくと、隠れ場《ハイド》へ行くには4WDで走る距離が短く、歩荷《ハンピング》が長いからだと、ガイドが答えた。

三人が受けた印象では、ワンワン・スタイルの交尾《ハンピング》という言葉に、ガイドはべつの意味をこめているように思われた。

ガイドはつぎに学生三人の装備を調べはじめ、無言で中身をひっぱりだして、砂利の私設車道《ドライヴウェイ》にほうり投げた。それが山積みになった。〈ナチュラル・ライト〉ビールの十二本パック、〈ファイアボール〉、〈イェーガーマイスター〉、〈パピー・ヴァン・ウィンクル〉バーボン・ウィスキイ、〈M&M〉、フライドポテト。〈チートス〉ふた袋まで、投げ捨てられた。

ジェイの父親は有名な弁護士だし、ミートの母親はシカゴのサテライト・ラジオ（衛星通信を利用するデジタル・ラジオ放送）の政治番組の司会者で、ステュアートの父親はクリーヴランド副市長だが、三人とも荒くれ男のガイドが怖くて、文句がいえなかった。ロッジで年配者たちに、そのガイドは無愛想で口数がすくないと注意されてはいたが、そういう難癖があっても、州でもっとも優秀なハンティング・ガイドだと断言されたので、三人は愛想の悪さを我慢することにした。

　顎鬚のガイドは、三人を押し込むようにして巨大なピックアップに乗せ、途中で食事とコーヒーを出すと約束した。しかし、ロッジから出発したとたんに、朝食はレトルトパック入りの軍用の携帯糧食《MRE》と〈フォルガーズ〉のインスタント・コーヒーで、加熱剤《ヒーター》を入れたポリ袋の容器を使って温めるのだとわかった。コーヒーは、汚れたブリキのコップで飲まされた。

　ガイドがほとんど口をきかないまま、一行は二時間車に揺られ、バックパックとライフルを背負って、徒歩で山に分け入った。

　一時間ほど歩くと、整備された山道をそれて、すさまじい密林にガイドが三人を連れていった。

　一日ずっと森のなかを歩き、よじ登り、よろけ、イノシシは一頭も仕留められなかった。ステュアートは二度発砲して、二度ともはずし、ジェイは遠くからだとイノシシのように見えるアリ塚を吹っ飛ばした。ミートは弾薬をかなり使ったにもかかわらず、片づけ《キルド》たのは、バックパックに入れてあったマーブル・パウンドケーキ三袋と、MREのビーフシチュー三杯だけだった。

ガイドが三人にうんざりしているのは明らかだったが、ライフルも持っていないので、もっと腕がいいのを証明することはできないだろうと、三人は思った。

日没前に野営地を設営し、またMREを食べた。そのころには、シグマ・イプシロンの三人は、声高に文句をいいはじめていた。するとガイドが、三人に邪眼《じゃがん》を向けて、おまえたちはポークチョップを食べるよりも体を鍛えたほうがいいといい返し、日曜日にはもっとましな猟果が得られるようにしてやると約束した。

だが、いまはもう日曜日で、午後二時を過ぎていた。出発してから三十時間たつのに、三人の学生はまだ一頭も仕留めていない。山の斜面の隠れ場に座り、くねくねと流れる沢に隔てられたガレ場を見おろした。渓谷の向こう側の二五〇ヤード（二二八・六メートル）ほど離れたところに、岩の多いべつの山の斜面があり、雨の多い春のさなかに青々と茂っているマツや藪《やぶ》に覆《おお》われていた。

若者三人は一時間前から冷たい地面に無言で座り、変化が起きるのを待っていたが、ジェイがガイドのほうを向いて咳払いをし、沈黙を破った。「おい、あんた。話がちがうじゃないか。イノシシが撃てるって約束したのに」

迷彩服を着た顎鬚の男は、ジェイのほうを見もしなかった。渓谷の向こうをじっと見つめ、嚙《か》み煙草《たばこ》を股のあいだの叢《くさむら》に吐いた。「おれたちはハンティングをやってるんだ。追いかけてるんじゃない。獲物のほうから来てくれるのが最高だ」

ステュアートが、時計を見た。「それがいつなのか、わかってるのか？」

「いいから目をあけてろ、お嬢ちゃんたち。よく見れば見える」

若者三人が、双眼鏡を構えて、谷底を探した。二〇〇ヤード（一八二・九メートル）以下ですら、すべて的をはずしていたので、それよりも遠くは見ようとしなかった。

とうとうミートがいった。「リスしかいないじゃないか」

ガイドがいった。「おまえらはケース・ウェスタンの学生だと思ってたが、まさか盲学校の生徒じゃないだろうな？」

ジェイが双眼鏡から目を離して、ガイドの顔を見た。「嫌なやつにはなりたくないけど、おれがおやじに電話を一本かけたら、あんたはクビになるんだぜ。ロッジの持ち主と友だちなんだからな」

ガイドがまた前の叢に、嚙み煙草のまじった唾《つば》を吐いた。

ステュアートが、谷底を見終えて、双眼鏡をあげ、向かいの山の斜面を探した。双眼鏡の動きが急にとまった。

「待て。あんたがいうのは、あそこにいるイノシシのことか？」

自分が見ているものが仲間ふたりに見えるように、ステュアートが教えるのに、一分かかった。向こう側の斜面の、四人がいるのとちょうどおなじ高さに、イノシシが八頭いて、濡れた草や松葉をほじって食べていた。

ジェイがいった。「冗談だろう？　あのイノシシの群れまで、四〇〇ヤード（三六五・八メートル）はあるぞ」

ガイドが、裸眼で渓谷の向こうを見やった。「三七〇ヤード（三三八・三《メートル》）を超えていない。というより……三六三ヤード（三三一・九《メートル》）だな」

ジェイが、真新しいバックパックから、真新しいレーザー測遠器を出した。測るのに手間取って一分近くかかったが、片目をアイキャップから離し、びっくりした顔でガイドを見た。「信じられない。いちばん近いイノシシまで三六一ヤード（三三〇・一《メートル》）だ」

ガイドがまた嚙み煙草を吐いた。「前のやつはまだ大人になってない。おれがいってるのは、その二メートル弱うしろの、黒くてでかいやつだ」

ミートがつぶやいた。「ぶったまげた」

ステュアートがいった。「でも、ここからじゃ撃てない」間を置いた。「だろ？」

「そうかね」

ジェイが、ガイドの距離を測る天性の能力への驚きを乗り越えて、こういった。「なあ。獲物の射程内に連れてってくれるのが、あんたの仕事だろう。ただ見せるだけじゃなくて」

ガイドが、面倒くさそうにいった。「おれならあれを撃てる」

ジェイが笑った。「まあ、あんたはガイドだから、おれたちよりは射撃がうまいんだろう。だけど、ライフルも持ってこなかったんだから、証明できないぜ。ちがうか？」

ミートが、自分のボルト・アクションのウィンチェスターを差し出した。「撃ってみるか？　腕前を見せてくれよ」

ガイドがいった。「いいだろう」だが、ライフルを取ろうとはしなかった。また脇のほうに唾を吐き、座っていたのを、前に身をのばして、伏射の姿勢になった。迷彩ジャケットの前をあけて、手を突っ込んだ。ガイドがしごく平凡な見かけの黒い拳銃を抜いたので、隣で叢に座っていた友愛会の三人は、あっけにとられた。

ジェイがいった。「あんた、頭がおかしいんじゃないか」

ガイドは口をきかなかった。ただそのセミオートマティック・ピストルを右手で握って、前で構え、体と直角に地面に置いた左前腕に、右前腕を載せた。

ステュアートがいった。「拳銃で撃つなんて不可能だ」

ガイドが口をひらいたが、まるでひとりごとのようだった。「湿度は七〇パーセント近いにちがいない。銃身長一一・四センチ、四〇口径ホローポイント弾、抗力がかなりでかいだろうが、四・三ノットの追い風が手伝ってくれるから、約七・三メートル上を狙う必要があるな」

ミートがいった。「ここから撃ってイノシシに当たっても、殺せないよ。皮から二、三センチはいったところで、弾丸が脂肪か筋肉にぶつかる」

ガイドが、拳銃のアイアン・サイトから目を離さずに、ゆっくりとうなずいた。「そのとおりだ。七・七メートル上を狙い、頭に当てる」

学生三人は、そばの叢に伏せている顎鬚の大柄な男を見つめて、じりじりしながら座っていた。黒い拳銃の銃身がわずかにあがるのが見えた。

「あんた、ほんとにいかれてるぜ」ジェイがつぶやいたが、すぐに双眼鏡を目に当てた。あとのふたりもおなじようにして、三人ともターゲットに焦点を合わせた。

三人のまわりの大気を、一発の銃声が叩いた。ジェイがちょっとひるんで、双眼鏡を目から離したが、ふたたび向こうの山にいる焦茶色のイノシシを視界に捉えた。イノシシはじっと立ち、松葉を悠然と鼻でほじっていた。

「はずれたな」ジェイがいった。

そのとき、イノシシが身ぶるいし、頭がひくひく動いて、ほじっていた浅い穴に鼻から倒れ込んだ。横倒しになり、肢《あし》をばたつかせたが、やがて動かなくなった。

そのとき、斜面にいたほかのイノシシが、それぞれべつの方角に駆け出した。それから数秒たって、銃声のこだまが向こうの斜面から四人のところへ返ってきた。

ジェイ、ミート、ステュアートは、同時に身動きした。双眼鏡からゆっくりと目をあげて、ガイドのほうを向いた。

三人とも口をかすかにあけていたが、だれも口をきかなかった。


ザック・ハイタワーは、転がって上半身を起こし、ジャケットの下でグロック22を腰のホルスターに戻し、叢に唾を吐いた。思ったほどに嫌味ではない口調でいった。「おまえらのために殺してやったが、取りにいくのはごめんだぜ」

若者三人のうちで、最初に口をひらいたのは、ミートだった。「ロッジにいたじいさんのひとりが、あんたはSEALs《シールズ》にいたといってた。おれたち、そんなのは嘘っぱちだと思った」

　ザックは、溜息をついた。「海軍にいるとはいっても、ＳＥＡＬｓにいるといういいかたはしない。おれはＳＥＡＬだ、という」

　ジェイがいった「それじゃ……あんたはＳＥＡＬなんだな？」

　ザックは答えなかった。その代わりに、首を左に傾けて、空を見あげた。

「なんだ？」ミートがきいた。

　ザックは、エンジン音の聞こえてくる方角を見つけようと、なおも首《こうべ》をめぐらした。数秒後にいった。「ヘリ」

　黒いヘリコプターが、渓谷の向こう側の尾根を越えて現われ、倒れているイノシシの上を通って、四人に接近した。

「ＥＣ－１３０」ザックはつけくわえた。

　ジェイがきいた。「あのヘリ、なにしてるんだ？」

　ザックは、いままでは笑みを浮かべていた――つい頬がゆるんだ――そして立ちあがり、バックパックをつかむと、片方の肩にかけた。服から泥と濡れた木の葉を払い落とした。「おれを迎えにきたのさ」

　起伏のある牧草地の上で、ヘリがホヴァリングした。ハンターたちのところから三〇メートルほど離れていて、その斜面ではもっとも平坦に近かった。ヘリの着陸用橇《スキッド》が接地し、ザックはそちらに向かった。

ジェイが後ろから叫んだ。「おい！　どこ行くんだよ？」

ザックがふりむいた。叢に座っている若者三人のことを忘れていたらしく、指を鳴らした。ポケットに手を入れて、ピックアップのキイを出し、高く腕をふってジェイに投げた。

ザックはいった。「ピックアップは、東南東セヴン・ポイント・ファイヴ・クリック（七・五キロメートル）にある」

ミートがきいた。「どっちなんだよ？　クリックってなに？」

ジェイが立ちあがっていた。「待て！　おれたちを置き去りにできるもんか！」

ザックは向き直って、ヘリを目指した。ユーロコプターのエンジン音よりひときわ高く、三人に大声でいった。「おやじに電話しろ。ロッジを持ってるじいさんの友だちなんだろう」

ザック・ハイタワーは、ヘリコプターに乗り、まるで迎えにくるのを一日待っていたとでもいうように、搭乗員に平然とうなずいてみせた。地上で若者三人が見守っていると、ヘリは上昇して鈍色《にびいろ》の空に溶け込んだ。

14

キャサリン・キングは、いつもなら日曜日には出社しないが、きょうは来ていた。シリアで先ごろ起きたドローン攻撃事件の調査記事の締め切りが、月曜日の正午だったからだ。

オフィスともいえないような隅の小部屋が、キャサリンのオフィスだった。それでも《ポスト》のたいがいの記者よりはいいほうだ。三メートル四方のスペースに、本、雑誌、新聞、ファイル・フォルダー、キャスター付きダッフルバッグ、バックパック、ヨガ・マットその他のフィットネス用品が詰め込まれ、壁紙には写真が何枚か、ピンで留めてある。

キャサリンは結婚したことがなく、子供もつくらなかった。三十代には結婚して子供をこしらえるという自信があったのだが、その気配もなく四十代が過ぎるうちに、もうそういうことは無理な歳《とし》だと思って、自分なりに腰を落ち着けることにした。いまは五十代で、ほんとうに好きなこと——仕事とヨガの稽古《けいこ》——だけに打ち込んでいる。

けさもジョージタウンの日曜のヨガ教室から、そのまま出社したので、ゆったりしたエクササイズ・ウェアのままでデスクに向かっていた。日曜日の午後に編集室にいる数人は長年の同僚ばかりだし、いい格好を見せたい相手もいないので、そういう服装でも気にならなかった。

キャサリンは記事を書くのに集中していたので、コンピュータのモニターに人影が映ったとき、驚いてふりむいた。ブロンドの髪が薄くなりかけ、貧弱な口髭《くちひげ》と顎鬚《あごひげ》を生やしている若い男が、バックパックを肩にかけ、笑みを浮かべて立っていた。

「当ててみましょうか」立ちあがって、手を差し出しながら、キャサリンはいった。「アンディ・ショールね」

「とうとうお目にかかれて、ほんとうに光栄です」アンディが、熱をこめてキャサリンの手を握った。「ジャーナリズム学部のときからずっと、お仕事を拝見していました」

「とてもうれしいわね」アンディのお世辞にキャサリンは笑みをこしらえ、小部屋の予備の椅子二脚のいっぽうから、宅配便用の茶封筒の山をどかし、座るよう勧めた。アンディがどさりと座って、バックパックを床に置いた。散らかっている小部屋のどこかに置くと、書類の分類システムが狂うので、キャサリンは茶封筒を膝に置いたままで、モニターの前の椅子に座った。

「連絡なしに来てすみません」アンディが、そういいながら雑然としている周囲を見た。

「いいのよ。あなたは夜だけじゃなくて、週末も働くのね」

説明のつもりで、アンディはいった。「警察番ですから」

キャサリンは納得した。「そうね。犯罪者は銀行があいていない時間でも働くものね」

アンディはにやりと笑った。「銀行強盗はべつとして」

キャサリンは、そのジョークに丁重な笑みで応じた。「ブランディワイン・ストリートの殺人について、なにか新しいことがわかったの？」

「被害者はまだ病院です――ひとりはＩＣＵ（集中治療室）にはいっています――でも、警官やぼくにはしゃべらないでしょう」

「どうしてそういえるの？」

「麻薬を売買目的で所有していた容疑で告発されるはずだからですよ。弁護士を呼ぶだろうし、弁護士は黙秘しろと指示するでしょう」

「警察からは？」

「身体的特徴については、白人、男性、三十代ということしかわかっていません。ただ、ひどく奇妙なことがひとつあります」

「どういうこと？」

「犯人は指紋をいっぱい残していきました」

キャサリンは口をすぼめた。ぜんぜん奇妙には思えなかった。

「シンボルです」アンディがいった。

「シンボル？」

「つまり、数字でした。右手の親指の指紋で、死人がいた部屋のナイトスタンドに、数字の6を大きく描いていたんです」

「名刺代わりみたいね。ほかの犯罪現場で見たことは？　ギャングの印かなにかじゃないの？」

「見たことはありませんし、ギャングの印に関するアメリカ中のデータベースを調べました。6という字だけでは、なんの意味もありません」

「メッセージかもしれない」

アンディがいった。「ＣＩＡへの、ということですか？」

キャサリンは、窓の外に目を向け、一五番ストリートを見おろした。「わからない」

アンディがきいた。「現場を調べていたスパイのことは、なにかわかりましたか？」

「ジョーダン・メイズのことは教えたわね。女の名前はスーザン・ブルーア。やはりＣＩＡ局員で、計画立案部にいる。テロリストなどのエージェンシーに対する脅威を突き止め、脅威の抹消に資産を割り当てるのが仕事よ」

「それがどうしてメイズとつるんでいるんですか？」

「さっぱりわからない」キャサリンはいった。「わたしの情報源によれば、ブルーアはバグダッドに何カ所もある警護拠点に勤務してから、カブールや、イエメンのサナアに赴任した。その仕事ぶりに数々の称賛や賞詞《しょうし》を受けて、三年前に本部に戻るとともに、昇進した。エージェンシーですばらしい評判を得ている」

キャサリンは無言でじっと座り、ただ考えていた。アンディはそれを邪魔しなかった。キャサリンはいった。「メイズとブルーアは、昨夜の犯人について情報を握っているのではないかしら。犯人は、ＣＩＡに対する脅威になんらかの関係があるような気がする。国家秘密《NC》

本部の副本部《SAD》長と上級局員が出てきたんだから、かなり重要なことにちがいない」

「これからなにをやるんですか？」

「彼らが追っている男のことを、もっと知りたい。いまはカーマイケルには近づかない」

アンディがいった。「なんでしたら、ぼくがメイズに接近してもいいですよ。なにも知らないふりをして、現場でなにをしていたのかときくんです」

キャサリンは、首をふった。「しゃべるわけがないでしょう。現時点でわたしたちが見込めるのは、CIA広報官の公式コメントだけよ。そんなものはなんの値打ちもない」

アンディが、溜息をついた。記事にしたいと思っていることが、キャサリンにはありありとわかった。それも性急に記事にしたいと思っている。アンディがいった。「あなたの世界では、相手にしゃべらせることはできない。ぼくが犯罪現場へ行って話を聞き出すときには、相手が黙っていられないようにするんです」

キャサリンは笑った。「わたしのような仕事を長くやっていると、行間を読むことを身につけるの。CIAがしゃべらないことから、たくさん情報が得られることが多いのよ」椅子をまわしてコンピュータに向かい、仕事に戻ることをアンディに示した。「あなたは地面を嗅《か》ぎまわりなさい、アンディ。わたしはメイズとブルーアを重点的に調べるから」

ザック・ハイタワーは、ユーロコプターの機内でガーメント・バッグを渡された。スーツとネクタイがはいっていた。乗っていた工作担当官が、ハンティングの服から着替えるようにといった。ＣＩＡが服装にやかましいからではなく、迷彩服と泥だらけのブーツでは、本部であまりにも目立ちすぎるからだ。ヴァージニア州北部の上空高くをヘリコプターが飛んでいるあいだに、ザックはボクサー・ショーツ一枚になった。着替えたとたんに、だれかの服を借りたのだとわかった。筋肉隆々の腕に袖《そで》が合わず、おまけに汗止めと体臭がかすかに匂った。

とはいえ、ザック自身もヤギみたいに臭かったので、肩をすくめ、スーツを着た。工作担当官が自分のウィングチップを脱いだので、ザックはその靴をはいたが、ひとサイズ小さかった。

ヘリがヴァージニア州の山並みの上で降下し、午後七時にＣＩＡの敷地に着陸した。旧本部ビルの〝バブル〟側にあるその駐車場は、ほとんど車がとまっていなかった。ローターの回転が落ちる前に、ザックは連れ出されて、脇のドアを通った。工作担当官につづいてセキュリティ・チェックを通り、エレベーターのほうへ行って、乗り込んだ。

ラングレーのＣＩＡ本部は、ザックにとってなじみの場所ではあったが、ブリーフィング、セミナー、上級職の同僚の引退パーティのときに、たまに来るだけだった。デスクがあるわけではないし、それでいいのだと、本人も思っていた。

七階に向かっているのに気づき、ザックは片方の眉をあげた。解雇されるまで、ザックはＣＩＡで十一年働いたが、最上階に行くのは、これがはじめてだった。七階は、軍補助工作員の行きつけの場所ではない。

米本土に帰ったときは、たいがいＣＩＡの訓練に明け暮れていた。ヴァージニア州かノースカロライナ州で行なうことが多かったが、モンタナ州やコロラド州の山地、ミシシッピ州とアリゾナ州の射場、ネヴァダ州の砂漠でも行なった。ＤＣの街路でも、ザックやＳＡＤの隊員は、監視の技倆《ぎりょう》を磨いた。

ザックの地上班にも、本部はあった。ヴァージニア州ノーフォークにある表札を出していないビルが使われたが、ザックは射手《シューター》六人から成るチームを率いて、数年にわたってテロとの戦いで各地を転戦した。その歳月、米本土にいることはめったになかった。

工作担当官とともにエレベーターで昇っていくあいだ、ザックは精いっぱい、こんなことは日常茶飯事だというふりをしていたが、じつは頭の歯車がめまぐるしく回転していた。どうして連れてこられたのか？　昔の作戦に仔細《しさい》な説明が必要なのか？　新しい作戦を熟練者の視点で立て直したいのか？

ＣＩＡに復職する方策を示されるのか？

ザックは、そんな大それた願いを抱いたことはなかった。

一分後、ザックはダークウッドの鏡板張りの会議室で、マホガニーのテーブルに向かって座った。腰をおろすとすぐに横手のドアがあき、国家秘密本部の次席指揮官《セカンド・イン・コマンド》であるジョーダン・メイズがはいってきた。

野心家の大物の出現にザックは驚いたが、それよりも大きな驚きは、メイズが四十八時間ずっと眠っていないように見えることだった。

たがいにSADにくわわっていたころから、ザックはメイズを知っていた。だが、メイズはすでにかなり上級の管理職だったので、末端の人間と接触する必要はほとんどなかった。ザックはときどきメイズと顔を合わせたが、それもせいぜい四、五回だった。

メイズがずっとデニー・カーマイケルの直属の部下だったことを、ザックは知っていた。いまはそうではないことを願った。二年前に、不意に切って捨てるような無慈悲なやりかたでザックをクビにしたのは、カーマイケルだった。そのときザックは、胸の銃創と肺の危険な感染症のために緊急治療室にいた。カーマイケルは下っ端のおべっか使いをよこして、もう用はなくなったと伝えてきた。文句もいわなかった。ザックは打ちのめされたが、優秀な兵士でもあった。抗議は行なわなかった。退院させてもらえるまで、病室で独り横たわっていた。病院からヴァージニア・ビーチにある自宅アパートメントに帰ってからは、じっとテレビを見る生活をつづけた。

一年のあいだ。

一度も会ったことのない娘といっしょにカリフォルニアのどこかで暮らしている別れた妻を除けば、ザックに家族はいなかった。だから、だいたいは家にいて、健康を取り戻しながら、ニュースを眺め、自分がそれに一役買いたいと思った。

金が底をつくと、ザックはウェストヴァージニア州でハンティング・ガイドの仕事についた。だれにも悪さをしないイノシシを金持ちのクソ野郎が撃てるように道案内をするのが、嫌でたまらなかったが、実入りはよかったし、ハイキング、登山、射撃をつづけることで、短い月日のあいだにザックはかなり体調がよくなった。

　ＣＩＡでなくてもいいから、せめて民間軍事会社で前のような仕事に復帰することを、ザックは思い描いていた。しかし、カーマイケルに機密レベルの保全許可を剥奪《はくだつ》されたので、本格的な民間軍事会社が接触してくることはありえないとわかっていた。本土で動きのない警備の仕事につく気はなかったので、金持ちの民間人をイノシシ狩りに連れていく仕事をつづけながら、人生になにかおもしろいことが起きるのを待っていた。

　そしていま、旧本部ビル七階で、エージェンシーのナンバー2《ツー》スパイと、じかに会っている。

　とにかくおもしろくなりそうではあった。

　ザック・ハイタワーは、きびきびと立ち、気を付けの姿勢はとらなかったが、きちんと敬意を示した。

　メイズがうなずき、さっと握手をしてから座った。脇に分厚いファイルを抱えている。自分の現役のときの経歴と辞《や》めてからの経歴が、あのファイルに綴《つづ》られているのだろうと、ザックは思った。

「来てくれてありがとう」メイズがいった。

「なんでもよろこんで手を貸しますよ」

「本部長から話がある」

　ザックは、生唾《なまつば》を呑んだ。「どういうことか、きいてもいいですか？」

「本部長の口から聞いたほうがいいだろう」

カーマイケルが横手のドアをあけ、ほとんど突撃するような勢いで、テーブルに来た。昨夜、メイズといっしょに徹夜したのだとすると、カーマイケルは吸血鬼《ヴァンパイア》にちがいない。午後七時のいま、やけに元気そうに見える。

ザックは背すじをのばした。こんどは軍隊式のほんものの気を付けだった。

カーマイケルの挨拶《あいさつ》は、よくいっても、ジョーダン・メイズよりだいぶ冷ややかだった。

「謝るつもりはない、ハイタワー。期待しているようなら、がっかりするぞ」

ザックは、座ってテーブルに身を乗り出し、カーマイケルに応じた。「期待してません」

「二年前に自分の身に起きたことに、腹を立てているんだろう？」

ザックは首をふった。「おれは任務をしくじった。それが本部長は許せなかった。だが、おれだって許せなかった。あのあとで辞めさせられなかったら、それこそがっかりしてたでしょう」

カーマイケルは、ザックの言葉を嚙《か》みしめてからたずねた。「体力はどこまで回復した？」

「一〇〇パーセント」希望に満ちた口調になっているのにザックは気づき、いったいどういう事情なのかわかるまでは、ぶっきらぼうな態度をとろうと、自分にいい聞かせた。

カーマイケルが、メイズのほうを見た。メイズが肩をすくめた。

ザックは、事細かに説明した。「二年前に上半身に拳銃弾一発を受けましたが、快癒《かいゆ》しました。毎日、射撃を行なってます。長距離射撃では、前よりも上達しました。ランニングもやってます。二十歳じゃないが、年齢は足かせではなく、財産です。やる必要があるといわれれば、どんな仕事でも成し遂げます」

カーマイケルが、疑うような目つきをした。

「いまから体育訓練《PT》コースをやってもいいですよ」

「わたしは精神状態のことをきいているんだ」

「いたって正気です。頭がいかれているかどうか知りたいんなら、ためしに蝋燭《ろうそく》の火に手をかざしてみましょうか」

「そんなことが知りたいのではない。二年前のことで恨んでいるかどうかを知る必要がある」

「これっぽっちも恨んでません」

カーマイケルは、指でテーブルをすこし叩いてから、納得したらしく、すかさず目下の問題を持ち出した。「昨夜、コートランド・ジェントリーがＤＣに姿を現わした」

ザックは、カーマイケルがどんな突飛《とっぴ》なことを持ち出しても、冷たく落ち着いた表情を保つつもりでいたが、これには驚きを隠せなかった。「なんてこった！」

「スラム街で麻薬の売人をふたり殺した。ここで活動する資金を得るためだったにちがいない」

「たったふたり？」ザックは茶化した。お偉方ふたりに睨《にら》まれたので、ちょっと及び腰になった。「いいですか、おれがその事件のことでなにか知ってると思ってるんなら——」

カーマイケルがさえぎった。「どうしてやつがここに来たのか、思い当たることはないか？」

「自由に発言する許可をもらえますか？」

「ここは海軍などではないんだ、ハイタワー」

答はわかり切っているとでもいうように、ザックは肩をすくめた。「本部長を殺しにきたんですよ」

暗い会議室がつかのま静まり返ったので、埒《らち》を越えてしまったのだろうかと、ザックは心配になった。すると、メイズがいった。「われわれの評価もおなじだ」

ザックはゆっくりとうなずき、笑みをひろげた。自分の問題がすべて、急に溶けてなくなったような気がした。過去二年の暮らしや、任務に失敗したあとでエージェンシーから追放されて味わった失意が、消え失せた。仕事と目的が持てる。昔の自分に戻れる。

にやにや笑いを顔にひろげて、ザックはいった。「わかった。呼ばれた理由が。やつを阻止しろっていうんですね」

カーマイケルが、馬鹿にするように鼻を鳴らした。「先走りするな。前回、おまえはやつを阻止できなかっただろうが」

得意げな笑みは消えなかった。「本部長、おれをスーダンに派遣したあの作戦は、ちんぼこにできた癌《がん》みたいに手のほどこしようがなかった。それはわかってるはずですよ」

カーマイケルは、それには答えなかった。しばらくしてからいった。「呼んだのは、ジェントリーがどこにいて、なにをやりそうかを突き止めるのに役立つかどうかが、知りたかったからだ。戦術のたぐいのことを」

「正解です。おれはだれよりもやつのことを知ってる」

横手のドアに低いノックがあり、地味な紺の服を着た女がはいってきた。ザックが受けた第一印象は、エロい女だということだった。ストリッパーのエロさではなく、セクシーな司書みたいなエロさだ。

女がザックに近づいた。ザックは、女を品定めしたくなるのをこらえて、立ちあがった。女が手を差し出した。

ジョーダン・メイズが紹介した。「ハイタワー、こちらはスーザン・ブルーアだ。ヴァイオレイター戦術作戦センターを指揮している上級局員だ。ジェントリーがこの作戦地域にいるかぎり、発見することが彼女の任務だ。スーザンと話をして、ジェントリーについて知っていることをすべて教えてくれ――やつの戦術、技術、手順などを。射手《シューター》がどこへ行けばいいのかわかるように、狩りの微調整をきみたちが行なう」

ザックはがっかりした。一分前だったら、CIA本部の便所掃除をしろといわれてもよろこんでやっただろうが、いまは狩りそのものに参加したくてうずうずしていた。「シューターはだれです？　地上班ですか？」ザックはきいた。

「ちがう。JSOC《ジェイソック》を使う」カーマイケルがいった。「すでに街に出ている。確実な目撃情報があるまでは、スーザンとおまえがまとめあげる情報だけが頼りだ」

「どうして地上班を使わないんですか？」

「当面、マット・ハンリーをはずしておきたい」

ザックは、のろのろとうなずいた。ハンリーとカーマイケルは局内で反目し合っている。カーマイケルの表情から、それが読み取れた。

銃を持って現場に行きたいという強い気持ちを押しのけて、ザックはビジネススーツ姿のエロい女にうなずいた。「あんたといっしょに仕事をするのが楽しみだ、ミズ・ブルーア」

隙あらば、仕事ではないこともしたかった。

「スーザンで結構」相手がいい、その声音《こわね》から、隙はないだろうとザックはたちどころに悟った。「ファーストネームで呼んでいいといったが、仕事一点張りの態度だった。「作戦センターは四階よ。詳しい話はそっちのオフィスで聞くわ。ヴァイオレイターが本土に潜入してから、約二十時間たっている。一分でも無駄にはできない」

「それじゃ、仕事をはじめよう」

メイズがいった。「それでいいのか、ハイタワー？　おまえはなにも要求していない。金も。身分の回復も。なぜだ？」

ザックはすかさず答えた。「どういうことになってるか、おれにはわかってる。おれを呼んだのは、ジェントリーの癖を話し合うだけのためじゃない。おれみたいな人間を街に送り出して、狩りをやらせたいからだ。あんたたちは、おれの存在を隠しておきたい。そのほうが都合がいい。事態が悪化して、ナショナル・モールで銃撃戦が起きるようなことになったら、あんたたちは関係しているのを知られたくないだろうね。TTP（戦術・技術・手順）を知るのを手伝わせると、あんたたちはいってるが、本土でやつのいどころを突き止めたときには、おれみたいな、どこの馬の骨かわからないやつに殺しをやらせたいはずだ。軍と結びついている特殊任務部隊や、インテリジェンス・コミュニティと結びつきがある工作員ではないほうがいい。

責任を否定しなければならなくなったときのために、あんたたちは風になぶられる負け犬がほしいわけだよ」

気まずい一瞬、だれも言葉を発しなかった。やがて、ザックがつけくわえた。「おれもそれで結構だ」

カーマイケルとメイズが、目配せを交わした。カーマイケルがテーブルの上から手をのばした。「また会えてよかった、ハイタワー」

ふたりは握手をした。ザックはスーザンのほうを見た。「あんたとおれで、あの野郎を見つけにいくっていうのはどうだ？」

15

　コート・ジェントリーは、アメリカに戻った初日に、多くの人間が一ヵ月で果たせる以上のことを成し遂げた。五時間眠ると、ベッドから転げ出て、私設車道の地面とおなじ高さの窓から覗き、付近を新しい車や見慣れない人間がうろついていないことをたしかめた。自分の作戦地域を知れば知るほど、不審なものに気がつきやすくなる。だが、脅威レーダーを作動させるような物事はなにも見当たらなかったので、二十ドル札の大きな札束をポケットに入れ、貸し間を出て、一・五キロメートル離れたところにあるディスカウント・ショップに向けて歩いていった。

　手ぎわのいいジェントリーは、ほんの数分でショッピング・カートに服をいっぱい詰め込んでいた。

　移動中に見かけを変えることにかけて、ジェントリーよりも高い技倆《ぎりょう》を備えた人間は、この地球上にめったにいない。それに、人ごみでまったく目立たないようになる色、スタイル、サイズを、ジェントリーは心得ていた。この季節のワシントンDCの気温は、摂氏七、八度から一七、八度のあいだで、ほとんどの日ににわか雨があるから、重ね着をすることで街を歩く人間とおなじになれる。

長袖シャツ二枚、ダーク・グリーンの野球帽、ベージュのニット・キャップ、茶色のフーディー（フード付きのパーカやジャケット）の上に、リバーシブルの黒いレインコートを着込めば、通りを歩きながら瞬時に七種類の変装ができる。

ジェントリーは、六揃いの服と特徴のない黒いバックパック、形がちがう安物のサングラス二本、茶色のワーク・ブーツ、ゴムのオーバー・シューズ、小さなファニーパック、十ドルのデジタル時計、プラスティックの鞘《さや》付きのしっかりしたキッチン・ナイフ一本を買った。

コロンビア・ハイツ地下鉄駅の近くで、電機のチェーン店を見つけ、タブレット・コンピュータとバッテリー充電器、白ロムのスマートフォン二台、その他の機器を買った。

もちろん、この手のことは何度もやっている。アイルランド、ブラジル、ラオス、ロシアで。しかし、アメリカで戦闘準備をするというのは、不思議な気分だった。

部屋にいったん戻って、ショッピングバッグを置き、新しい服に着替えて、金物屋へ行った。高品質のガラス・カッター、万能ツール、工具セット、工具ベルト、双眼鏡、小さな弓鋸《ゆみのこ》、防水パーカ、建設労働者か不特定の職人に化けて街に溶け込めるような色と形の作業着を何着か買った。

三軒とも人間とはまったく話をせずに買い物ができたので、ほっとした。店員になにかお探しですかと声をかけられることもなく、セルフレジへ行って、自分で品物のバーコードをスキャナーに読み取らせ、袋に入れて、機械に金を払えばよかった。

作業の大部分をできるだけ自動化できれば、それだけひと目につかないですむ。それがありがたかった。

コンビニで食べ物と水と、五百ドルのプリペイド・ビザ・カードを買い、白ロムのスマートフォンを二台買い足した。

メイベリー家の地下の隠れ家に戻り、新たに買った装備と服をベッドに投げ出した。つぎに、狭いクロゼットのなかでしゃがみ、奥にあるボイラーの湿気と熱で反《そ》っている板のまわりを手探りした。そっと叩いて、うつろな音がする六〇センチ四方の箇所を見つけた。弓鋸を使って、板の合わせ目に穴をあけ、切り取りはじめた。

じきに、メイベリー家の地下に、すぐには見つけられない小さな脱出用ハッチができた。

フラッシュライトを持って、真っ暗な地下に這《は》い込んだ。すぐに立ちあがれるはずだと思っていた。だが、あたりを照らすと、そこは高さ九〇センチの狭い導管スペースで、旧式な暖房の湯を循環させる管の横に、下水道管があった。導管スペースを二メートル弱這い進むと、ボイラーの横で立つことができた。

地下の主要部分であるそこを見まわすと、メイベリーがあまり来ていないことがうかがえた。一階に通じている木の階段の近くを除けば、部屋のほとんどの部分が厚く埃《ほこり》に覆《おお》われていた。組み立て式の棚に、缶詰、ペーパータオル、トイレットペーパー、ケース入りのソフトドリンクが詰め込んであった。

フラッシュライトの光で、ジェントリーはメイベリーの作業台を見つけた。工具もかなり揃っていて、整理されずに散らばっていた。メイベリーが、なんでも自分でやる人間だとわかった。家が古く、維持に手間がかかるから、意外ではなかった。

戸外で使うグリル用のプロパンガス・ボンベが一本と、芝生を手入れする道具が、どういうわけか朝のうちに存在に気づいた私設車道の奥の物置ではなく、ここに保管されていた。

そこにある品物をすべて調べるうちに、地下の狭いワンルームの貸し間の防御態勢を改善する方法について、ひとつの案を思いついた。ジェントリーはボンベをふって、めいっぱいガスがはいっているのをたしかめ、計画が形をなすうちに、顔に淡い笑みが浮かんだ。

自分の工具を使って、なくなってもメイベリーがしばらくは気づかないだろうと思われるものをいくつか分解し、四つん這いで二度往復して、狭い導管スペースから自分の部屋に装備をすべて運んだ。そして、また部屋を出て、近くのスポーツ用品店に走っていき、自分のプロジェクトを完成させるのに必要な品物をすべて買った。

スポーツ用品店で、ジェントリーは〈ウォーカーズ・ゲーム・イヤ〉を買った――耳にかける装置で、一種の補聴器のようなものだ。ハンターが森のなかで獲物のかすかな物音を聞くのに使う。CIAでもおなじものを使ったことがある。市販品は現場で使った極秘機器よりも性能が劣るだろうが、遠くの会話を聞くことができるし、耳にはめていれば、背後から忍び寄る人間がいることを知らせてくれる。

隠れ家に戻ると、一時間かけてブービートラップをこしらえた。一カ所しかないドアから押し入ろうとすると、それが作動して、侵入を食いとめるか、動きを鈍らせることができる。

メイベリー夫妻がようすを見にきたときに備え、装置そのものを数分で分解して隠せる仕組みにした。

ブービートラップの装置がちゃんと作動することをたしかめると、ジェントリーは時計を見た。もう午後七時を過ぎている。4ギガのスマートフォンでインターネットに接続し、コンピュータ・ハッキングのウェブサイトへ行った。そこでエアクラック－ngのオープンソース・ソフトウェアをダウンロードした。Wi－Fiのパスワードを解読し、ネットワークに無理やり割り込んでログインするための無料ソフトウェアだ。

スマートフォンにソフトウェアをインストールして準備ができると、近くのWi－Fi信号を探し、地下でも使える強い電波を四つ見つけた。ひとつを選んで、エアクラック－ngを起動した。パスワードを突き止めるために、ソフトウェアがアルゴリズムを働かせはじめ、ターゲットにしているネットワークに数十万の組み合わせの数字を送り込んだ。

数分たってもうまくいかなかったので、かなり巧妙なパスワードが使われているのだろうと判断して、あきらめた。たいがいの人間は、パスワードを決めるのにたいした手間はかけないので、エアクラック－ngが失敗することはめったにない。ジェントリーはつぎのネットワークを選択した。こんどは、三分半以下でエアクラック－ngが暗号を見抜いたので、ジェントリーはスマートフォンとタブレットの両方で、その近所のネットワークにログオンした。

接続すると、分類化された広告サイトのクレイグリストにアクセスした。十五分とかからずに見つけて、何本か電話をかけてから、また夜の闇に出ていった。タクシーでペットワースの近くの住所へ行き、一九九八年型のグレイのフォード・エスコートを、個人の売主から千百ドルで買った。古い車で、走行距離は優に二〇万キロメートルを超えていたが、熟練した監視の目で識別しやすいような、大きな傷や凹《へこ》みがなかった。

安く売るのは所有権証明書を紛失したからだし、盗難車ではないと、売主が断言した。ジェントリーはもともとかなり疑り深いほうだが、今回は相手のいうことを信じた。一カ月以上もリストに載っているのをたしかめてあったからだ。警察は盗難車を探して、つねにクレイグリストをくまなく見ている。

その小型４ドア・セダンで、ジェントリーはレーガン・ワシントン・ナショナル空港へ行き、長期用駐車場にとめた。ちょっとぶらついて、壁ぎわにバックでとめてあった車のうしろでかがんだ。その車からメリーランド州のナンバー・プレートをはずして、自分のエスコートに取り付け、空港をあとにした。

バイクを買うのに、さらに一時間かかった。シルヴァーと黒のヤマハ６５０ＸＳを、クレイグリストで見つけてあった。ジェントリーの齢《とし》とおなじくらい古いバイクで、いくつか問題があったが、速いし、まったく目立たない。しつこく値切って、たった七百五十ドルで買えた。つぎに売るために手入れしているバイクからはずして作業台に置いてあったナンバー・プレートとヘルメットを、売主がおまけにつけてくれた。

ジェントリーは、隠れ家から歩いていけるところに、五メートル四方くらいのガレージ倉庫を借りて、バイクと車を入れ、バックパックふたつのうちの片方を置いた。それには服がぎっしり詰まっている。

午後十時には、ジェントリーは地下の貸し間に戻り、タブレットを使って、ＵＳＣｒｙｐｔｏ．ｏｒｇというウェブサイトに接続した。

ウェブサイトのページを見ていくだけでも、ジェントリーはうしろ暗い気持ちになった。ＵＳＣｒｙｐｔｏ．ｏｒｇは、激烈な反米主義者のアナーキストを名乗る集団が生み出したもので、オンライン図書館兼情報の宝庫だと喧伝《けんでん》している。アメリカの情報機関の違法な盗聴を証明すると称し、秘密扱いの文書や、情報機関の秘密サイトや個人、記事、写真、動画を集めている。

ＵＳＣｒｙｐｔｏには、〈スパイキャッチャー〉というサブサイトがあり、ジェントリーはそのリンクをクリックした。そのサブサイトのページは、政府の秘密施設の住所や、アメリカの情報機関職員の自宅住所を暴露していた。

秘密情報機関の人間の自宅に、グーグルマップのストリートビューまで添えられていた。

これらの情報はすべて、ＵＳＣｒｙｐｔｏのスタッフが公開情報源から探し当てたものなので、完全に合法だが、〈スパイキャッチャー〉の存在そのものに、ジェントリーは激しい嫌悪を感じた。

テロリストや扇動工作員は、このサイトを施設や個人を物理的に攻撃する道具に使うことができる。もうすでに使っているかもしれない。だが、いまのジェントリーは、もとの雇い主と敵対関係にあるので、ＵＳＣｒｙｐｔｏはジェントリーにとって貴重な資産だった。いまもＣＩＡの側で働いているのであれば、このウェブサイトの創設者兼著者をターゲットにする任務をよろこんでやるはずだと、ふと考えた。アメリカのインテリジェンス・コミュニティで働いている男女職員にとって、ＵＳＣｒｙｐｔｏの親玉はまちがいなく脅威であるからだ。創設者を殺すことになんの痛痒《つうよう》も感じないはずだった。もっとも、ジェントリーは、国のための殺しをアメリカ本土でやったことはなかった。

数人の名前を検索したが、見つかったのはひとりだけだった。ＵＳＣｒｙｐｔｏはたしかに優秀だが、ジェントリーの以前の仲間は、隠密のなかでももっとも隠密な存在だからだ。住所を調べて、スマートフォンの地図アプリにすべて入力した。政府の秘密契約業者数社の住所も調べた。そちらはかなり見つかったので、スマートフォンのメモに書き留めた。

電子レンジで温めたエンチラーダを急いで食べて、ミネラルウォーターを飲んだ。それが済むと、シャツを脱いで、小さなキッチンから弓鋸《ゆみのこ》を取り、ベッドの縁に腰かけた。

右腕のギプスをゆっくりと慎重に切っていった。一カ月ほど前に、拳銃弾一発を前腕に受けて、尺骨が一本か二本折れた。医師にはギプスを六週間つけているようにといわれ、まだ四週間もたっていないが、この厄介な重荷から解放される潮時だと、ジェントリーは判断した。折れた骨とやわらかい組織はだいたい完治していたが、まだ完全にはくっついていない。腕に強い力がかかるような行動をすれば、患部がまた傷つくにちがいなかった。

しかし、自分の体のことはよくわかっている。怪我《けが》をしてはそれが治るのを見てきた経験がある。腕の使いかたに用心すれば、ギプスなしでも動きまわれるとわかっていた。それに、時間が切迫していることもわかっていた。

〝目撃しだい射殺〟命令が有効だし、米本土にいる日にちが長くなればなるほど、発見される危険は大きくなる。作戦はいますぐに開始しなければならない。傷を癒《いや》している時間はない。

ギプスを腕からはずすとすぐに、黒に近い服を何枚も重ね着して、ポケットに装備を入れ、闇に戻っていった。

きょうはずっと忙しかったが、ほんとうの任務がはじまるのはこれからだ。

16

クリス・トラヴァーズは、ラスト・オーダーに四杯めの〈ジェムソン〉のストレートを頼み、生ビールの残りをごくごくと飲み干した。午後十時前から飲んでいて、もう午前一時に近かったので、名残りの一杯《ワン・フォー・ザ・ロード》が飲みたかった。いや、もっとはっきりいうと、アパートメントまで六ブロック歩くために、最後の一杯が飲みたかった。

そこはトラヴァーズのお気に入りのパブで、常連だったが、いまは独りで飲んでいる。最初の何杯かは、仲間ふたりがいっしょだったが、翌日が月曜日なので、帰らなければならなかった。そもそも、日曜日の夜に閉店時間までだらだらとウィスキイを飲みたがる人間がいるわけがない。

クリス・トラヴァーズがそんなふうに飲んでいたのは、九時から五時の仕事ではないからだった。年間の大部分、休みなしの二十四時間態勢で働き、残りもほとんど訓練で家を空けている。だが、この数週間、ありがたいことに訓練から解放され、海外派遣もないので、自分の時間をどうにでも好きなように使える。

だから、めったにないつかのまの休みを、思う存分、利用することにした。

トラヴァーズは、アイリッシュ・パブのバー・カウンターの上に吊るされた小さなライトにグラスをかざし、琥珀《こはく》色のウィスキイをほれぼれと見たが、そのあいだも窓の外の夜陰に目を配った。米本土にいても用心するのが、習性になっている。

一九番ストリートをゴミが吹き流されているのを見て、トラヴァーズは驚いた。何時間も前にパブに来たときには、風はほとんどなかったので、寒さに備えた服を着てこなかった――フランネルのシャツにチノパンという服装で、素足にデッキ・シューズをはいていた。めずらしく用意を怠《おこた》ったことが、にわかに口惜《くや》しくなった。

アイリッシュ・ウィスキイがあるアパートメントまで、ここから六ブロック歩くことを、くよくよ考えはしなかった。トラヴァーズは、DCの春よりもずっと過酷な気候も、怖れはしない。零下十数度のなかで三日間過ごした、パキスタンの山地を思い浮かべた。なにも考えずに、そういう状況を切り抜けた。もっとも、あのときはタリバンの狙撃手《スナイパー》の銃撃にさらされて、重要な任務があり、風邪《かぜ》をひくひまもなかった。だから、今夜、アパートメントまで十分歩くくらい、どうということはないと、自分にいい聞かせた。

トラヴァーズは、高校卒業後に陸軍にはいり、地上部隊の歩兵を二年つとめて、イラクに三度出征した。その後、陸軍特殊部隊《グリーン・ベレー》の隊員資格を得て、第七特殊部隊群に三年勤務した。退役してそのままCIAにはいり、SAD地上班に配属された。そして、その軍補助工作員部隊とともに、これまで十年間、世界各地に展開してきた。

これまでの人生は充実していたが、トラヴァーズには将来の長期計画があった。自家用機と商用機のパイロット免許を取得していたので、年齢や肉体の衰えのために、満足に撃ったり走ったりできないようになったら、CIA勤務のままで、航空班のパイロットとして、世界中でスパイや技術者を運ぶつもりだった。

だが、それはまだ先の話だ。いまは海外展開のあいまで、パブで独り夜を過ごしながら、イラクをはじめとする世界の十数カ所のくそ壺《つぼ》から帰還できなかった戦友たちのことを考えていた。トラヴァーズは親友を何人も亡くしていて、夜の最後の一杯をいつも彼らに捧げていた。それから、バーテンダーに無言でうなずき、ウェイトレスにちょっとウィンクをする。カウンターのスツールで飲んでいるあいだは、表の風も気にならないし、ウェイトレスがやけにいい女に見えるものだ。やがて、トラヴァーズは、風の吹きすさぶ夜の闇に出ていった。

トラヴァーズのアパートメントは、六ブロック北のフロリダ・アヴェニューにあり、風上に向かって歩くことになる。だから、両手をポケットに突っ込み、坂を登るときのように身をかがめた。日曜日の夜なので、歩行者はほとんどいなかったが、そのあたりにそぐわない物や人間がいれば、いつでも仔細《しさい》に観察できるように、歩道や車道の動きにたえず用心深く目を配っていた。

とくに脅威は感じられなかったが、トラヴァーズのような人間には、筋肉の記憶に訓練で叩き込まれた、独特の防衛と対監視の技術がそなわっている。

トラヴァーズは、普通ではないものはなにも目にしなかった。

コート・ジェントリーは、フードとネック・ゲイターで顔をすっかりくるんでいた。見えるのは目と、額と、鼻梁《びりょう》だけだった。両手はポケットに突っ込み、頭を低くして風上を向いていた。クリス・トラヴァーズのアパートメントから三軒離れた玄関の前で、歩道に立ち、ターゲットがパブから歩いて帰ってくるのを待っていた。

遠くでターゲットがフロリダ・アヴェニューに曲がってくるのを見ると同時に、通りの南側の狭い路地に、ジェントリーは姿を隠した。風が当たらない、いちばん奥の暗いところを見つけて、ジャケットのポケットのなかで拳銃を握りながら待った。

トラヴァーズはまちがいなくすこし酔っているだろうと、ジェントリーは思っていた。しかし、アドレナリンが分泌されれば、瞬時にアルコールの影響の大部分が消えるはずだということもわかってる。だから、トラヴァーズが手強《てごわ》いことに変わりはないと、想定しなければならない。

また、トラヴァーズの行動には、ありとあらゆる対監視手順と戦術が組み込まれているはずだ。目にはいった人間すべてを、潜在的な脅威と見なすだろう。逆にいえば、目にはいらない人間のことは、判断のしようがない。だから、ジェントリーは獲物の視野にはいらないそこでじっと待っていた。

ジェントリーは、クリス・トラヴァーズとは知り合いだったので、どこに住んでいるかは知っていた。

トラヴァーズは、ジェントリーとおなじ時期に、ＳＡＤ地上班の工作員だった。おなじタスク・フォースにいたことはないが、訓練ではときどきいっしょになり、付き合いの悪いジェントリーもそれなりにうまく付き合っていた。

はじめて会ったのは、ジェントリーが特務愚連隊《グーン・スクワッド》に参加したころだった。トラヴァーズとそのチームの数人が、ノースカロライナ州モヨックの射撃訓練家屋で、ジェントリーのゴルフ・シエラ・タスク・フォースの敵を演じた。二日にわたって、ザック・ハイタワーとその部下たちが、戦闘装備を身につけて、射撃訓練家屋のドアを蹴りあけ、突入して、寛衣など中東の衣服に身を包んだ敵チームを撃ちながら、各部屋の安全を確保する。

たがいに同時に撃ち合う。ペイント入りのプラスティック弾が服に染みを、皮膚にみみずばれをこしらえる。

訓練のあと、両チームの隊員たちは、地元の酒場へ行った。たいがいチームごとに分かれて飲むが、トラヴァーズはカウンターのジェントリーの隣に来て、すばらしい技倆《ぎりょう》だと褒《ほ》めた。戦術面についていくつか質問をして、ジェントリーに二杯おごった。チーム指揮官のザックが、敵と仲良くするのはやめてゴルフ・シエラの席に来い、とジェントリーにいうと、トラヴァーズはやれやれという顔をして天井を仰いだ。

ジェントリーとトラヴァーズが最後にたまたま会ったのは、DCで営まれた葬式のときだった。殺された地上班の隊員をジェントリーはほとんど知らなかったが、チームの全員にザックが出席を義務付けた。その週にたまたまチームはDCにいたし、弔意を示すことができるほかのSAD射手《シューター》は、ほとんどが不在だったからだ。

トラヴァーズも出席していた。故人とは親友で、葬式のあと、出席していた地上班を全員、数ブロックしか離れていない自分の家に招いた。エレベーターなしの二階で、二寝室だった。その界隈《かいわい》では、六五平米のアパートメントが百万ドル以上で売られている。ザックが、ローンを払うために中国のスパイをやっているのかときくと、母親が建物を所有していて、ただで住まわせてもらっていると、トラヴァーズが答えた。家賃がなしで場所が便利だから、CIAにつとめているかぎり、引っ越すことは考えられない、と。

ジェントリーは、その場所を憶えていた。トラヴァーズがDCにいるかどうかはわからなかったが、今夜、建物を監視していると、二階の明かりが消えて、かつての仲間が玄関から段をおりて、徒歩で南に向かうのが見えた。

ジェントリーは一〇〇メートル距離を置き、街灯が照らしているところには出ないようにしながら、一九番ストリートのアイリッシュ・パブに向かっている遠い人影を跟《つ》けた。二、三杯飲んだら家に帰るにちがいないと思い、ひきかえして、座って待てるような路地を見つけた。

日曜日の夜だから、トラヴァーズが閉店までねばることはないだろうと考えていた。見込みちがいだった。ジェントリーはうんざりして、凍えていたが、もう待たずにすむ。両腕をふり、足踏みをして、戦闘行動に備えた。

ジェントリーが憶えているかぎりでは、トラヴァーズは真面目な男だったが、何年も前のことだし、そのあいだに、ジェントリーはひとを殺して暴れまわっているアメリカの敵だといわれているにちがいない。昔の知り合いと話をするのがジェントリーの目的だったが、相手をすばやく制圧しなければならないことはわかっていた。流血沙汰になるとはかぎらないが、トラヴァーズが頑固だったら、かなり荒っぽいことになりかねない。

歩道を歩いてきたトラヴァーズが、路地の前を通った。反射的に首をまわして、脅威はないかと視線を走らせたが、そのときはもう手遅れだった。

ジェントリーは、顔を隠したままそこに立ち、小さな拳銃を両手で握っていた。近くのアパートメントの住人が警戒するような大声ではないが、相手の注意を惹《ひ》くように計算し尽くされた声で、ジェントリーはいった。「頭の上に両手を載せろ、クリス。さもないと殺す」

トラヴァーズが立ちどまり、ゆっくりと両手をあげた。「どういうことだ？」

「武器を持っていないかどうか調べる。それからおまえの家に行く」

「あんたはだれだ？」

声を憶えていないことはたしかだし、暗い路地では目を見ただけではだれだかわからないはずだと、ジェントリーにはわかっていた。

「おれが脅威になるのは、おまえが脅威になったときだけだ。ちょっと話がしたいだけだ」

「銃を突きつけないで話ができないのか？」

「もちろん、おれは話ができる。銃がないとしゃべらないのは、おまえのほうだ。うしろを向け」

相手が名前を知っているだけではなく、どういう訓練を受けているかも知っていると気づき、トラヴァーズは従った。

ジェントリーは、路地の煉瓦塀《れんがべい》にトラヴァーズを押しつけた。背中に銃を向けたまま、ウエストバンドを左手で探った。なにもなかったので、ポケットを調べた。携帯電話があったので、ジェントリーはそれを自分のポケットに入れた。札束はそのままにした。鍵束は出して、トラヴァーズの左手に握らせた。

ジェントリーはすばやくしゃがんで、足首をつかんだ。アンクル・ホルスターはない。

「銃は持っていない」トラヴァーズがいった。

だが、ジェントリーはまだ調べ終えていなかった。体の前に手をまわして、ベルトのバックルをつかみ、ナイフがあるかどうかを調べてから、シャツの裾《すそ》をズボンから引き抜き、胸をさっと探った。

トラヴァーズの首にかけたチェーンに、鞘《さや》入りの小さなナイフがあるのを見つけた。ジェントリーはチェーンを引きちぎり、うしろの路地にほうり投げた。

トラヴァーズが文句をいった。「三百ドルもしたんだぜ」

ジェントリーは、調べ終えるとすこし離れた。「嘘だ。インターネットで六十ドルで買える」

「あんたはだれなんだ？」

「歩け」

17

トラヴァーズが先に立って、部屋がある建物へ行き、玄関の段をあがり、束の鍵一本で玄関をあけ、階段を昇って、もう一本の鍵で自分の部屋のドアをあけた。

そう広くはなかった。九〇平米以下で、リビングは縦横が四メートルと五メートルくらいだった。ジェントリーが天井の明かりをつけると、トラヴァーズがソファに行こうとした。

ジェントリーはとめた。「そっちじゃない。暖炉のマントルピースに腰かけろ。両手は見えるように膝に置け」

トラヴァーズが、いわれたとおりにした。ジェントリーはソファのほうへ行って、銃の狙いはそらさずに、クッションを引きあげた。

クッションの下のスプリングがソファの端に取り付けられているところから、鞘《さや》入りのボウイー・ナイフの柄《え》が突き出していた。

ジェントリーはナイフを抜いて、サイド・テーブルにほうり投げた。「おまえはいろんな仕掛けが好きだな」

「それをぜんぶ見抜いてるみたいじゃないか。あんた、いったいだれなんだ？」

ジェントリーは、ソファの横の籐椅子《とういす》に腰をおろした。マントルピースのトラヴァーズからは、三メートル離れている。ネック・ゲイターを引きおろし、フードと帽子を脱いだ。

「シエラ 6《シックス》か？」

「これからどうなるか、おたがいにわかっているはずだな」

トラヴァーズが、小首をかしげた。「あんたはわかってるんだろうが、おれにはさっぱりわからない」

「わかっているはずだ。おまえは従うふりをして、おれが気をゆるめるのを待ち、昔は仲間だったとかなんだとか、でたらめをいって、隙を探す。隙があれば、すぐさまつけ込む」

「それはそうだろう――」

「おれがそれを予期していることを肝に銘じておけ。おまえがぴくりとでも動いたら、心臓に三発ぶち込むこともな」

トラヴァーズがいった。「どうしておれがあんたを攻撃すると思ってるのか、わからないんだ。銃を突きつけられてるわけもわからない」

「おまえがSADで、おれを殺す命令を受けているからだ」

「あんたを殺す？　いったいなんの話だ？　あんたの名前は、もう何年も聞いてない」

なかなかの演技だと、ジェントリーは感心した。トラヴァーズは、作り話を信じさせるのがうまい。

「嘘だ」

「嘘じゃない。誓う」

ジェントリーは、それにこう答えた。「モスクワ」

「モスクワ？　モスクワがどうした？」

「二年前、おれが泊まっていたところから二ブロック離れた市場で、おまえともうひとりの仲間を見た。もうひとりは知らないやつだったが、いかにも地上班のクソ野郎という感じだった。おれはおまえたちをホテルまで跟《つ》けた。ヒルトン・モスクワ・レニングラードスカヤだ。それから、おまえ、おまえの相棒、ほかに四人が、ホテルを出るのを見た。フル編成の六人の班だ。ジェナーがいるのがわかった。前からずっといたから、あいつがチーム指揮官だろうと思った」

トラヴァーズの頭の歯車がめまぐるしく回転しているのが、ジェントリーに見えるようだった。公平にいって、かなり回転が速かった。「ああ。わかった。たしかにおれたちはいた。でも、あんたとは関係ない。べつの作戦だ。暗号名がついてたから、しゃべれない」間を置いて、わざとらしい笑い声を漏らした。「あんたの姿は見なかったよ。すごい偶然の一致だな」

「でたらめをいうな。おまえらはおれを跟けていた。全面的な監視作戦を、おれが借りていた部屋の外でやっていた。おれのほうがおまえらを先に見つけて、おまえらが準備を終える前に街を出たのは、あいにくだったな」ジェントリーは、笑みを浮かべた。「おれが逃げたことに気づくまで、あそこにいったいどれだけ腰を据えていたんだ？」

トラヴァーズがいった。「おい……あんた、被害妄想だよ。おれたちは――」

「〝目撃しだい射殺〟指令のことは知っている。カーマイケルが世界中でJSOC《ジェイソック》とSAD《サッド》におれを追わせていることも知っている。おまえらがモスクワでやっていたのも、そういうことだと知っている。しらばくれるのは結構だが、おまえの顔に銃を突きつけているおれは、そのうちにもっと怒りだすぞ。いますぐに、おれの怒りがひどくならないうちにしゃべるのが、正解じゃないか」

トラヴァーズは、ごまかしをつづけそうに見えたが、数秒後には元気をなくして、肩を落とした。肩をすくめてうなずいた。「あんたの勝ちだ、ジェントリー」また肩をすくめていった。「気分がよくなるかどうかわからないが、気の毒だと思った」

「おおいに気が休まったよ」ジェントリーはそういってから、つけくわえた。「くそったれ」

「それで。おれたちはなにをしてるんだ？　あんたの望みはなんだ？」

「理由が知りたい。おれに〝目撃しだい射殺〟指令が下されたのは、なぜだ？」

トラヴァーズが、ジェントリーと数秒のあいだ目を合わせてからきいた。「どうしてなにも知らないふりをするんだ？」

「なにも知らないからだ。憶測はできるが、確実に知りたい。いえ」

「あんたは国家の敵だ。おれじゃなくて。自分がなにをやったか、おれにきくなよ」

「いいかげんにしろ。やつらが理由をいったはずだ。なんといった？」

トラヴァーズが肩をそびやかして、目を閉じた。不満げにいった。「あんた、どうしてこっちへ帰ってきたんだ？　なにをやろうとしてるんだ？」

「解き明かそうとしている。まちがいを正すために」

「まちがいを正す？　こいつは驚いた。あんた、ほんとうに自分が追われてる理由を知らないのか！」

「いいえ」

トラヴァーズが肩をすくめた。今回はそれが正直な仕種《しぐさ》のようだった。「具体的なことは知らない。知ってるのは、あんたが作戦を命じられ、きちんとした情報と明確な命令をあたえられていたのに、台本からはずれたことをやったということだけだ」トラヴァーズが、それ以上はいいたくないとでもいうように、顔をしかめた。「あんたは殺す相手をまちがえたんだよ」

「どういう意味だ？」

「ほかにどういえばいいんだ？　あんたは目当ての人間じゃないやつを消した。非戦闘員をばらした。味方を殺《や》った。あんたはなんの罪もない野郎を始末し、任務をドジったんだよ」

ジェントリーは、ゆっくりと首をふった。「いや。それは事実ではない。抹殺指令に全員を参加させるために、カーマイケルが持ち出した偽情報だ。おれの作戦はすべて完璧だった。許可なく抹殺したことは一度もない」

トラヴァーズは、銃をじっと見ていた。「コート、それはカーマイケルから聞いたんじゃない。おれみたいな下っ端が、デニー・カーマイケルと顔を合わせるわけがないだろう」

「だれがいった？」

「おれと仲間が何人も、抹殺指令の背景の事情をすべて説明してほしいと頼んだ。同胞を狩るのは気が進まなかったからだ。わかるだろう？」

わかっている、とジェントリーは心のなかでつぶやいた。おまえの魂胆はわかっている。おれが拳銃をおろして、仲のいい大家族の一員同士らしくふるまうのが狙いだ。

「おれたちは、ジョーダン・メイズと法務部の大物弁護士に説明された。名前は思い出せないが、ドイツ系の名字のずんぐりした男だ。間の抜けた蝶ネクタイを締めてたのは憶えてる。とにかく、あんたがある任務で職務怠慢だったが、そのときにはだれも気づかなかったといわれた。何年もたってから、外国の情報機関からカーマイケルに伝わってきた情報で、あんたが殺すべきではない相手を殺したことが証明された。蝶ネクタイのやつはおれたちに、カーマイケルはあんたを事情聴取するつもりだったといった。あんたの所属するタスク・フォースが、連行しにいった……そして、あんたがその連中を皆殺しにした」ＣＩＡ工作員を何人も殺したその男が、アパートメントに来て胸を銃で狙っている。そのことがもたらしそうな結果にはじめて思い至ったのか、最後の部分をいうときに、トラヴァーズはすこしためらった。

ジェントリーはなにもいわなかった。

「それもなかったことだというのか？」

ジェントリーは、銃を構えたままだったが、すこし体の力を抜いた。「そいつらはおれを連行しにきたんじゃなかった。抹殺《ターム》しにきた」

「あんたを抹殺《ターム》する？　一度の任務でなんの罪もない人間ひとりを殺しただけで、どうして抹殺されなきゃならないんだ？　失敗はよくあることだ。職務怠慢があまりひどかったら、エージェンシーを解雇されるかもしれないが、そんなことで殺されはしない」

トラヴァーズは、なおもいった。「でも、仲間を殺したとなると……そうはいかない。デニーはそのあとずっと、あんたを追っている。あんたは巧みに隠れてきたが、おれをいま殺したら、あんたがこっちに来ていることがばれちまうぜ」

ジェントリーは、驚いて首をかしげた。「おれがいるのを、やつらはとっくに知っている」

トラヴァーズが顔を上に向けて、天を仰ぐような仕種をした。「まったく。それならだれかが早くおれに注意してくれてもよかったのに」

「いいか、おまえは法務部のスーツ組のいうことは信用しても、おれの話は信用しないだろ……だが、おれは職務怠慢を犯していない。ターゲットではないやつをばらしてもいない。一度も。ぜったいに」ジェントリーは、つけくわえた。「それに、おれのチームは、おれを連行するのではなく、殺そうとした。おれは防衛するしかなかった」

トラヴァーズが信じたかのようにうなずいたが、ジェントリーは片時も納得させることができたとは思っていなかった。

トラヴァーズがいった。「わかった。連中は誤解したんだろう。みんなに伝えるよ。それで事態はよくなるだろう」それは皮肉だった。いまの状況を考えれば、勇気があるともいえるが、怖れていないのを示したいのだと、ジェントリーにははっきりわかっていた。

ジェントリーは、一瞬考えた。「ＡＡＤＰ。この言葉がなにか、わかるか？」

トラヴァーズが、その質問にとまどっていた。「年寄り向けの雑誌のことか？」

「ちがう、クリス。それはＡＡＲＰ（全米退職者協会）だ。おれがいっているのは、独立資《オートノマス》産開発《・アセット・ディヴェロプメント》プログラムのことだ。法務部のやつは、そのことをなにかいわなかったか？」

トラヴァーズが、首をふった。「それがなんなのか、おれは知らない。なにもいっていなかった。間抜けな感じだな」

ジェントリーは、腹を立て、困惑して、肩を落とした。だが、やがて納得したようにうなずいた。低い声でいった。「カーマイケルには、おれを抹殺する口実が必要だったから、作り話をでっちあげたんだ。やつはＡＡＤＰを消し去らなければならなかった。関係者をすべて抹殺して……しかし、それについてはひとことも漏らせない。だから、おれにありもしない失敗の濡れ衣を着せたわけだ」

「あんたのいい分はよくわかった」トラヴァーズがいった。ジェントリーはひとりごとをつぶやいていたので、ぜんぶ聞き取れたはずはない。

ジェントリーは、トラヴァーズのいうことには取り合わず、ゆっくりと立ちあがった。

「なにをするつもりだ？」トラヴァーズがきいた。声にすこし不安がにじんでいた。

「おれは行くよ。おまえは役に立たない。なにが起きているのか、ぜんぜんわかっていない」そこでジェントリーはいった。「立て」

トラヴァーズが立った。ジェントリーはジャケットのポケットに手を入れて、プラスティック製の結束バンドを出した。トラヴァーズが目を丸くしたが、なにもいわなかった。

ジェントリーはいった。「きょう、おまえはついてるぞ。これなら五秒で脱け出す方法を知っているだろう。うしろで手を縛れ」

トラヴァーズが、まごついた顔でジェントリーの命令に従った。もちろん結束バンドのはずしかたは知っている。うしろに腕をまわして縛られてもはずせる。ジェントリーもそれを知っているはずなのに、なぜ結束バンドを使うのか？

腕がしっかりと縛られると、ジェントリーはトラヴァーズに近づいて、うしろを向かせた。つぎの瞬間、厚いダクトテープがロールからはがされる音が聞こえた。

「ちくしょう」トラヴァーズはつぶやいた。結束バンドは、もっと脱け出しづらい方法で拘束するあいだ、手を動かせないようにするための手段だったのだ。

五分後には、トラヴァーズの両腕と両手は、肩から指先までずっと、ダクトテープひと巻きをぜんぶ使って完全に緊縛されていた。足首は電気スタンド二台のコードで縛られた。トラヴァーズは、両腕を一枚しかない翼みたいにうしろにのばし、縛られた足を前にのばして、床に尻をつけていた。

緊縛を終えると、ジェントリーはトラヴァーズのほうにかがんで、できぐあいをたしかめた。「ぶざまな格好だな」

「小便をしなきゃならない」

「緊縛から脱け出す動機にすればいい」ジェントリーは、トラヴァーズの頭を軽く叩いた。

「会えてよかった、クリス」ドアに向かった。

「ちくしょう。ほんとうに、どうやってこれから脱け出せばいいんだ？」

ジェントリーは、天井の照明を消した。通りからカーテンを透かして漏れる光だけが明かりになった。ジェントリーはいった。「その方程式を解くのに十分以上かかるようなら、おまえは資産として失格だろうな」ドアの掛け金に手をのばした。

トラヴァーズが、うしろから大声でいった。「おい、コート」

「なんだ？」

トラヴァーズが、ちょっと口ごもってからいった。「友だちとしていうんだ。おれの忠告を聞いたほうがいい。逃げろ。とにかく逃げろ。あんたにはまともな計画があった。だれにも連絡をとらず、米本土には近づかないことで、うまくいっていた。このあたりをうろついていたら、生きてはいけないぞ。おれのいうことを信じろ。あんたはこっちにいる。やつらがそれを知ってる。あらゆる手段であんたを攻撃して、あんたを殺すだろう」

「おまえのいうことは正しいだろうな」ジェントリーはいって、闇にトラヴァーズ独りを残し、出ていった。

午前二時過ぎに、ジェントリーはコロンビア・ハイツのガレージ倉庫から一・五キロメートル離れたガソリンスタンドのある小さなスーパーに車を入れた。特定の条件に合うところを探していたので、しばらくそのあたりをまわって、ほかのコンビニ五、六軒に車を入れてはまた出ていった。

駐車場の監視カメラが捉えている範囲が狭い店でなければならない。

アメリカ政府はこの地域の民間監視カメラ・ネットワークにアクセスできるはずだと、ジェントリーは確信していた。DCを動きまわっている自分を見つけ出すための顔認識ソフトウェアもあるにちがいない。店内のカメラに捉えられるのを避ける手段はない――目出し帽をかぶって買い物をするわけにはいかない――が、顔も車もできるだけカメラに見せないことが肝心だった。

おなじ店には二度と行かないことで、そのリスクを軽減できる。カメラで識別され、CIAか警察が捜査のために到着したときには、何時間もたっているはずだ。二度と行ってはならないということさえ承知しておけばいい。しかし、顔が録画されて識別されたうえに、監視カメラの視界内にとめた車まで識別されると、厄介なことになる。街に行くたびに車を乗り換えることはできないからだ。

深夜営業をしているスーパーの最初の六軒は、監視カメラの監視範囲がかなり広く、車が写らないようにとめられる場所がなかった。しかし、ありがたいことに、七軒目の店外カメラは、ガソリン・ポンプの近くに二台あるだけだった。店の所有者は経費を節約するために、店内のカメラで窓のそばの駐車場だけを監視していた。その正面の窓を避けて駐車場に車を入れ、そこにとめて、店にはいればいいだけだった。

ジェントリーは、用心深く顔を伏せて、ロードアイランド・アヴェニューの〈イージー・マーケット〉にはいっていった。フードはめくったが、野球帽はかぶったままにして、つばを引きおろした。レジからは遠い店の奥へゆっくりと進み、飲み物の冷蔵ケースを覗くふりをした。すぐに目をあげて、狭い店内を見まわし、上のほうや隅にカメラがないかと探した。

じつにありがたいことがわかった。経営者が経費をけちったのは、表のカメラばかりではなかった。店内のカメラのうち二台は、プラグを抜いたままで、ぶらさがっていた——使用されていないことはたしかだった。三台目は正面のレジの右上にあり、下を向いていたが、帽子をかぶっているし、顔認識に必要なアングルで捉えられないように、顔をそむければいいはずだと、ジェントリーは判断した。

店にはいってから一分とたたないうちに、ジェントリーは、ロードアイランド・アヴェニューの〈イージー・マーケット〉を贔屓《ひいき》にしようと決めていた。

ジェントリーは、棚からいくつか商品を取った——ダクトテープ、缶詰、ミネラルウォーター、キャンディバー——そして、顔をかすかに左に向け、野球帽のつばをすこし右に傾けて、斜め四五度から用心深くレジに近づいた。カウンターの奥にレジ係がひとりだけいて、近づいてくるジェントリーを見守っていた。二十代なかばのずんぐりしたアフリカ系アメリカ人女性だった。名札にラションドラとある。ジェントリーがカウンターに品物を置くときにレジ係をもう一度ちらりと見ると、左目がかなりとろんとして、瞳孔がゆがんでいた。

レジ係は、疲れた顔だったが、親切そうな笑みを浮かべた。「ハイ、すてきなおにいさん《ベイビー・ドール》、今夜はどんな調子？」

お人形ちゃん《ベイビー・ドール》？　「まあまあだ」ジェントリーは、左を向いていった。

ジェントリーがダクトテープ、缶詰、ミネラルウォーター、キャンディバーの代金を払うと、ラションドラがポリ袋にぜんぶ入れた。待つあいだにジェントリーは、背後に脅威がないことをたしかめるために、レジのうしろの鏡面を見た。左に視線を向け、駐車場に目を戻すと、依然として危険はないとわかった。だが、用心して、右は向かなかった。二・五メートル離れたところに吊ってあるカメラが、右手からこっちを写している。

店を出るときも、店の正面の二列を録画しているカメラを見あげないように気をつけた。レジ係がうしろからいった。「ぐっすりおやすみ、ハニー」

「あんたもな」ジェントリーはつぶやきながら、ドアを通った。

車に乗り込むとき、ずいぶん長いあいだ、こんな愛想のいいやりとりはしたことがなかったと気づいた。

18

リーランド・バビットは、平日はたいがい午前七時四十五分前後に、チェヴィー・チェイスの自宅を出て、八時半にはDCの会社に着く。だが、その月曜日の朝は、六時四十五分に車庫のドアが低いうなりとともにあき、バビットはシルヴァーのレクサスを運転して、バックで私設車道《ドライヴウェイ》から道路に出た。

黒いリンカーン・ナヴィゲーターが家の前に駐車していて、乗っていた四人がバビットの車のほうへ手をあげた。

バビットは、リンカーンのそばを通るときに軽くうなずいて、それに応えた。自宅の護衛班と雑談をするつもりはなかった。きょうはもっと重要な場所へ行く――政府高官との秘密会合がある――だから、ほかの車を追い抜いて、余裕をもって目的の場所に行くことだけに注意を集中していた。

三十分後、バビットは議事堂前リフレクティング・プールの駐車場にレクサスをとめ、トレンチコートを着て、ナショナル・モールを西へ歩き出した。

リーランド・バビットは、アメリカのインテリジェンス・コミュニティの秘密プロジェクトを手がける民間情報警備会社、タウンゼンド・ガヴァメント・サーヴィスィズの社長だった。タウンゼンド社には百五十年の歴史があり、世界有数の始末人《ヘッドハンター》を雇って、世にまったく知られていないこの産業で一流になった。西部開拓時代に会社の捜査員が、列車強盗、銀行強盗、部族を離れて匪賊《ひぞく》になった先住民を追いつめたのが、事業のはじまりだった。二十世紀にはナチスやロシアのスパイを狩り、ノリエガやセルビアの戦争犯罪人の捕縛も手伝った。二〇〇〇年代には、サダム・フセイン、アルカイダなどのテロ組織の幹部多数を捕らえるのに貢献した。

だが、もっとも直近の任務で、タウンゼンド・ガヴァメント・サーヴィスィズは、決定的な失敗を犯した。

リーランド・バビットとその会社は、ここ数年、アメリカ政府との契約で、経費に糸目をつけずグレイマンことコート・ジェントリーを追跡していた。ブリュッセルでは、ジェントリーを殺す寸前までこぎつけた。銃撃戦の最中、バビットも現場にいた。だれにとっても運が悪いことに、ジェントリーは逃げ、その際にバビットの配下数人が殺され、さらに何人もが負傷した。

もちろんブリュッセルの銃撃事件は、ニュースで大きく取りあげられた。バビットは自分と会社の名前がメディアに暴かれるのはなんとか回避した。しかし、それ以来、デニー・カーマイケルは、バビットをまるで疫病でもあるかのように扱っている。バビットが帰国してからずっと、国家秘密本部本部長のカーマイケルは、会見とテレビ会議をにべもなく拒絶し、内密の電話にも応じなかった。事務的なそっけないメールを何通かよこし、タウンゼンドとの契約は無期限に打ち切り、機密資料にアクセスする資格を剥奪《はくだつ》すると伝えてきただけだった。

ババビットには、カーマイケルの怒りはおおよそ納得できた。なんらかの理由で、カーマイケルのジェントリー狩りにはきわめて個人的な面がある。だから、ヨーロッパでの大失態のあと、当然のようにタウンゼンドをスケープゴートにしようとしたのは、意外ではなかった。しかし、ババビットはこんな冷たいあしらいにはうんざりしていたし、隠密の仕事から会社が締め出されている状態に終止符を打ち、常態に戻そうと決意していた。

このため、ババビットは週末にカーマイケルにメールを送り、事態鎮静化のためにじかに会って話をすることを求めた。カーマイケルがベルギーで起きたことから公《おおやけ》に距離を置こうとしているのを計算に入れ、昔ながらの隠密会合を提案した。静かな場所へ行くよう指示して、七時半にそこに行っているし、不和を終わらせ、タウンゼンドとCIAの重要な相互関係を再起動《リブート》するためには、なんでもやる所存だと告げた。

デニー・カーマイケルは、会合に同意したわけではなかったが、明確に断わりもしなかったので、CIAとタウンゼンド・ガヴァメント・サーヴィスィズのパートナーシップの継続は、すべての方面の利益になると悟ったのだろうと、ババビットは解釈した。

カーマイケルは来る、とババビットは自分にいい聞かせた。

白髪まじりのスパイの親玉に、言葉の暴力を浴びることは、内心覚悟していた。CIAに命じられた仕事を、会社は果たせなかった。だが、CIAよりもずっとジェントリーに迫ることができたという事実によって反論し、グレイマンを追うためにタウンゼンドをあらためて使うべきだと、カーマイケルを説得するつもりだった。

コート・ジェントリーは、九つの命を使い果たした。つぎはまちがいなく殺せるはずだ。

バビットは、車から会合の場所へまっすぐ歩いていった。監視探知手順《SDR》をやるべきだとわかっていたが、ここはアメリカ本土だし、だれにも尾行されていないという自信があった。それに、怒りをたぎらせ、自分の部隊のジェントリー狩りへの復帰ばかりを考えていたので、会合場所へ行って、相手に計算し尽くした怒りをぶつけることのほかには、注意が向かなかった。

一度でいいからふたたびジェントリーを狩るチャンスがあったらと思いながら、バビットが目的の場所に向けて歩いているとき、その考えの対象である当のジェントリーは、九〇メートル離れたところで、〈バーバリー〉のトレンチコートを着た男に追いつこうとして、ナショナル・モールをジョギングしていた。

ジェントリーは、夜明け前からその男――バビット――を跟《つ》けていた。USCrypto.orgでバビットのチェヴィー・チェイスの自宅を見つけて、カントリー・クラブに近いテニスコート二面の前の小さな駐車場に車をとめた。ゴルフ・コースの端を覆《おお》う濃い茂みにまぎれて、バビットの屋敷に近づき、監視するために、近所の庭のモクレンの木の下で寒くてつらい一時間を過ごした。

バビット邸に護衛班がいるのを見ても、驚きはなかった。民間軍事会社の社長なのだから、当然だろう。男四人が乗った黒いSUVが、家の前にとまり、広い敷地をほかにふたりが歩きまわっていた。

好奇の目に触れないように、ジェントリーは身を隠し、木の幹に体をくっつけてうずくまり、屋敷を見張った。

六時四十五分に、車庫のドアがあき、バビットがシルヴァーのレクサスで私設車道を下ってきた。じっとしていて、どっちへ向かうかを見届けるのではなく、ジェントリーはゴルフ・コースを走り抜けて車に戻った。運転席についたとき、レクサスが目の前のコネティカット・アヴェニューを走っていったので、なんなく尾行をはじめられた。

バビットは、まっすぐDCの中心部へと車を走らせ、議事堂前リフレクティング・プールのそばにある駐車場にレクサスをとめた。車をおりて、ナショナル・モールに向けて歩いていった。

ジェントリーはまごついた。バビットがアダムズ・モーガンにあるタウンゼンド・ガヴァメント・サーヴィスィズのオフィスに行くとばかり思っていたのだ。だが、こういうことになったので、ジェントリーはあわてて駐車場を探し、急遽《きゅうきょ》、単独尾行作戦を開始しなければならなくなった。

大緑陰路《ザ・モール》の南でエスコートをとめる場所を探し当て、最後にバビットを見かけたところへ走っていった。双眼鏡を使い、マディソン・ドライヴを西に向けて歩いているターゲットをすばやく捉えた。ジェントリーは歩度を速めて、追いつこうとした——月曜日の早朝のジョガーがあたりにはおおぜいいたので、茶色のワーク・ブーツをはいていることはべつとして、走っても目立つことはない——じきに六〇メートルうしろの尾行位置についた。バビットがじきに右に折れて、スミソニアン自然史博物館の蝶園にはいった。さまざまな植物が鬱蒼《うっそう》と生い茂る園を遊歩道が二本通っている。

バビットが蝶好きで、蝶を鑑賞してから一週間の仕事をはじめるとは思えなかったので、隠密会合かなにかのために来たにちがいないと、ジェントリーは思った。

もちろん、月曜日の朝に愛人、もしくはゲイの愛人と会うために、ここに来た可能性もないわけではない。しかし、考えれば考えるほど、タウンゼンドの社長であるバビットがここへ来たのは、CIA幹部と会うためではないかという気がしてきた。

ひょっとしてカーマイケル本人と会うのかもしれない。

それは期待しすぎというものだろう。ジェントリー狩りを直接指揮しているCIA幹部が、ジェントリーの本土作戦の第二日に、暗殺をやりやすいようなひらけた場所へ軽微な警護でやってくるはずがない。

だが、ありうるかもしれないと、ジェントリーは思った。

リーランド・バビットが、DCに本社を置く民間軍事会社を経営していることを、ジェントリーは知っていた。バビットのタウンゼンド・ガヴァメント・サーヴィスィズは、追跡にくわわり、ストックホルムとハンブルクでは、ジェントリーを捉える寸前までいった。ブリュッセルでジェントリーは、すんでのところで殺《や》られそうになり、右前腕に弾痕の形の赤い傷痕が残っている。

タウンゼンドは、このDCでも狩りに参加しているのだろうかと、ジェントリーは思った。デニー・カーマイケルが、いまにも狭い遊歩道を歩いてくるかもしれないと思うと、ジェントリーはつい興奮した。カーマイケルが来たら、どんな警護班がいようと始末する。簡単ではないだろうが、ぜったいに見逃せない好機だ。

警護班を片づけたら、なんとかしてカーマイケルを車に乗せて、ガレージ倉庫へ行き、殴りつけて真実を聞き出す。

「落ち着け、ジェントリー」ジェントリーは自分を戒《いまし》めた。パラグアイやナミビアのような土地でも、アメリカのトップ・スパイを捕らえて結束バンドで縛りあげるのは、容易ではないだろう。このDCでは、ほとんど不可能に近いはずだ。

ジェントリーは、目標をもうすこし下げることにした。カーマイケルが現われたとしても、状況を判断したほうがいい。本人を捕らえるのは無理だろうから、できればただ観察し、耳を澄ませて、ふたりが別れるのを待つ。任務を続行して、バビットが車に戻るのを尾行し、銃を突きつけて、乗り込む。

ターゲットはあくまでバビットだ。

ジェントリーはもうすこし接近して、蝶園の茂みにはいり、三〇メートル離れたところから、ターゲットを監察した。〈ウォーカーズ・ゲーム・イヤ〉を右耳にかけて、ボリュームをあげた。

19

リーランド・バビットが米連邦議会議事堂に近い野外の蝶園でベンチに座り、時計を見て、デニー・カーマイケルはいったいいつ現われるのだろうと思っていたころ、カーマイケルは九キロメートル西のCIA本部で七階のオフィスに座り、コーヒーを飲みながら、けさのヴァイオレイター対策グループ報告書を読んでいた。

報告書は悲観的な書きかたではじまっていた。昨日中にジェントリーを確実に識別したという報告は、皆無だった。ターゲット目撃の可能性がある顔認識もきわめてすくなく、ヴァイオレイター・タスク・フォースのアナリストたちがそれを分析しているところだった。だが、画像をすべて見たが、すこしでも見込みがありそうなものはひとつもないと、ブルーアが書いていた。

それは悪い報せだった。いい報せは、ベルギーで監視カメラに撮影されたジェントリーの新しい画像を使って、顔認識ソフトウェアがひと晩で微調整され、改善されたことだった。DC首都圏の数万件の動画が捉えた数百万人の人間の顔から、遅かれ早かれジェントリーを見つけ出すことができると、技術者たちは確信していた。

それでもカーマイケルは、対ヴァイオレイター作戦センターは、顔認識からたいした情報は得られないだろうと考えていた。そんなに甘くはない。ジェントリーは優秀だ。ソフトウェアをごまかすために、十数種類のやりかたで変装するにちがいない。

その報告書にくわえてブルーアは、JSOC戦闘員の準備が完了し、街に出ているので、行動できるような情報があれば、適切な位置にただちに誘導できると書いていた。ジェントリーがもとの上官から事情を聞くために――あるいは殺すために――現われた場合に備え、SAD部長マシュー・ハンリーの自宅も、ふたりに見張らせてある。

下請け契約による資産三十人がDCのあちこちに配置され、ヴァイオレイターの以前の仲間だとわかっている人間を見張っていることも、記されていた。

この報告書にはむろん書かれていないが、サウジアラビア人もDCに展開するはずだと、カーマイケルにはわかっていた。きのうの午後、アリグザンドリーアのキンプトン・ロリアン・ホテルを先に出たあと、一度も話をしていなかったが、カズは時をおかずに作戦を起動しているはずだ。

狩りに関わっている無数の要素のいずれかが、じきにジェントリーのいどころを突き止めるはずだと、カーマイケルは確信していた。だが、戦闘がほんとうにはじまるのは、ジェントリーがハンターに自分の身をさらけ出すようなことをした瞬間だろうと見ていた。以前の仲間に接触するか、CIA施設に姿を現わすなど、ジェントリーが仕掛けてきたときには、CIAは準備ができているはずだ。

それに、メイズがＪＳＯＣその他の資産を配置するいっぽうで、逃げ道を絶つためにサウジアラビア人たちを配置すればいい。

ジェントリーは、このワシントンＤＣでかならず死ぬ。カーマイケルはそう確信していた。唯一の懸案は、メディアや司法省に嗅《か》ぎつけられないように、それを成し遂げることだ。

そのとき、インターコムの呼び出し音が鳴った。秘書の声がスピーカーから聞こえた。

「申しわけありません。お邪魔しないようにとのことでしたが、ハンリー部長が面会にみえています」

カーマイケルは、報告書を置いて、通話ボタンを押した。「日程にアポイントメントはないが」

「ありません。でも、どうしてもとおっしゃるので」

しつこい男だ、とカーマイケルは思った。「馬鹿め」とつぶやいてから、また通話ボタンを押した。「入れてくれ」


マシュー・ハンリーは、がっしりした男だった。大学のフットボール・チームのラインバッカーだったが、思ったよりも体力が落ちて五十代を迎えたという風情だった。それでも、やろうと思えばもっと若い男を痛めつけることができるはずだ。グレイのフラノのスーツを着たハンリーがドアを通るとき、巨体で戸口がふさがりそうなのを、カーマイケルは見てとった。ハンリーの体全体がオフィスにはいったときにようやく、うしろにもうひとりが従った。

ているのに気づいた。

カーマイケルは、作り笑いをこしらえたが、デスクの奥から出て握手を求めはしなかった。

「おはよう、マット。わたしの日程に合わせられないくらい急ぎの用事とは、いったいなんだ？　それに、その男は？」

ハンリーがいった。「こちらはトラヴァーズ。ジェナーのチームにいる」

「トラヴァーズか」挨拶《あいさつ》のつもりでカーマイケルはいい、早く仕事に戻りたいというそぶりで、目の前の書類を持ちあげた。

ハンリーが、カーマイケルの倍くらいやかましい声を出した。「コート・ジェントリーがDCにいるのを知らなかったと、おれに弁解してみろ」

カーマイケルは、書類を置いて、目をあげた。この予期していなかった会見に、俄然《がぜん》、興味をそそられていた。「やつに会ったのか？」

ハンリーが、口もとをこわばらせた。「くそったれ、デニー！　知っていたんだな？」

「ドアを閉めて、こっちへ来い」

ハンリーが、叩きつけるようにドアを閉めて、トラヴァーズとともに、カーマイケルのデスクに近づいた。トラヴァーズは立ったままで、ハンリーは椅子に座った。

ふたりが口をひらく前に、カーマイケルはデスクのコンソールのボタンを押した。「メイズを呼んでくれ。至急」ハンリーに目を戻して、きいた。「やつはなにをいっていた？」

ハンリーが、立ったままのトラヴァーズを顎で示した。「トラヴァーズにきけ」

カーマイケルは、片方の眉をあげて、若い相手の顔を見た。「話せ」

トラヴァーズは、伝説的人物であるデニー・カーマイケルのオフィスに立っているのが、不安そうだったが、落ち着きを保っていた。「昨夜、銃を突きつけられました」

カーマイケルは、怒声で応じた。「おまえたちは優秀なはずじゃなかったのか」

トラヴァーズは答えなかったが、ハンリーが代わりに弁護した。「やめろ。相手はジェントリーなんだぞ」

「まあな」カーマイケルはいった。すばやくブルーアの報告書に目を向けた。最後のページに、見張りをつけてあるジェントリーの以前の仲間のリストがある。そこにトラヴァーズの名はなかった。

カーマイケルは、地上班工作員のトラヴァーズのほうを見あげた。「おまえたちは知り合いだったのか？」

「ほとんど知りません。二度顔を合わせただけです。ハーヴィー・ポイントとブラックウォーターで、訓練をともにやりました。それから、葬式のあとでゴルフ・シエラ・チームがうちに来たことがありました。それでわたしの家を知っていたんです」

「やつはおまえを生かしておいた。なぜそうしたと思う？」

「わたしが彼の望むものを持っていなかったからです」

「それはなんだ？」

「答です。ただの答。〝目撃しだい射殺〟指令が下された理由を知りたいといっていました。

わたしは知っていることをいいました。作戦で殺す相手をまちがえ、さらに連行しようとしたチームを皆殺しにしたからだと。作戦をしくじったことはないし、チームが先に攻撃してきたと、彼はいいました」

カーマイケルは、首をふった。「なにがあったかをやつは承知している。この狩りに関わっている幹部について情報を聞き出そうとしたんだ。やつはわれわれをターゲットにして、復讐のためにひとりずつ殺すつもりだ」

ハンリーがきいた。「やつはいつからこっちにいるんだ？」

「三十六時間たっていない。じきに捕らえられると確信している。われわれは状況を掌握《しょうあく》している」

「いやまったくそのとおり」ハンリーがいった。「あんたがいう〝掌握〟というのは、ジェントリーが銃を持って自由にDCをうろついて、エージェンシー局員の自宅に狙いをつけることだよな。作戦計画はどうなっているんだ、デニー？　心配はいらないとなだめすかして、上から檻《おり》を落として捕らえようって寸法か？」

カーマイケルは、目を白黒させた。「やつが造反したときには、そっちの部下だった」

「そして、あんたの命令のせいで造反したんだ！」

トラヴァーズは、口を一文字に結んだままで、ふたりを交互に眺めた。CIA局員のつねとして口が固いことに変わりはなかったが、カーマイケルのオフィスで本部長《おやじ》とハンリーが口論するのを目の当たりにしたことをチームの仲間に早くしゃべりたくて、うずうずしていた。

ジョーダン・メイズがはいってきたので、カーマイケルがざっと説明した。話が終わると、メイズがトラヴァーズのほうを向いた。「トラヴァーズ、ここでの用事が終わったら、スーザン・ブルーアのところへ行け。細かいことまで、すべてスーザンに話すんだ」

ハンリーは、わけがわからないという顔をした。「ブルーアがジェントリーとどう関わりがある？」

メイズが答えた。「スーザンが戦術《T》作戦《O》センター《C》を指揮している」

ハンリーは、溜息をついた。「計画立案部のブルーアが、この一件のことをすべて知っているのに、特殊《S》活動《A》部《D》部長のこのおれがなにも知らされていないとは、どういうことだ？　理由をいえ、デニー。どうしておれをはずした？　ジェントリーがほんとうに危険なら、なぜおれに知らせなかった？」

「落ち着け。きみは護られている」

「どういう意味だ？」

「戦闘員チームに、きみの自宅を見張らせている」

「おれになにも教えずに？」

カーマイケルは、肩をすくめた。「やることが山積みだったんだ。これから説明する」

「どこの戦闘員だ？　おれに知らせなかったら、ＳＡＤの人間は使えない」

「そちらの人間ではない」カーマイケルは口ごもった。「ＪＳＯＣの特殊任務部隊の一部だ」

ハンリーが、痛烈な打撃をくらったような表情になった。椅子に背中をあずけ、かすれた声でいった。「あんた、なんてことをやっているんだ？」

「ＳＡＤを使う予定ではなかった。わたしには特定の軍の資産を使用する権限が――」

「なぜだ？」ハンリーが、片手をすばやく宙に差しあげた。「おれになぜいわなかった？どうして地上班を召集しなかった？」上半身をまっすぐに起こして、指を一本立てた。「わかった。おれを囮《おとり》に使うつもりだな」

カーマイケルが、追いつめられた犬が牙を剝《む》いているような笑いを浮かべた。「やつはきみに接触しようとするだろう。きみにもそれはわかっているはずだ」

「つまり……やつはおれを殺そうとする。そう思っているんだな？」

カーマイケルは、しばし返事をしなかった。ようやくまた報告書を手に取った。「きみは安全だ」

「あんたは精いっぱいおれをはずそうとしたが、ジェントリーがその手順を変えてしまった。あんたが望むか否かに関係なく、おれはこうして関わっている。ここでなにが起きているか、おれにはわかっているし、この一件がばれないように、あんたが血眼《ちまなこ》になってるのもわかっている。エージェンシーのためには、あんたが秘密を隠しおおせることを願うしかない。米軍部隊がワシントンＤＣの街路で派手にやらかしたら、詮索《せんさく》好きなやつらが理由を突き止めようとするにきまっている」

カーマイケルは答えた。「そんなことは承知のうえだ」テーブルを指で叩いていた。「地上班の支援があってもさしつかえはないだろう。何人か、ヴァイオレイター対策グループに参加させてもいいぞ。狩りに参加させる人数が増えれば、早く片がつくだろう」

マット・ハンリーが、笑って首をふった。「あんたってやつは、どこまで図々しいんだ、デニー。現在進行中の自分の大失態に、おれを引きずり込んで、結果しだいでは責任をかぶせようっていうわけか。お断わりだ」

「わたしが上司だということを、いっておこうか。きみの部下は、わたしが適切だと思うように使えるんだぞ」

ハンリーが、立ちあがった。「その点は、反論できないね。おれの部下は、あんたが好きなように使える」ドアに向かいかけ、そこで立ちどまってふりむいた。「もちろん、おれはいつだって長官室へ行ける。これだけでかいことだから、疎漏《そろう》のないよう処理されているかどうか、長官にたしかめてもかまわないよな」

カーマイケルが口をもごもご動かした。「考え直した。SADはこれが終わるまでじっとしていたほうがいいかもしれない。いまの部隊運用状況では、手が空《あ》かないだろう」

「働きバチだからな」ハンリーがいった。

たがいを信用せず、嫌っているふたりが戦いの様相を呈し、あたりは静まり返った。ようやくカーマイケルが書類に目を落としていった。「さて、失礼する。デスクの仕事が山積みだ」

会見は終わったが、トラヴァーズが突然口をひらいたので、幹部たちはびっくりした。

「すみません。ひとつおたずねしてもいいですか？」

カーマイケルは、不機嫌に見あげた。「なんだ？」

「ジェントリーが、ほんとうに告発されているようなことをやったのだとしたら……どうして戻ってきて、わたしをあんなふうに捕まえ、質問して……そのまま去っていったんでしょう？　ひと晩ずっと、それを考えていました。自分を狙っている人間を付け狙うつもりなら、そんなふうに姿を現わすのはおかしいでしょう。戦術的優位を捨てるほど愚かではないはずです」

ハンリーが、カーマイケルの顔を見た。答を待つようすで、両眉をあげた。

カーマイケルはいった。「ジェントリーの動機については、もう理解しようとするのをやめたよ。自分のチームを皆殺しにして、あんなふうに逃げるというのは、まったく納得がいかないだろう？」

トラヴァーズがいった。「彼がいうことが事実だとすると……チームが先に攻撃したのだとすると……納得できます。わたしはチームの仲間を、きょうだいのように好いています。しかし、彼らが銃を向けたら、わたしもおなじようにするでしょうし、だれかが死ぬことになります」

カーマイケルはいった。「若いの、ジェントリーが窮地に追い込まれた原因の作戦について知る資格が、そもそもきみにはない。だから、ジェントリーが昨夜いったようなことのレベルでも、知らされる保全許可がないわけだ。つまり、きみの質問は埒《らち》を越えている」

メイズがあとを引き受けて、ハンリーとトラヴァーズをドアに向かわせ、会見を終わらせた。

出ていくときに、ハンリーは若い部下の肩に手をまわして、全員に聞こえるような声でいった。「気を悪くするな、クリス。おれにも保全許可がないんだ。ジェントリーがなにをしでかしてCIAに狙われるようになったのかについて、まともな情報を握っているのは、この建物にはデニーしかいない。メイズだって、おれたちとおなじようになにも知らずに飛びまわっているんだと思うよ」

ふたりはオフィスを出ていった。メイズがドアを閉めて、カーマイケルのほうへひきかえした。カーマイケルはいった。「ハンリーのことは心配ない。ああいう態度をとっても、わたしとおなじくらいこれには深く関わっている。ほうっておけば、こっちに調子を合わせるだろう」

メイズがいった。「ハンリーのことは心配していません。口うるさいですが、いつでも歩み寄ります。長官ではなく本部長がここでは法だというのを知っていますからね。しかし、トラヴァーズのほうは、ちょっと気になります。問題になりそうなのがわかります」

カーマイケルはうなずいた。「賛成だ。信頼できない。ヴァイオレイター緊急事態が解決するまで、作戦からはずしたほうがいい」カーマイケルは、すぐに片手をあげた。「取り消す。辞《や》めさせろ。追い出せ」

メイズは、口笛を吹いた。「ハンリーが頑強に抵抗するでしょう」

「なにかこじつけろ。任務に適格ではないとか、精神状態が完全ではないとか。血液検査を改竄《かいざん》してもいい。なんでもいい。薬物検査で陽性になったら、ハンリーもさからえないだろう」

インターコムの呼び出し音がまた鳴って、カーマイケルの秘書がいった。「本部長、リーランド・バビットから、緊急電話です」

カーマイケルは、うんざりした顔をした。「忘れていた。あいつは土曜日に、月曜の朝に会いたいとメールでいってきたんだ。かなり強引だった」

メイズがいった。「隠れ家に行くのでないかぎり、本部長がこの建物から出るのには反対です」

カーマイケルは、笑みを浮かべずに笑い声を漏らした。「どこへも行かない」ボタンを押して、秘書にいった。「つないでくれ」

20

コート・ジェントリーは、スミソニアン蝶園の密生した茂みに潜り込んで立ち、三〇メートル離れたところから、リーランド・バビットを観察していた。

バビットがしじゅう時計を見ているのに気づき、デニー・カーマイケルの姿を見られるという高望みは崩れた。それが本日の最初の痛手だった。やがてバビットがうろうろと歩きはじめ、会う相手がだれだったにせよ、約束の時間に遅れていることが明らかになった。

八時十五分に、バビットが携帯電話を出して、どこかにかけた。高性能の音声増幅装置が、鳥のさえずりや通る車の音をすべて拾うせいで、会話が聞こえなかったので、ジェントリーはスイッチを切り、茂みのなかにじっと立って、観察をつづけた。

リーランド・バビットは、カーマイケルが電話に出るのを待つあいだも、うろうろと歩きまわった。ようやくカーマイケルが電話に出ると、バビットは遊歩道に視線を走らせてから、挨拶《あいさつ》も抜きで早口の小声でしゃべった。「八時十五分だ、デニー。三十分前にここで会うはずだったじゃないか」

デニー・カーマイケルが答えた。「行くという約束はしていない。考えるといっただけだ」

「いいかげんにしてくれ、デニー。じかに会う必要があるんだ」

「いや、そうじゃない。きみとわたしが近々じかに会うことはない。もちろん、きみにラングレーに来てほしくはないし、わたしもタウンゼンドに行くのはまっぴらごめんだ、この二週間、きみたちは派手にやってくれたからな」

バビットも必死で、声を荒らげたり、ひそめたりしていた。「わかっている。だからこういう場所で会おうといったんじゃないか。どちらとも関係のない場所で。あんたとわたしだけで。これを穏便に片づけて、つぎのことに進めるように」

カーマイケルがいった。「リー、ほとぼりが冷めるまで、時間をかけようじゃないか」

バビットは歯ぎしりした。肉付きのいい下顎が揺れた。「この件で、わたしが風になぶられるのをほうっておくつもりか」

「しばらくは、リー、そうするつもりだ」

「会社は、あんたたちの処置で秘密区分のデータへのアクセスを禁じられた。どうやってビジネスをつづければいいんだ？」

「タウンゼンドは民間セクターで儲《もう》かる警備の仕事を請け負えるだろうよ」

「われわれはアメリカの愛国者だ！　ショッピング・モールの警備員ではない！」

カーマイケルは、答えなかった。

しばらくして、気を静めたバビットがいった。「この街の大立て者は、あんたひとりじゃない」

「脅しのつもりか？」

「ああ、そうだ」

カーマイケルがうなった。「くそでもくらえ、バビット」

「いや、デニー、くそをくらうのは、あんたのほうだ。じつはこれからそれをやるところなんだ」

バビットは電話を切り、ベンチから立ちあがった。木立に携帯電話を投げ込もうとして、腕をふりあげた。だが、思いとどまり、ポケットに入れて、ナショナル・モールに向けて遊歩道を歩き出した。

バビットは、ナショナル・モールの横を通っている道路に歩いてひきかえした。ジェントリーが六〇メートル離れて尾行していた。蝶園にはほとんどひとがいなかったが、大緑陰路《ザ・モール》は通勤者、朝の散歩やジョギングをやっているひとびと、巡邏《じゅんら》中の警官などがひしめいていた。

ジェントリーは、いまここでだれかに銃を突きつけるつもりはなかった。

バビットは、議事堂前リフレクティング・プールの駐車場にとめた自分の車の横を通って、そのまま歩きつづけた。

ジェントリーは、まだ咲いていない桜の木の下で立ちどまり、バビットが行ってしまうのを見送った。驚いたことに、バビットはそのまま議事堂に向かっていた。

ジェントリーは、低い声でいった。「いったいなにをするつもりだ？」

東の柱廊にはいっていったバビットの姿が見えなくなると、ジェントリーは車をとめてある南にひきかえした。

歩きながら、ジャケットの左ポケットに入れてある小さなルガー・セミオートマティック・ピストルから手を離し、その手で野球帽を目深に引きおろした。右手は歩くときに痛む腕が揺れないように、ズボンのポケットに突っ込んでいた。

大緑陰路のホットドッグの屋台で立ちどまり、ミネラルウォーターを買って、飲みながらそこに立ち、連邦議会議事堂に最後の一瞥《いちべつ》をくれた。DCに戻ってきてから、議事堂をじっくりと眺めるのは、それがはじめてだった。そもそもDCの風物を眺める最初の機会でもあった。

ジェントリーは、何年ものあいだアメリカ国外にいた。そのあいだ、どの日も故郷のなにかのことを考えた。こうして帰ってきたいまも、楽しみにふけったり、気をゆるめたり、たくみに帰国したことを誇ったりするのに時間を割《さ》くような贅沢《ぜいたく》は許されない状況にある。しかし、このひとときだけ、ジェントリーはアメリカでもっとも偉大な建築物を見あげて、その象徴の力と、骨の髄まで沁《し》みついた、心からの母国愛を実感した。

そんな思いを、ジェントリーはふりはらった。さまざまな感情が胸のうちから湧きあがっていたが、じっと佇《たたず》んで眺めるのはまずい。偽装しているのだし、その偽装はもの珍しさに目を丸くする外国人観光客ではない。

そして、その偽装をいま台無しにしたら、こよなく愛するアメリカの諜報員に見つけられ、通りで撃ち殺される。

だが、ジェントリーの偽装は堅固だった。なぜなら、これまでの数多くの作戦とはちがい、今回はめずらしくほんとうの身許とおなじ偽装だったからだ。ジェントリーはアメリカ人だ。しばらく外国にいたが、アメリカ人であることに変わりはない。そしていま、母国に帰ってきた。

ジェントリーは、空になったペットボトルをゴミ箱に投げ込み、バビットは議事堂でなにをするつもりだろうと怪訝《けげん》に思いながら、向きを変えて車のほうへひきかえした。

リーランド・バビットは、〈バーバリー〉のコートの裾《すそ》をはためかせながら足早に歩いて、議事堂の円形大広間を突っ切った。議事堂内の議員事務所に行くために、身分証明書をふって見せた。まだ午前八時半過ぎだったので、そんなに早く来ている議員がいるかどうかはわからなかったが、会期中なので、DCに滞在していることはまちがいなかった。

どこに助けを求めにいこうかと、知恵を絞っていた。

バビットは、ユタ州選出で上院議長代行のマイク・エイヴァリ共和党上院議員と知り合いだった。エイヴァリは、もっとも強烈な個性を持つ議員で、バビットは好きだった。だが、エイヴァリはインテリジェンス・コミュニティや国土安全保障省に関わる問題には、あまり興味を示さない。バビットは爆弾を渡す候補者のリストから、エイヴァリを消した。

ジョエル・ランダーズも知っている。ニューメキシコ州選出の民主党下院議員で、下院情報特別委員会の委員長をつとめている。ランダーズは扇動家で、CIAに関してはなんでも文句をつける材料を探している。カーマイケルと、アメリカ国民ひとりを殺そうとする五年にわたるカーマイケルの狩りについて自分が知っている事柄をすべて、バビットは思い起こした。

そうだ。ランダーズ下院議員なら、この話をよろこんで聞くだろう。

当然ながら、バビットは自分がやろうとしていることは、職業上の自殺だと承知していた。カーマイケルを裏切ったら、たとえカーマイケルが鎖につながれて連邦刑務所《クラブ・フェド》に送られたとしても、政府の仕事は二度と受注できないだろう。だが、本を書き、企業のセキュリティについて高報酬の講演を行なうことはできる。

噂がひろまれば、この街では活動できなくなるだろうが、仕事はあるだろうし、なにより重要なのは、デニー・カーマイケルを破滅させられることだった。

バビットは、ランダーズ下院議員の事務所に向けて歩いていった。ランダーズがまだ登院していなかったら、受付に陣取り、現われるのを待つ。やってきたらすぐに五分だけ欲しいという。その五分のあいだに、下院議員の頭を爆発させることができるはずだ。

廊下に立っている下院議員補佐官たちの群れを抜けて、ランダーズの事務所まで一五メートルというところに達したとき、廊下の左側から追い抜いたグレイのスーツの若い男が、前に立ちふさがった。

「ちょっとお話ができませんか?」男がいった。

「なんの話だ?」バビットは、語気鋭《くや》くいった。

「カーマイケル本部長が、あなたが悔むようなことをする前にとめるよう、わたしに指示したんです」

動悸《どうき》が速くなっていたバビットの心臓が、とまりそうになった。目が鋭くなる。「これを正す機会を逸したのはそっちだと、ボスにいうんだな。こんどはこっちが手を打つ番だ」

「ご自分でおっしゃったらいかがですか。ラングレーに来ていただきたいそうですよ。いますぐに」

「そうか? いまさらなんだ。嫌だね――」

もうひとりの男が、どこからともなく現われ、左うしろに立って、バビットの肩に手を置いて、身をかがめ、不愉快なほど体を近づけた。

「わたしの車で行きましょう。すぐにこちらにお送りします」

もうひとりの手が、右肩をつかんだ。バビットはふりむき、突然現われた三人目の男を見た。三人とも二十代後半で、スーツを着て、愛想のいい笑みを浮かべていた。カーマイケルの指図に従わなかったら、その笑みはとたんに消えるのだろうと、バビットにはわかっていた。

「いいだろう」バビットは、両肩の手をふり払いながらいった。「デニーと話をしようじゃないか」

21

タウンゼンドとCIAの関係がこれまでになく最悪だということは、バビットにもわかっていたが、ここに来て、ラングレーの旧本部ビルで七階の廊下を歩いているという事実は、まだ地歩を失っていないことを物語っていた。バビットは、そのことに満悦した。

マクリーンまでの車中は、沈黙が支配していた。ほとんどずっと、完全な沈黙が流れていた。バビットが携帯電話を出して、出勤が遅くなることを伝えようとすると、GMCユーコンの後部にならんで乗っていた若い男のひとりが、携帯電話を取りあげた。「すみません。作戦上の秘密保全です。本部からお帰りになるまで、電話は禁止します」携帯電話は、バビットのお相手役の無気味なCIA局員のポケットに消えた。

CIA本部に着くと、バビットはすみやかに手続きされて、最上階直通のエレベーターに乗せられた。エレベーターのドアがあくと、ジョーダン・メイズに迎えられた。まるできょうも物事は順調で、これから行なわれる会見は、つぎの契約、年度予算、ロジスティックスの手配にすぎないとでもいうように、メイズがバビットと握手を交わした。

バビットは、会議室で数分待たされた。メイズとどうでもいい雑談をしているうちに、やがてカーマイケルがはいってきた。皺《しわ》が深く、痩《や》せこけた姿は、いつもと変わりがない。バビットは常々、カーマイケルは戦闘で鍛えられたエイブラハム・リンカーンのようだと思っていた。第十六代大統領のリンカーンが、カーマイケルとおなじように二十代から四十代まで第三世界での戦いをくぐり抜けたら、こんなふうになっていたはずだ。

帝王のように堂々としているが、相手を威嚇《いかく》する。

長老のように包容力がありそうだが、残忍でもある。

カーマイケルがテーブルに向かって座り、前で両手を組んだ。すぐに本題にはいるだろうと、バビットにはわかっていた。それがカーマイケルの流儀だからだ。

カーマイケルはいった。「いいだろう。この勝負はきみの勝ちだ」

「どういう意味だ？」

「議会にしゃべってほしくない。われわれの一時的な不和は、それが引き起こす長期的な問題ほど重要ではない」

「だから？」

「だから、コート・ジェントリー狩りにきみたちを戻す」

バビットがカーマイケルの口から聞きたかったのは、まさにその言葉だったのだが、耳にしたとたんに疑念が湧き起こった。「こんなに早く？　〝くそでもくらえ〟から〝万事よろしい〟に、そんなふうに変われるのか？」

カーマイケルは、首をふった。「ちがう。〝くそでもくらえ〟は取り消されていない。情報を暴露すると脅したのは腹立たしいが、わたしはなによりも実利を重んじる。笞《むち》でやめさせられないときは、飴《あめ》を見せびらかし、それでうまくいくかどうかをたしかめる」

バビットは、勝ったことを知った。目の前の仕事に集中することで、にんまりと笑って拳《こぶし》を宙に突きあげたくなるのをこらえた。「すばらしい。わたしは何週間か、はずされていたから、現況を教えてもらわなければならない。ブリュッセル以後、エージェンシーはあらたにたしかなジェントリー目撃情報を得たのか？」

カーマイケルは、よどみなく答えた。「いや。まだなにもない。われわれの分析では、ジェントリーは中欧に戻って行方をくらましたようだ」カーマイケルは、メイズのほうを向いた。「どんなぐあいだ、ジョーダン？ その後、新しい情報はあるか？」

ジョーダン・メイズが、沈鬱な顔で重々しく首をふった。「あいにく足跡は消えた。支援があればおおいに助かる」

バビットは、万事について和解できたのがありがたかった。「タウンゼンド・ガヴァメント・サーヴィスィズが戦闘に復帰するという短期の変更はべつとして」バビットが咳払いをした。「こうして会っているあいだに、こちらの条件を検討してもらいたい」

カーマイケルの目が鋭くなった。「そちらの、なんだと？」

「条件だ……戻してくれ。すべて、もとどおりに」

「どういう意味だ？」

「契約を無効にしているのをすべて解除し、保全許可を回復してほしい」

「それはかまわない」

「それから、われわれが今後結べる新しい契約について、そちらから提案してほしい。われわれが拡大できるような新しいビジネスチャンスを。ヴァイオレイター狩りばかりが、大きな作戦ではないはずだ」

カーマイケルは、片方の眉をあげた。「あらたな立場を利用して、政府の発注にさらに割り込むという魂胆だな」

バビットが、にっこりと笑った。満面に笑みを浮かべていた。狙いどおり、CIAの急所をつかんだと思っていた。「認めろよ、デニー、わたしが街で最大の大立て者なんだ」

「ああ、そうだろうな」

会見はそれから十分つづいた。バビットは、もっと長くつづくのを期待していたが、遅らせることができない約束があると、カーマイケルがいった。


カーマイケルとメイズは、いかにも悠然とした足どりでバビットが会議室を出ていくのを見送った。

ドアが閉まったとたんに、カーマイケルはメイズの顔を見て、溜息をついた。「あの男には逝《い》ってもらうしかない」

ボスの言葉の意味ははっきりわかっていたので、メイズはただうなずいた。「賛成です。早くやらないといけません」

「どうやる？」

メイズは答を用意していた。「ハイタワー」

カーマイケルは、考えながら肺いっぱいの息を吐き出した。「引き受けるかな？」

メイズがいった。「特務愚連隊《グーン・スクワッド》にいたころ、ザック・ハイタワーは命じられたことをなんでもやりました。きのうはやる気満々だったし」

「ああ、たしかに」カーマイケルは、テーブルを指で叩いた。「わかった。やつを解き放て。だが、われわれに反動が来ないようにしろ」

メイズがいった。「わかりました」ちょっと考えてからいった。「本部長、これをチャンスのようなものに変えたらどうでしょう」

「もう思いついたよ」

「やっぱり。ハイタワーがバビットを消したら、ジェントリーが殺《や》ったという情報を流します」

「とにかく、スーザン・ブルーアやターゲティング・オフィサーたちは、奮い立つだろう。ターゲットがどれほど危険かということが示せる」カーマイケルは、書類を取り、眼鏡に手をのばした。「ハイタワーと話をしろ」

ザック・ハイタワーは、朝のうちは旧本部ビル四階で、ヴァイオレイターがＤＣで中間準備地域に使いそうな場所について、スーザン・ブルーアと検討していた。以前よく行った店、訓練をやって資材を保管するのに適した場所。装備を手に入れるために東海岸の現在と過去のSADの武器隠匿所を襲うことも想定して、そういった場所をジェントリーが知っているかどうかということも話し合った。

ザックは、その作業を三十分ほど楽しんだが、やがて飽きてきた。分析のようなくだらないことは、自分の得手ではない。現場に、街に出て、人間狩りにくわわりたかった。

正午にスーザンが、戦術作戦センターに中華料理のランチを運ばせた。ザックがデスクに向かって蝦撈麺《えびやきそば》をつついていると、ジョーダン・メイズがはいってきて、急いで近寄った。

「話がある」

ザックは、ボール紙の容器と箸《はし》を置いて、きびきびと立ちあがり、廊下に出た。メイズが出ていきながら、スーザンのほうをふりかえった。「きょう一日借りる。あすも借りることになるかもしれない」

ザックは、笑いたくなるのをこらえた。「いよいよお楽しみだ」と、ひとりごとをいった。

ふたりは上の階にあるメイズのオフィスへ行った。なかにはいると、メイズがドアを閉めて、狭い応接エリアへ歩いていった。体を近づけて座ると、メイズがさらに身を乗り出していった。「問題が起きた」

ザックはいつも背すじをのばして座るのだが、ポステリオール筋肉群（体のうしろ側にある各種の筋肉）にいっそう力をこめた。「すぐに片づきますよ。おれが始末します」

「リーランド・バビットという男を知っているか？」

「いや、知りません」

「タウンゼンド・ガヴァメント・サーヴィスィズを経営している」

ザックはうなずいた。「そこのろくでなしどもなら、知っています」

メイズは溜息をついて、不安のにじむ顔をこしらえた。「バビットは、エージェンシーのわれわれの作戦にとって、いまここにある明確な危険になっている。やめるよう説得しようとしたんだが、やつは聞き入れない。秘密扱いの情報プログラムの一部について詳細を公《おおやけ》にすると脅してきた。もし明るみに出るようなことがあれば、われわれの任務は崩壊する」

信じられないという表情で、首をふった。「それが明かされたら、現場の優秀な男女工作員が大きな危険にさらされることに疑問の余地はない。正直いって、ザック、われわれは現時点で、選択肢をすべて使い尽くしてしまったんだ」

アメリカ国内でアメリカ国民を暗殺しろと頼まれていることを、ザックはすぐさま理解した。それに気づくと、大きく瞬《まばた》きをした。

だが、それは一度だけだった。「おれが始末します」

「ひとりでやってもらわないといけない」

「もちろんそうでしょう。ご心配なく。やり遂げますから」

「デニーもわたしも、それについてはきみをかなり信頼している。もちろん、装備など、必要なものがあれば、手を貸そう」

ザックは、にやりと笑った。「メイズさん、あんたはぎょっとするかもしれないが、この仕事に適している道具は、もういくつか持っているよ」

メイズは短く答えた。「そうだろうという気がしていた」

22

ラファエルとその弟のラウルは、よもや自分たちの顧客に殺されるとは、思ってもいなかった。顧客の仕事上の仲間ふたりが修理工場にはいってきて、シャッターを引きおろし、逃げ道がなくなったときですら、そんなことは考えなかった。

心配する理由はなにもなかった。顧客に要求された短時間で、高品質の仕事をやったのだし、顧客は結果にかなり満足しているようすで、ふたりの前に立っていた。

ムルキン・アル゠カザズがその顧客で、危険な男だという印象を兄弟ふたりは受けたが、サウジアラビア情報部の人間だとは知らなかった。そうだとわかっていても、気にしなかっただろう。兄弟はボルティモア郊外で小規模な解体屋をやっていた。盗難車を扱う商売なので、ありとあらゆるいかがわしい連中と毎日のように取り引きしていた。自分たちの知るかぎりでは、外国人スパイの仕事はやったことがなかったが、顧客が金さえ持っていれば、選り好みはしない。

もとの所有者でも盗難車が自分の車だとはわからなくなるように、短時間で塗装と板金をやるのが、兄弟の特殊技術だった。自動車登録番号やナンバープレートも替える。もちろん割増料金でそのほかのサービスも提供する。兄弟が命を縮めたのは、そういう特別な注文のせいだった。

だが、ラファエルとラウルはまだそこに立ち、はいってきてシャッターを閉めた新顔のふたりにうなずいただけだった。兄弟がどういうことかときく前に、顧客が、自分と仲間ふたりは、車庫内の三台を通りから見られたくないのだと告げた。まもなく大金がもらえると思っていた兄弟は、文句をいわなかった。その顧客は一台のそばにしゃがんで、ワシントンDC首都警察と記されたブルーのデカールを手でなぞりながら、ふたりを褒《ほ》めた。

カズは、プエルトリコ人兄弟の仕事ぶりにすっかり感心していた。中古のありふれたフォード・トーラス三台を首都警察のパトカーと見分けがつかないように仕上げただけではない——それをたった十二時間でやってのけたのだ。

カズはこの計画を以前から温めていた。グレイマンがワシントンDCに現われるよりもずっと前のことだ。二年前に、直接行動や防諜任務を行なうにあたって、武装した配下が偽装して市内を移動する必要が生じた場合の想定《シナリオ》を、カズはいくつも思い描いた。手先をオハイオに派遣して、あまり使用されていない新しい型のフォード・トーラスのセダンを三台、オークションで落札させた。そして、DC近郊に持ってこさせ、スプリングフィールド郊外の長期契約車庫に保管した。

そのフォード・トーラスは、首都警察が採用しているフォード・ポリス・インターセプターとおなじボディで、カズはパトカーに偽装する目的で買っておいたのだ。

　トーラス三台を手に入れたあと、犯罪者の暗黒社会に浸透している裏チャンネルを使い、自分が必要とする高い技倆《ぎりょう》と低い道徳律を備えた人間もしくは会社を探した。ボルティモアでこのプエルトリコ人兄弟を見つけた。ふたりの解体屋は官憲の網の目にはかかっていなかったが、カズの人脈がふたりのことを知っていて、その情報を流した。

　カズは、廃車になった古いパトカーの回転灯を買い、必要なデカールはすべて、カズの部下がほんものの首都警察のパトカーの詳細なデジタル画像を伝えて、中国の会社に作らせた。そして、外交行嚢《こうのう》でデカールをアメリカに持ち込んだ。

　そのあとは、じっと待った。一般のフォードをパトカーに改造したとたんに、重罪を犯すことになるとわかっていたし、ただちにそれが仕事に必要になるわけではなかったので、使い道ができるまでは厳重に鍵をかけて、すべてを保管しておくのが賢明だと考えた。デカールと回転灯とサイレンは、情報機関関係者以外ははいれない大使館の敷地内の倉庫で厳重に保管した。トーラス三台は、地下駐車場に置いたままで、ラファエルとラウルの電話番号はいつでも連絡できるようにリストに入れてあった。

　そして、きのうの午後に作業に取りかかった。

　三台目のパトカーを仔細《しさい》に吟味したカズが、笑みを浮かべて立ちあがった。「あんたたちのすばらしい技倆に、あらためておめでとういわなければならない」

　外国のなまりのある顧客の英語が、ラウルの英語力では聞き取れなかったので、ラファエルが話をしていた。「朝飯前だ。いったように、塗装と艶《つや》出しが合計千八百ドル。手間賃が一台あたり三千ドル。ぜんぶで一万八百ドルだ」

カズはうなずき、兄弟に目を向けた。ふたりとも三台目の白いパトカーのうしろに立っていた。「妥当な値段だな。あんたたちの事務所へ行って、取り引きを終えるとしよう」

事務所は車庫の上にあり、狭い階段を昇る。

ラファエルが、首をふった。「車庫があいてる時間は、離れないようにしてる。だれかが来て、なにか盗むかもしれない。現ナマは持ってきたんだろう？」

カズはいった。「もちろんだ」兄弟がついてくるのを期待して、真っ白な車からすこし遠ざかった。だが、ラファエルはいった。「どこへ行くんだ？」

カズが、ジャケットのなかに手を入れるふりをした。「金を出すだけだ。数えたいんだが、ドアに近いこっちのほうが明るいだろう」

ラファエルが、フォード・トーラスを照らしている強力なライトを見あげた。「ここよりも明るいってことはない。金をボンネットに置いて、おれたちが見えるように数えてくれ」

カズは、車を汚したくなかったので、兄弟を遠ざけたかったのだが、腹立たしげに長い溜息をついて、肩をすくめ、部下ふたりのほうを見た。

ラファエルがいった。「金は？」

「ああ、わかっている。ここにある」カズの手がジャケットの内側に消えて、出てきたときには、減音器《サプレッサー》付きのワルサーP99セミオートマティック・ピストルを握っていた。兄弟がびっくりして両手をあげたが、カズはその場でふたりを撃った。ラファエルは頭に一発くらって床に倒れた。胸に二発撃ち込まれたラウルの体が二回転した。がっしりした体つきのラウルが、すぐそばのトーラスに勢いよくぶつかった。車体の右後ろに当たった体が、トランクに覆《おお》いかぶさった。

「くそ、しまった《ワー・ファクリ》！」とカズが叫んだ。

カズが顎をしゃくると、工作員ふたりのうちのひとりが近づいて、フォードの後部から死体をひっぱった。死体が修理工場の床にずるずると落ちた。

車体に大きな血のしみが残った。

「洗い流せ」カズが語気荒く命じた。

二十分後、首都警察のパトカーに偽装したフォード三台は、表に待っていたトレイラー・トラックに隠され、解体屋をあとにした。大型トレイラー・トラックは、ヴァージニア州に向けて南に走った。サウジアラビア人たちは、ロスリンの賃貸駐車場にトレイラー・トラックをとめた。アーリントンに近く、ポトマック川を渡ればＤＣへすぐに行ける。

門のある二階建ての家が、駐車場と背中合わせに建っていた。サウジアラビア情報部のダミー会社が、その家を所有している。そこは何年ものあいだサウジアラビアの隠れ家として用いられてきたのだが、ジェントリーを狩る作戦のあいだ中継基地に使うために、昨夜、カズは自分の資産十人をそこに詰めさせた。

トーラスと警察のデカールを買ったときに、カズは手先に命じて、国中の制服ショップで、首都警察官のものと布地や型がおなじ制服を十数着購入させた。靴、多用途ベルト、ホルスター、徽章《きしょう》、ボタン、抗弾ベスト も、インターネットのさまざまなサプライヤーから買った。首都警察の制式拳銃のグロック17も、制服や付属品と同時に入手した。オーストリアのメーカーからじかに買い付けているリヤドのサプライヤーを使い、かなりの数を購入した。ただ、警察の制式拳銃とは、ひとつ大きな変更点があった。このグロックには、サプレッサーを取り付けられるように、銃身にネジが切ってあった。

首都警察はサプレッサーを使わない——世界のどの国でも、正規の警察部隊は使わない——しかし、これはほんとうの警察ではない。暗殺部隊だ。この資産集団が銃声をできるだけ小さく抑える必要があることがわかっていたので、カズは銃身にネジが切ってある拳銃と、それに合うサプレッサーを購入した。

それらもすべて外交行嚢で持ち込み、大使館で情報部が厳重に保管し、けさになって工作員十人に渡された。

弾薬はロアノークの銃砲店で買ったが、ここでもカズとその配下は正確を期すことにこだわった。買ったのは首都警察の制式弾薬とほぼおなじ、〈ウィンチェスター・レインジャー〉のフルメタルジャケット弾だった。警察がじっさいに使用している弾薬そのものは、法執行機関にまとめて納入されるので、手に入れることはできない。しかし、弾道研究によって、市販弾薬でも、検死官か外科医によって人体から取り出された状態では、制式弾薬とほとんど区別できないことがわかっていた。

カズとその配下がパトカーを運んで戻り、隠れ家にはいると、残っていた工作員八人は早くも、濃紺のズボンに水色のシャツというワシントンDC首都警察の制服に身を固めていた。なかなか印象的な光景だった。パトカーに乗れば、いっそう本物らしく見えるはずだ。

ほどなく十人全員が、首都警察の制服を吟味された。カズは入念に調べて、結果に満足した。完璧な英語がしゃべれるのは数人で、あとはたどたどしいが、ほんものの警官のように市民と交流することは予定になかった。そうではなく、ジェントリー狩りでは、彼らは刺客《しかく》になる。ターゲット地域に急行するのは、デニー・カーマイケルが殺しのために出動するよう命じたときだけだ。

23

リーランド・バビットがオフィスに着いたときには正午をまわっていたが、それでも九時間働いて、やっと仕事を終え、メリーランド州チェヴィー・チェイスのシーダー・パークウェイにある五寝室の家に帰った。

バビットのレクサスが私設車道《ドライヴウェイ》にはいったときには、自宅護衛班四人の車が、すでに家の前にとまっていた。護衛班は午後七時から午前七時までいて、暗いあいだバビット邸を監視する。車内に常時ふたりが残り、ふたりが私設車道に立ったり、ときどき家の裏手へまわったり、パティオの椅子に座ったりして、交替でパトロールするという手順だった。脅威が一番フェアウェイから接近してきた場合に備え、裏庭のすぐ向こう側のチェヴィー・チェイス・ゴルフ場にも、定時に目を配るようにしていた。

バビットの妻は、セキュリティにはまったく関心がなく、護衛班がいるのは近隣の人間に大物なのを見せつけたいためだと思っていた。だが、近くの家で数週間前に私設車道からポルシェのSUVが盗まれたあとは、いっさい夫に文句をいわなくなった。

私設車道に車を入れながらバビットは、そこをパトロールしていた護衛ふたりにうわの空で手をふった。ほどなく車庫の扉を閉め、車をおりてキッチンへはいると、妻がそこで待っていた。

「もう十一時よ、リー。十一時！」

「折り返し電話しなくて悪かった。仕事が長引いてね」

そのままリビングへ行くと、妻があとをついてきた。

「お食事をこしらえたのに」

「会社で食べた」〈マッカラン〉の十五年物をバーから取って、クリスタルのロックグラスに指二本分《ツー・フィンガー》を注ぐのに余念がなかったので、顔をあげずにバビットはいった。

リビングの床から天井まであるガラスの引き戸のほうを向いた。広々とした裏庭と高さ一八〇センチの鉄のフェンスの向こうにあるゴルフ場の絶景が見える。

バビットがウィスキイを持って窓に向かっていると、妻がうしろの階段近くに立った。夫を睨《にら》みつけて、なにか返事をするか、目を向けるのを待った。バビットはそのどちらもしなかった。

バビットの息子ふたりは大学生なので、夫婦は家をふたりだけで使っていた。だが、息子たちが出ていってからも、夫婦がプライバシーを満喫することはほとんどなかった。バビットは、ブリュッセルでの事件のずっと前から、ジェントリーに取り憑《つ》かれていたが、配下をおおぜい失い、会社が機能するための情報を得るのに欠かせなかった秘密保全許可を奪われて、ヨーロッパから帰ってきたあとは、妻がその場にいることにも気づかないほどになった。

うしろに佇《たたず》んで、夫がなにか反応を示すのを願っていた妻は、ただ溜息をついて、階段へ向かった。

コート・ジェントリーは、バビットとその妻を交互に双眼鏡で眺め、ひとりごとをつぶやいた。「女房は怒っている。亭主はまったく無頓着《むとんちゃく》だ」

ジェントリーにも、どうでもいいことだった。敷地内にいる人間の数さえ、正確にわかればいい。

バビットが帰宅したときには、ジェントリーはすでに何時間も前から位置についていた。ゴルフ場の一番フェアウェイにあるオークの木に登って、一時間偵察したあと、午後八時に裏のフェンスを乗り越えていた。いまは庭の角にある繁茂した花壇のなかに伏せ、腹が冷えて泥まみれになっていた。花はまだ満開にはなっていないが、体を低くしていれば格好の遮《しゃ》蔽物《へいぶつ》になる。

ジェントリーは、〈カーハート〉の黒いワークパンツをはき、黒い断熱下着の上に黒いフーディーを着て、焦茶色のブーツをはいていた。顔はネック・ゲイターとニット・キャップに隠れ、手には黒い〈メカニックス〉の手袋をはめていた。衣装一式とおなじように、バックパックも黒だった。完全に姿を消しているわけではないが、ほとんど見えないといってもいい。鋭い目とフラッシュライトの光の直撃がなければ、そこにいるのは気づかれないはずだった。

ジェントリーは二時間前から、ターゲットの居場所へ侵入する方法を考えていた。バビットの家のそばにモーション・センサーのライトがいくつかあるのを見つけたが、ゆっくり動くだけでごまかせるとわかっていた。モーション・センサー機器はすべて、一定の速度よりも速く動くものを探知するように調整されている。それに、ジェントリーは、動作感知機《モーション・ディテクター》の小さなマイクロチップを騙《だま》す作業を、二十年近くにわたり、だれにも想像できないくらい頻繁にやってきた。

家のなかにいる人間の視界にはいるのを避けるために、あちこちの窓からの見通し線も把握していた。

どうやらバビットは、家族の安全を正面にとめたSUVのゴロツキどもと游動《ゆうどう》パトロールにほとんど任せているようだった。犬も飼っていない。裏の青々とした芝生が完全に整っているのを見て、犬がいないことがわかった。家のまわりをめぐっている敷石の歩道の左右が、すこし乱れているだけだった。バビットが帰宅すると游動パトロールふたりが横一列にならんで歩きはじめ、そのふたりが芝生を踏み荒らしている犯人だとわかった。

護衛たちは有能そうに見えたが、タウンゼンドの第一線級チームではないことはたしかだった。ただのボディガードだ。訓練は行き届いているが、ベルギーでジェントリーが戦ったようなタウンゼンドの戦闘員のレベルには達していない。それに、前に戦った連中ほど装備が整っていない。

とはいうものの、ジェントリーは彼らの装備にあこがれのまなざしを向けた。護衛はそれぞれ、九ミリ弾を使用するヘッケラー&コッホMP5サブマシンガンを首から二点スリングで吊っていた。三十発入りの予備弾倉三本を取り付けた軽量胸部装備帯《チェストリグ》の下には、黒いケヴラーの抗弾ベストをつけている。多用途ベルトのホルスターから突き出しているスミス&ウェッソン九ミリM&Pセミオートマティック・ピストル用の弾倉二本も、チェストリグに取り付けてあった。

護衛をひとり斃《たお》して、藪《やぶ》に引きずりこみ、優秀な装備を奪えたらどんなにいいだろうと、ジェントリーは思った。

だが、目につかないようにやるのは無理なので、ジェントリーはその幻想を頭から追い払った。

巨大な裏の窓に向かって立っているバビット本人を、ジェントリーは観察していた。全身を完全にさらけ出し、くつろいでいるのを見てとった。護衛班も気を抜いている。ジェントリーは双眼鏡であちこちを眺めて、護衛班のやる気のない態度を見ながら、どうしてCIAはいまもってバビットに警備を厳重にしろと注意していないのだろうと、怪訝《けげん》に思った。世界中で追いまわしてきた相手が、この地域で自由に動きまわっていることを、まだ知らされていないというのは、どうにも不可解だった。

とすると、これは罠かもしれない。不安になったジェントリーは、つかのま顔をあげて、付近の三六〇度視認を開始した。うしろは暗いゴルフ場——フェンスの鉄格子を透かして見える——その先はカントリークラブの敷地で、さらに三階建てか四階建ての明かりの消えたオフィスビル数棟のシルエットが、空に浮かんでいる。左と右はやはり住宅で、どちらの家からも人間の声や犬の鳴き声は聞こえない。真正面には、リー・バビット、その妻、今夜が護衛としての仕事人生で最高に興味深い夜になるのを知る由《よし》もない武装した男四人がいる。

ジェントリーは、バビットと妻がベッドにはいるのを待つだけでよかった。そのあとは、だらだらとパトロールする護衛が通り過ぎるのを待ち、窓に向かえばいい。金物屋で買った高品質のガラス・カッターを使い、警報器を鳴らさずに引き戸を通ることができる。もっとも、窓のガラスを二枚切るには、十分以上かかるだろう。二分やってから、歩きまわっているタウンゼンドの護衛に見つからないように花壇の蔭に戻り、護衛が表に行ってから、また切りはじめる。やがて二重窓に直径四五センチの丸い穴があき、そこから忍び込む。ドアをあけたり、ガラスを割ったりしないかぎり、警報が鳴ることはない。家のなかを自由に歩きまわれる。

ちょうどそのとき、游動パトロールの護衛ふたりが、裏庭をぶらぶらと通った。フラッシュライトの光が前で揺れたが、敷地の角までは届かなかった。一分とたたないうちに、家の横手をまわって、正面に戻っていった。

ジェントリーは、ふたたび裏の窓から奥を覗いた。バビットの妻が階段のほうへ移動し、バビットがバーのほうへ行って、反対側を向いているのに気づいた。ジェントリーは膝立ちになって、庭をじりじりと進みはじめた。だれも見ていない隙に、できるだけ距離を縮めるつもりだった。花壇は裏庭の脇までひろがって、裏のパティオの手前まであるから、見つからずに裏口まで数歩のところまで行けると、ジェントリーは確信していた。

「行くぞ」とつぶやいて、ジェントリーは裏庭をゆっくりと進みはじめた。

「いつ寝に来るつもり？」バビットの妻がきいた。階段の上に立ち、気が乗らないまま、誘いかける表情を浮かべようとした。疲れて腹を立てている女が、これまでまったく関心を示していない男に向けてそういう顔をするのは、簡単ではなかった。

「あとで」バビットが、目をあげもせずに答えた。

「いま来たら？」甘い言葉にせめて夫がふりかえるのを期待して、バビットの妻はいった。

「新しいターゲットのにおいを嗅《か》ぎつけたところなんだ。でかいターゲットだ。わたしのエネルギーがありったけ必要になる」

「なんのエネルギーよ？」バビットの妻は背を向けた。答がききたいわけではなかった。二階の踊り場に見えなくなる前にこういった。「こんどは、あなたの手に負える相手を追ったほうがいいわね」あざける口調だった。夫にはねつけられたことへのしっぺ返しだ。「ベルギーのターゲットみたいなのはだめよ。先月のお葬式のために買った喪服はみんな、春が来たら古くさくなってしまうわ」

バビットは、〈マッカラン〉で唇を濡らしながら、グラスの底を睨《にら》みつけた。「馬鹿女」

ステレオの電源を入れて、クラシック音楽の局に合わせ、ショスタコーヴィッチ交響曲第八番ハ短調の流れるなかで、リビングを行ったり来たりした。妻の嫌味は意識から追い出され、発想、立案、兵站《へいたん》、戦術を考えるのに余念がなかった。

「貴様はどこにいる、ジェントリー？」床から天井まであるガラスの引き戸に向かって立ち、裏庭と芝生と、その向こうの暗いゴルフ場を見ながら、バビットはそっといった。

バビットは歩きまわった。暗殺者の心の動きを知ろうと必死になった。

ジェントリーがベルギーから逃げ出したことはまちがいない。中欧にいるとＣＩＡは考えているが、バビットにはそうは思えなかった。大きな作戦のあとは、ヨーロッパ大陸を離れるのが、ジェントリーのいつもの手口だ。

だが、どこへ行くだろう？

中南米か？　ちがう。ジェントリーは前回、その僻地《へきち》に逃れた。当分、行かないだろう。アフリカもありえない。二年前にかなり派手な問題を引き起こした。もちろん、アフリカ大陸は広いが、いまそこへ舞い戻るとは思えない。

アジアか？　ああ、そうかもしれない。

バビットは、スコッチを飲み干し、奥の小さなバーへ行って、三杯目を注いだ。

窓ぎわにひきかえし、アジアについて考えた。

「アジア。そうにちがいない」バビットはいった。ジェントリーの頭のなかにはいり込んだと、確信していた。ジェントリーの行きそうな地域がわかった。

すかさずバビットは携帯電話を出して、人脈のリストをスクロールし、香港を根城にしている工作員の番号を探した。向こうは正午過ぎだ——連絡して、今後の狩りのインフラを築くように指示しよう。

携帯電話の画面をスクロールしながら、うわの空でロックグラスを持ちあげ、〈マッカラン〉を飲もうとした。胸まで持ちあげたとき、グラスにひびがはいり、割れて手から落ち、生ぬるいスコッチがシャツとズボンにかかった。

バビットは、軽い驚きの色を顔に浮かべて、濡れた服を見おろした。クリスタルのグラスで手を切ったのではないかと心配になり、半歩さがった。

そのとき、血が見えた。手ではないところに。

白いシャツのなかごろに穴があいていた。中央からすこし左寄りで、そこから赤い色が大きくひろがっていった。

リーランド・バビットは、携帯電話を落として、両手で傷口を押さえた。撃たれたのだと気づいていた。商売柄、一秒とたたないうちに、撃った人間はサプレッサー付きの銃を使ったにちがいないと悟った。一五〇センチしか離れていないガラスの引き戸を見て、胸の高さに穴があいているのが目にはいった。引き戸の向こうの芝生を見ると、裏庭のパティオの端のほうの動きが目に留まった。黒いシルエットが、バラの茂みから現われ、向きを変えて、奥のフェンスへ走っていった。

「ジェントリーか？」かすれたささやきにしかならず、バビットは死んで床にどさりと倒れた。

リーランド・バビットは、グレイマンに暗殺されたと心の底から確信した、最初の人間だった。その後、その確信を何人もが引き継ぐことになる。

ジェントリーが動き出したとたんに、バビットがリビングのタイルに顔から倒れ込んだ。銃声は聞こえなかったが、右うしろで弾丸の甲高《かんだか》い飛翔音が夜気を切り裂き、それが右肩から十数メートル離れたところを高速で飛び、引き戸のガラスを貫いた。

現場から逃げ出さなければならなくなったので、ジェントリーは身を隠すのをあきらめて駆け出した。できるだけ早く、ここを離れなければならない。いま心配しなければならないことが山ほどある。花壇に隠れていたのでは、それがひとつも解決しない。

もちろん、狙撃手《スナイパー》も懸念材料だった——銃を持ち、屋敷を裏手から見張っている人間がいる。だが、敷地内の武装した馬鹿野郎どものほうが、ずっと危険だった。ジェントリーは、裏口まで五、六メートルに接近していたし、バビットの死体が発見されたとたんに、敷地は厳重に封鎖され、照明がつけられる。付近にいれば、たちどころに発見される。

游動パトロールの護衛ふたりがどこかにいて、敷地内を歩いている。ふたりはヘッケラー&コッホMP5サブマシンガンを持っているし、撃退しようにもジェントリーにはちっぽけな三八〇口径しかない。

発見されたら悲惨なことになるのは、目に見えていた。

ジェントリーは、鉄のフェンスに向けて走ったが、登るのを躊躇《ちゅうちょ》した。スナイパーがまだ見張っているかどうか、見当がつかない。バビットの死体はまだ見つかっていないし、スナイパーが射撃姿勢を解き、狙撃位置を離れるまで、一分か二分、ここにいたほうがいいかもしれない。そのほうが——。

バビットの妻が、家のなかで悲鳴をあげた。四〇メートル近く離れていたジェントリーにも聞こえるほどで、当然、護衛の耳にも届いただろう。

しまった、とジェントリーは思い、怪我《けが》が癒《い》えていない右腕に体重がかからないように気をつけながら、フェンスを登った。

24

ザック・ハイタワーは、ターゲットが倒れるのを見たとたんに、望遠照準器《スコープ》から目を離した。一六八グレイン（一〇八・九グラム）の三〇八口径高性能ボートテイル弾を上半身のどまんなかに撃ち込まれたバビットが二度と起きあがれないことはたしかだったので、殺したのを確認した瞬間に、隠密脱出手順を開始した。

敷地に目を配ったり、ターゲットをもう一度見る必要はなかった。これは戦闘ではない。承認された抹殺なのだ。

ターゲットは死んだ。すみやかに立ち去らなければならない。

ザックは、レミントン・ディフェンスCSR（コンシーラブル・スナイパー・ライフル）の銃身からサプレッサーをはずし、カーボンファイバーにくるまれた銃身をねじって尾筒から抜き、そばに置いてあった馬鹿でかいジム・バッグに入れた。銃床をたたんで尾筒に重ね、それもサプレッサーといっしょにバッグに入れて、ファスナーを閉め、体を低くして階段室に向けて走った。三十秒後には、三階建てのオフィス・ビルの非常口から脱け出し、何時間も前から森閑としている工業団地の暗い道路に出た。

ザックは自分の射撃に満足していたが、四三五ヤード（三九七・八メートル）の距離から人間を撃つのは、ザックほどの技倆《ぎりょう》なら特筆するようなことではなかった。とはいえ、舞台から悪役をひとり消した。アメリカの情報機関の敵、エージェンシーの男女同胞の脅威がいなくなったのだ。

指導者たちがそうだといっているので、そのとおりなのだとザックは思った。疑問は抱かない。予断を持たない。躊躇《ちゅうちょ》しない。

迷わずやるのが、ザック・ハイタワーの流儀だ。

北に向けて歩き出したとき、うしろから銃声が聞こえたので、びっくりした。だが、戻ってひと目見るほど、意外なこととは思わなかった。バビットの部下が死体を見つけて、泡を食い、近くでなにかを、あるいはだれかを見つけて、撃っているのだろう。

好都合だと、ザックは思った。現場でちょっとした戦雲が巻き起これば、付近から脱出するのにおおいに役立つ。

ジェントリーがゴルフ場の一番フェアウェイを走っていると、早くも銃撃が襲ってきたので、発見されたのだとわかった。MP5の短い連射が、左のウォーター・ハザードからスイレンの葉を吹っ飛ばし、もっと長い連射が右のバンカー沿いのウシノケグサを引きちぎった。

ジェントリーは走りつづけて、一番グリーンと十八番グリーンを隔てた自然林に駆け込んだ。射手《シューター》からできるだけ遠ざかるのが、ジェントリーの当面の目標だった。敵の武器の弱点がわかっていたからだ。MP5は、サブマシンガンの射程で使用するかぎりにおいては、すばらしい武器だ。距離五〇ヤード（四五・七メートル）以下のターゲットに対しては、一流の性能を発揮するし、射撃の名手が入念に考慮して使用すれば、その四倍以上の距離でもかなり精確な射撃ができる。しかし、タウンゼンドの護衛が持っていたMP5には先進的な照準器がないし、ターゲットを追いながら連射していたので、命中精度はかなり落ちる。サブマシンガンがずっとうしろでカタカタという音をたてているあいだは、ジェントリーが生き延びる確率は大きかった。

木立と闇にはいり込むと、銃撃がしばらく熄《や》んだが、ジェントリーは歩度をゆるめなかった。肩ごしに見たとき、リンカーン・ナビゲーターのヘッドライトが上下に揺れて、バビットの家の北側でゴルフ場を照らしていたからだ。そのSUVは、ジェントリーの位置から一〇〇メートルも離れていない一番フェアウェイを、高速で突進していた。

ジェントリーの古いフォード・エスコートは、三キロメートル北にとめてあったが、SUVに追いつかれる前に何事もなくそこまで行くのは無理だとわかっていたので、ジェントリーは南に向きを変えた。いまはただ逃げまわり、暗いゴルフ場の自然の障害物を通ってナビゲーターを撒《ま》き、夜のうちになんとかして車に戻ることに、望みをつなぐしかない。

暗がりをできるだけ出ないようにして、ゴルフ場を抜け、道路に出て車を盗むか、死んだふりをして隠れられる場所を見つけるしかない、とジェントリーは判断した。

ジェントリーは広い池をまわった。戦術的頭脳はいまも、黒いリンカーン・ナビゲーターの位置を精確に把握していた。木立を突破したSUVは、尻をふり、右うしろの十八番フェアウェイに出ていた。SUVがそのまま通り過ぎて、南へ行ってしまうことを願い、ジェントリーは小高い地面の蔭でひざまずいた。だが、伏せたとたんに、左の一番フェアウェイ中央から一連射が放たれ、超音速の銃弾が鋭い音をたてて頭上を飛んでいった。

ナビゲーターは、ひとりかそれ以上の人数をおろしてから、また走り出したのだ。

ジェントリーの左はバビット邸のある通りと射手《シューター》がひとり、射手《シューター》が何人乗っているかわからないSUVが二十メートルほど右を南へ走っている。ジェントリーの車は北にとめてあり、そこへ敵を連れていくわけにはいかないので、ぜったいに北には戻れなかった。

ジェントリーは、拳銃を抜いて、さっと立ち、右へ走った。

フェアウェイを突っ走っていたナビゲーターが、横を通った。ジェントリーは、黒い服でラフから跳び出すのを見られないことを願い、轟然と走り過ぎたナビゲーターのうしろに駆け出した。隣のフェアウェイとの境の木立を目指し、コースの奥へと疾走した。だが、左でSUVが急ブレーキをかけ、きれいに均《なら》された芝生が引きちぎられる音が聞こえた。

見つかった。

ジェントリーはなおも走り、広いグリーンを突っ切って、鬱蒼《うっそう》とした松林を目指した。狙い撃たれないで林に逃げ込めると思ったとき、二挺のMP5がうしろで咆《ほ》え、男たちがリンカーンをおりたことと、位置を知られたことがわかった。

ジェントリーが林にはいると、枝から無数の松葉が吹っ飛ばされた。茂った林を銃弾が切り裂き、金属が木を叩く音が響いて、冷たい夜気にさわやかな松の香りが満ちた。

一発が右耳から三〇センチと離れていないところをヒュンと通過したので、ジェントリーは身を躍らせ、斜面を横向きに転がって松林を出ると、ぐるぐるまわりながら転げ落ちて、夜露がおりて湿り気を帯び、砂がべったりとくっつくバンカーに、顔から着地した。

25

ザック・ハイタワーには、もう銃撃の音は聞こえなかった。ザックはフォードF‐150ピックアップ・トラックのハンドルを握り、ラジオで深夜のトーク番組を聞きながら、ベセズダを通って北へ向かっていた。男の視聴者が電話してきて、最近の異星人《エイリアン》による誘拐について司会者に語り、ザックはすっかり聞き入っていた。

携帯電話が鳴り、ザックはセンター・コンソールからさっと取り、耳に当てたまま、運転をつづけた。

「ああ」

メイズがいった。「そこから早く逃げ出せ！」

ザックは、携帯電話に渋面を向けた。「なにをいってるんだ？　おれは離脱した」

「タウンゼンドのチーム間通信で、ゴルフ場を逃げている対象《サブジェクト》に迫っているといっている」

「おれじゃない、ボス。おれは絶好調だ」

メイズは、わけがわからないようだった。「あとで電話する」

「了解した」ザックはそういって電話を切り、ラジオのボリュームをあげた。

デニー・カーマイケルは、オフィスにもうひと晩泊まることにした。すでに寝巻に着替えていたが、バビットの死が確認されたという報せが届くまで、デスクに向かっていた。メイズに命じて、タウンゼンドの通信周波数を傍受させ、二分前に死亡が確認されたところだった。

カーマイケルは、コンピュータの電源を切り、ソファに横になって明かりを消すつもりで、デスクを離れようとした。だが、電話がまた鳴ったので、びっくりした。「なんだ?」

メイズが、きびきびといった。「タウンゼンドの人間が、バビットが狙撃されたときに敷地にいた人間を追っています」一瞬の間を置いた。「ハイタワーといま話をしました。彼はとっくに離脱しています」

カーマイケルは、たちまち悟った。「ジェントリーだな」

「そうとしか考えられません。JSOCを展開します」

「やってくれ。地元警察のほうが先に到着するだろうが、ジェントリーが警察の封鎖をすり抜けたら、攻撃できるかもしれない」

カーマイケルは電話を切り、すぐさまデスクの秘話携帯電話を取り、カズに短いメールを送った。

[ヴァイオレイターがチェヴィー・チェイスで発見された。民間警備会社に追跡されている。

捜査車両をそこへ誘導しろ」

一分とたたないうちに、返信のメールが届いた。

［了解した］

ヴァージニア州アーリントンの駐車場から、ワシントンDC首都警察のパトカー三台が飛び出して、北へ向かった。方角はおなじだが、それぞれべつの経路をたどった。深夜なので、目的地まで二十分もかからないはずだが、現時点では正確な場所まではわかっていない。だが、近づいたときには獲物のいどころの見当がつくことを願い、警察無線を傍受しながら走っていた。


コート・ジェントリーは、十二番グリーンの脇のバンカーで起きあがり、口いっぱいの砂を吐き出して、まわりを見た。ゴルフ場の向こうの端と低い塀が見えた。その向こうには街灯と、車の往来の激しい交差点がある。通りのあちこちにある数軒の店は閉まっていたが、あいている店二件のまぶしい明かりが角に見えた。

追っ手から逃れるには、あの通りまで行かなければならないと、自分にいい聞かせた。

小さな拳銃を掲げ、SUVをおりた男たちと近くに迫っている追っ手が銃声を聞いて、狙い撃たれるのをおそれることを願い、空に向けて二発放ってから、塀と通りを目指して走った。たいした手立てではない。追っ手が地面に伏せるか、木の幹に隠れるあいだ、せいぜい五秒しか稼げない一か八かの手段だったが、通りの向かいのビルの蔭に逃れるまで、ほかに方法はなかった。

銃撃もなく最後のフェアウェイを渡り終えたが、だいぶうしろのほうから叫び声が聞こえた。ジェントリーは、クラブハウスに近い九番グリーンに出て、ゆるやかな下り斜面を交差点に向けて突っ走った。

背後の松林から、ふたたび連射が吐き出され、十数メートル離れたクラブハウスのレストランの縦長の窓に、銃弾が当たった。壁いっぱいにひろがった窓のガラスにひびがはいり、砕けた。

ジェントリーは、暗いクラブハウスにはいって身を隠そうかと思ったが、追ってくる連中にはいるのを見られるだろうし、拳銃で一分か二分、敵を撃退できたとしても、じっとしているわけにはいかなかった。警察に包囲され、催涙ガス弾を投げ込まれて、戦術部隊に突入されることはまちがいない。

クラブハウスの端にある塀めがけて、ジェントリーは走った。塀に達すると、よじ登って、向こう側に跳びおりた。

塀を乗り越える前に拳銃はしまっていたとはいえ、まだネック・ゲイターをあげたまま、ニット・キャップを深くかぶっていたので、ウィスコンシン・アヴェニューを通る車からは、恐ろしげな姿に見えたにちがいない。右の交差点にはいる前に速度を落とす車があれば、銃を突きつけて乗っ取れるかもしれないと思い、ジェントリーは左に視線を向けた。だが、交差点を通る車はすべて東から西へ向かってスピードをあげていたし、ジェントリーがいるのは北行きの車線だった。

ゴルフ場の塀のあたりから叫び声が聞こえた。SUVをおりたタウンゼンドの護衛たちが、近づいている。だが、松林の向こう側のSUVの位置は、もうわからなかった。

ジェントリーは、ウィスコンシン・アヴェニューを走って渡り、あいている店の明かりを目指した。〈マクドナルド〉と二十四時間営業の薬局。客がいる店に武器を持って突入するのは最善の方法ではないが、閉まっているビルに侵入するには、ピッキングで錠前を破るか、窓を壊すものを見つけるのに時間がかかる。武装した男たちがすぐうしろに迫っているから、そんなことをしている余裕はない。

〈マクドナルド〉の駐車場にはいったとき、裏に暗い路地があるのに気づいた。路地の奥には高さ二・五メートルの金網のフェンスがあり、その向こうに茂った生け垣があった。それを見て、ジェントリーの気分がたちまち高揚した。〈マクドナルド〉にはいって、追っ手を混乱させ、すかさず裏口から逃げられると確信した。あとはフェンスを登って、茂みを通り、べつの地域に出ればいいだけだ。逃げられる見込みはじゅうぶんにある。

近づいてくるサイレンの音が、はじめて聞こえた。まっすぐ向かってくるようではなかったが、かなり近かったので、まもなくこの付近は厳重に封鎖されるにちがいないと思った。〈マクドナルド〉のドアに手をかける前に、ジェントリーは背後の交差点のほうをふりかえった。黒いナビゲーターが見えた。こちらに近づいてくる。通りのまんなかにいる武装したタウンゼンドの護衛ふたりのそばで、ナビゲーターが速度を落とした。護衛がこっちを指さして、なおも走ってくる。

チョコレート・シェイクを注文して騒ぎがおさまるのを待つのは無理だな、とジェントリーは心のなかでつぶやいた。ドアをぐいとあけて、店のなかに駆け込んだ。

26

ジェントリーは、前ポケットからルガーを抜きながら、〈マクドナルド〉にはいっていった。客がいるテーブルは五、六卓で、頭のてっぺんから爪先まで黒ずくめで、小さな拳銃を頭の上に差しあげた男を、全員が見あげた。

精いっぱい強気な声で、ジェントリーは叫んだ。「みんな、表に出ろ！」その指図を強調するために、天井に向けて一発撃った。

客とカウンターの奥の店員三人が、悲鳴や情けない声をあげた。客は全員がテーブルから跳びあがるように立ち、押し合いながら店の裏のドアから出ていった。何人かは車にまっすぐ走っていき、あとは隣の深夜営業の薬局に逃げ込んだ。

ジェントリーはカウンターに詰め寄り、店員に向けて叫び、出ていけと命じた。カラシ色の制服を着た若い男の店員が、パニックを起こし、片手をあげて降参の仕種《しぐさ》をしながら、反対の手でレジのボタンを押し、引き出しをあけた。ジェントリーはカウンターの奥へ進んだ。

引き出しをガチャンと閉めて、若者の体をつかんだ。「出ていけといったんだ！」出口のほうへ押しやった。

ティーンエイジャーの店員が、仲間の店員につづいて、正面ドアに向かった。

ジェントリーは調理場に駆け込み、最後に残っていたコックが裏口を走り抜けて、路地に面したコンクリートの高い搬入口に出るのを見た。裏のフェンスを越えるために、ジェントリーも裏口に向けて突進した。

ドアを抜けて二歩進んだところで、左手から路地にナビゲーターがタイヤを鳴らしてはいってきた。ヘッドライトがあたりを照らし、見られることなく、交戦せずに、フェンスを越えて向こう側の地域に逃げ込むのは、不可能になった。

コックは角をまわって、正面の駐車場に向けて走っていたが、ナビゲーターを運転していた男は、ジェントリーの姿を見つけたらしく、路地のまんなかでブレーキを踏んだ。

ジェントリーは足をとめて向きを変え、〈マクドナルド〉にひきかえしたが、戸口を通るときにドアの上にある外側の照明に一発撃ち込んだ。照明が吹っ飛び、火花が散った。

SUVの助手席に乗っていた男が、拳銃を持った手をのばして、七、八メートルしか離れていないジェントリーに狙いをつけた。

ジェントリーが調理場の硬い床めがけて身を躍らせると同時に、うしろの路地で拳銃がけたたましいパーンという音を発した。弾丸が、ジェントリーの一メートル上でドアに当たった。

ジェントリーはドアを蹴とばして閉め、調理場を見まわして、選択肢を考えた。店の正面に戻ってもだめだとわかっていた。サブマシンガンを持った男が、すくなくともふたりいて、すでに店内にはいっている可能性が高い。

タウンゼンドの武装護衛が店を封鎖して、警察の到着を待つことはありうるだろうかと、ジェントリーは考えた。だが、全員が元兵士にちがいないし、自分たちの技倆《ぎりょう》に自信を持っているはずだ。それに、これを一種の復讐だと考えているだろう。とにかく、〈マクドナルド〉の調理場にいる男が、自分たちが護衛していたときに雇い主を殺したにちがいないと思い、いきり立っているはずだ。

ジェントリーは、調理場を店のカウンターのほうへ駆けもどり、そのときに右手の壁に鉄の梯子《はしご》があるのに気づいた。梯子はウォークイン冷凍庫の横にあり、屋根の落とし戸へ登っていける。

調理場からの逃げ道があるのはありがたいが、その梯子が役に立つとは思えなかった。屋根に出たところで、ここにいるのとおなじで動きがとれない。地上にいたほうが、出口はいくつもある。

つぎの動きを考えながら、ジェントリーは調理場のまんなかで立ちどまった。ちっぽけな拳銃には三八〇口径弾が五発残っている。〈マクドナルド〉に突入してくるのがタウンゼンドの連中であろうが警官であろうが、窮地に追い込まれたと悟った。

裏のドアをもう一度見ると、ひらきかけていた。ジェントリーは、調理場の中央にあるステンレスの調理台をまわって駆け出し、グリルと大きなフライヤーがならんでいるそばの油に覆《おお》われたタイルの床を尻で滑った。それから、前方に這《は》っていって、裏のドアをあけようとしている人間の射界から出た。ジェントリーがひざまずいたところからドアまでは、三メートル足らずだった。ジェントリーが調理台の下のフライパンや鍋を置く低い棚のあいだから覗いていると、タウンゼンドの護衛がひとり、サブマシンガンを高く肩付けして、脅威を探しながら、はいってきた。

ジェントリーは鍋やフライパンのあいだから二発放ち、いずれも左右のふくらはぎに命中した。男がドアの内側で仰向《あおむ》けに倒れ、苦痛に悲鳴をあげた。

ジェントリーは、裏の暗い戸口に向けてさらに三発を発射した。もうひとりが仲間につづいてはいってくるはずだからだ。建物への突入をたったひとりでやるというのは、まず考えられない。

二発目が金属に当たる音が聞こえ、ふたり目のMP5に命中したのかもしれないと思った。動きを鈍らせることはできても、阻止することはできない。ふたり目は拳銃に持ちかえて、ドアを通り、仲間を助けにくるはずだ。

ジェントリーの拳銃には、もう弾薬が残っていない。

ジェントリーはすばやく膝立ちになって、そばのステンレスのカウンターに手をのばし、拳大《こぶし》のアルミ缶をつかんで、外の暗い搬入口へ投げた。

それと同時に叫んだ。「破片手榴弾《フラグ》だ！」

缶がドアノブにぶつかって、跳ね、コンクリートの搬入口を転がって、金属製のゴミ容器にぶつかり、けたたましい音をたてた。タウンゼンドの護衛は、まずまちがいなく軍隊経験があるはずだから、当然、自分のそばに破片手榴弾が投げられたと思うにちがいない。

ジェントリーは、護衛が身につけた装備をガチャガチャと鳴らして、鋼鉄の手摺を越える音を聞いた。一二〇センチ下のアスファルトの路地に着地するどさりという音がつづいた。

ジェントリーは四つん這《ば》いで進んで、ふたたびドアを蹴って閉め、被弾して床に倒れている護衛のほうへ行った。護衛は転がって膝をつき、タイルに落ちた銃を取ろうとしたが、動きを察してふりむき、見あげたとき、黒ずくめの男が宙を飛んでくるのが見えた。

ジェントリーは、被弾した護衛に体当たりした。

汗まみれの額に、弾薬がなくなった拳銃を押しつけると、相手は抵抗をやめ、寄り目になって拳銃を見た。ジェントリーはひとことも漏らさなかった。男のドロップ・レッグ・ホルスターからスミス&ウェッソンを抜いて、安全装置をはずし、調理場に突入しようと思ったものがいた場合に二の足を踏むように、正面側の壁めがけて四発撃った。

空《から》のルガーを投げ捨て、銃身が熱くなったスミス&ウェッソンをウェストバンドに差し込み、タウンゼンドの護衛の装備ベストから予備弾倉二本を取った。ヘッケラー&コッホの長い弾倉三本も、ベストからはずした。

床に倒れてふくらはぎから血を流している男の顔の前で、弾倉三本をふってみせた。

ジェントリーはいった。「よく聞け。脚が痛いのはわかっているが、おれがおまえなら……なんとか動く方法を考える」

ジェントリーは立ちあがり、右を向いて、九ミリ弾が三十発ずつ収まっている弾倉を、三本とも調理場の奥へ投げた。

　壁ぎわにならんでいる超高温の揚げ油のフライヤーに、三本ともポチャンと落ちた。

「やめろ！」信じられないという顔で、倒れている護衛が目を剝《む》き、うつぶせになって、腕だけで体を引きずり、裏口に向けて床を這っていった。

　ジェントリーはいそいで調理場を横切り、ウォークイン冷凍庫にはいって、扉を閉めた。


　撃たれた護衛が、必死で進もうとしながら床でうめいているのを除けば、調理場は静まり返っていた。その男がどうにか裏口まで行って、片腕でドアを引きあけ、コンクリートの搬入口に転げ出たとき、小さな戦術縦隊で進んでいたタウンゼンドの護衛ふたりが、正面のカウンターのほうから、すばやく調理場に跳び込んだ。

　ふたりともサブマシンガンで、それぞれちがう方向を掩護《えんご》した。左の男が、照星をウォークイン冷凍庫、冷蔵ケース、乾物戸棚に向けた。右の男は、負傷した仲間が裏口から出るのを見た。ドアの脇にモップなどの清掃用品があり、調理場のまんなかにはステンレスの調理台があり、端にグリル、オーブン、大きなフライヤー三台がある。

　左の男が唱えた。「敵影なし《クリア》！」

　右の男は、ちょっとためらってから、叫んだ。「伏せろ！」

27

右にいた男は、フライヤーの泡立つ油がはぜているのを見て、まずいことになりそうだと察したが、気づくのが遅すぎて避けられなかった。ふたりが右に目を向けたとき、まんなかのフライヤーが一度パーンという音をたてて、高温の油が宙に飛び散った。ふたりとも、そのときは銃弾や熱した油を浴びなかったが、その一秒後、ふたりが向きを変えて遮蔽物《しゃへいぶつ》を探そうとしたとたんに、残った八十九発の九ミリ弾がほとんど同時に過熱によって爆発した。すさまじい爆発によって、炎、金属片、熱した油が、四方に飛び散った。

銃弾はライフリングを切った銃身から飛び出したわけではないので、じっさいの銃撃とはちがって殺傷性は低いが、それでも重傷を負うおそれがある。真鍮被覆《しんちゅうひふく》の弾頭、高熱の油、薬莢《やっきょう》、フライヤーの破片の金属が、逃げようとするふたりの体に降り注いだ。ふたりは吹っ飛ばされるようにして、カウンターから店内に逃れた。

爆発音が収まるとすぐに、ジェントリーはウォークイン冷凍庫から出て、そばの壁の鉄梯《てつばし》子《ご》をつかんで昇った。梯子はフライヤーの油を浴びて熱くなり、滑りやすかったが、なんとかつかんで、天井の落とし戸へ達した。落とし戸をあけ、平らな屋根に転がり出て、立ちあがった。

なんとかして駐車場まで伝いおりようと思って、建物の正面へそのまま走っていったが、パトカーが五、六台、回転灯を点滅させて、交差点から駐車場にはいってくるのが見えた。くそ。向きを変え、屋根を反対方向へ走った。

だれにも姿を見られないことを願って、建物の南側で立ちどまった。見おろすと、アスファルト面まで五メートルほどあった。

五メートルの高さから跳びおりると、膝か足首を痛めるおそれがある。それでは脱出がいっそう困難になる。

ジェントリーは向きを変えて、店の裏手を目指した。搬入口は高くなっているので、そこなら跳びおりられるかもしれないと思った。だが、それもだめだとわかった。タウンゼンドの武装護衛がふたりいて、ひとりが負傷しているとはいえ、いずれも武器を持っているし、裏口があいたままなので、店内から搬入口が見える。

ほかに方策はないかと懸命に考えながら、ジェントリーは北側へ走っていった。すると、方策がたちまち姿を現わした。走っていると、モントゴメリー郡警察のSUVが、ライトを煌々《こうこう》と光らせ、サイレンをけたたましく鳴らして、駐車場を走り抜けていた。その警官がどこに向かっているかは、わかっていた。現場封鎖の一翼を担《にな》っていて、裏口から逃げるものがいないように、路地へ向かっているのだ。

その走っているＳＵＶが、〈マクドナルド〉の屋根からおりるための唯一の手段だと、ジェントリーは気づいた。向きを変えて、ＳＵＶを追い、建物の裏側の角へ走った。裏口を封鎖するために路地にはいるのに、ＳＵＶはかならずそこで建物に近づく。

あとは速度とタイミングの問題だった。自分の走る速さで間に合うとわかっていたが、軒下をＳＵＶが通るときには見えないので、タイミングはわからない。早すぎれば、五メートル下のアスファルトに落ちて、ＳＵＶに轢《ひ》かれてしまうだろう。遅すぎたら、ＳＵＶのうしろでアスファルトに落ち、脚を折って、警官に見つかるまでじっと倒れているしかない。

サイレンの音を頼りに走り、一瞬の間合いを稼ぐために、屋根の縁でバスケットボールの選手がフェイントをかけるようなスタッター・ステップを踏んだ。屋根から跳び出し、両腕と両脚を風車のようにふりまわして、一・八メートル下のＳＵＶのルーフに足から着地した。前進モーメントのために、ジェントリーの体は走っているＳＵＶのルーフから跳び出した。さらに、左方向へ向かっていたＳＵＶのモーメントのために、ジェントリーの体は左に回転した。ジェントリーは宙でまわりながら、駐車場へ落ちていった。足から着地したが、すかさず横倒しになって、右の肩を支点にして前転をつづけた。

前転を脱すると、ぱっと立ちあがった。それによっていっそう弾みがつき、わずか数歩でまた宙に跳躍して、金網のフェンスのてっぺん近くをつかんだ。急いで登り、そのまま乗り越えた。

モントゴメリー郡警察のＳＵＶが急停止して、運転していた警官がセレクター・レバーをパーキングに入れ、飛び出した。だが、ルーフに跳びおりた黒い人影を追おうとして、警官が車の反対側にまわったときには、逃げる人影はフェンスの向こう側に着地して、高い生垣を突破し、歯科医の暗い駐車場を走り抜けていた。

搬入口にいたタウンゼンドの護衛ふたりは、男が屋根から跳びおりるのを見ていなかった。負傷していない護衛が、なにが起きたかに気づいて、動きがあったほうに拳銃《かんだか》の狙いをつけようとしたとき、店内にいた警官ふたりが、あいた裏口ごしにそれを見て、甲高く叫び、銃を捨てて両手をあげろと命じた。

逃げる人影がフェンスの向こうの生垣を抜けて逃走するのを、SUVを運転していた若い警官は見送った。男がいったいどこから現われたのか、店内で起きた銃撃すべてに関係があるのか、はっきりとはわからなかったが、肩の無線機に手をのばした。

警官たちは、火傷《やけど》を負って茫然《ぼうぜん》としている武装した男ふたりを、煙が充満する〈マクドナルド〉の店内からひきずり出し、おなじ服装のべつのふたりを、裏の路地で見つけた。ひとりは脚を二カ所撃たれ、ショックと失血で朦朧《もうろう》としていたが、もうひとりの武装護衛は頭がはっきりしていたので、なにがあったかを話した。しかし、現場にいた警官たちは困惑して頭を掻《か》くばかりだった。

《ワシントン・ポスト》の国家安全保障問題の権威、キャサリン・キングは、ベッドサイド・テーブルで震動していたスマートフォンに手をのばした。画面を見て、すぐにだれの番号だかわかった。

眠たげな声で、キャサリンはいった。「あなたが電話してくるのは、いつも真夜中ね」

アンディ・ショールの声は、キャサリンとはまったく異なり、活発で、興奮がにじんでいた。「文句はぼくの上司にいってください。ぼくは夜中しか働かないんです」

キャサリンはきいた。「なにがあったの？」

「また銃撃事件です」

キャサリンは、上半身を起こした。「どこで？」

「チェヴィー・チェイス」――アンディが言葉を切った――「それとベセズダ」

キャサリンはいった。「銃撃事件が二件ね」

「一件みたいなもんです。チェヴィー・チェイスで金持ちの男がひとり殺され、死んだ金持ちの護衛四人が、八〇〇メートル離れたベセズダの〈マクドナルド〉まで殺人犯を追跡したんです」

「すごいわね。犯人を捕まえたの？」

「警官が二十数人いたのに、取り逃がしました」

「電話してきたのは、そこにＣＩＡの人間がいたからなんでしょうね？」

「先週の土曜日の晩に見たふたりのような人間は見かけませんでしたが、被害者はリーランド・バビットといって、グーグルで調べたら――」

キャサリンはさえぎった。もうすっかり目が醒《さ》めていた。「リー・バビットが何者かは知っているわ。民間軍事会社《PMC》を経営していて、調査活動もやっている。政府の契約企業で、インテリジェンス・コミュニティの仕事をしている」

「そうです」アンディがいった。

「それで、だれかに殺されたのね？」

「射殺した犯人が、ゴルフ場を通って逃げました。バビットの護衛と〈マクドナルド〉で撃ち合いになり、姿を消したんです。こちらに来て、よく調べていただけませんか。先週の土曜日にワシントン・ハイランズで起きた事件とは、関係ないと思いますが、被害者の仕事を考えると、そちらの縄張りではないかと思ったんです」

　キャサリンは、着替えるためにすでにクロゼットに向かっていた。「ジョージタウンからだから、チェヴィー・チェイスには十五分で行ける。住所をメールして」

28

コート・ジェントリーは、街灯に照らされているところやポーチの明かりやときどき通る車のヘッドライトを避けて、午前二時の深い闇を落ち着いて移動していた。そのあたりの道路は閑散としていた。一時間半前に戦闘が行なわれたところからは、二・五キロメートルほど離れている。南のほうをパトロールしているヘリコプターのローター音はまだ聞こえていたが、心配するほど近くはなかった。それに、この三十分間、警察の車は見かけていないし、サイレンの音も聞いていない。

服もすべて取り換えていた。銃撃戦のときに着ていて、敵や目撃者に見られ、監視カメラに写ったはずの服は、一時間前にすべて脱ぎ捨てて、排水溝の暗渠《あんきょ》に突っ込んだ。そして、バックパックからひとそろいの服を出して、ライトグレイのパーカ、グレイの防寒下着、黒いトラックパンツ、赤い野球帽といういでたちになった。

ジェントリーは、じゅうぶんに勝ち目はあると思い、気をよくして、ロックヴィル・パイクを北へ歩いていたが、バビット邸ではいったいなにが起きたのだろうと、怪訝《けげん》に思っていた。バビットが暗殺されたのはまちがいないが、何者の仕業なのかを知識に基づいて推理することができない。

それが起きたとたんに、ＣＩＡの暗殺にちがいないと感じた。ＣＩＡは、ＤＣにこちらがいるのを知っている。そして、なんらかの理由でバビットを始末したいと考えた。そのふたつが相互に作用し、自分が忍者よろしくバビット邸の裏庭を這《は》っているときに、付近の屋根にスナイパーがいるという結果になったのだろう。

暗殺の濡れ衣を着せられるにちがいないとわかっていた。犯行時刻に現場にいなかったとしても、どうせ犯人にされていただろう。だが、〈マクドナルド〉を通って脱け出すはずが、大騒動になったから、こちらをバビット暗殺犯に仕立て上げるというＣＩＡの計画に、すっかりはまってしまった。

「まったく最低の夜だ」ジェントリーはつぶやいた。ＣＩＡが銃撃に銃撃で応じるということと、ＣＩＡの目的が思っていた以上に闇に包まれていることがわかっただけで、今夜はなにひとつ達成できなかった。

どうしてやつらはバビットを殺したのか？

前方に、首都環状線《キャピタル・ベルトウェイ》を越える高架道《オーヴァーパス》があった。その向こうは共同住宅群で、そばに終夜走っているバスの停留所がある。そのバスの路線で、一・五キロメートル離れたところにとめてある車の数ブロック手前まで行けるとわかっていた。午後にバビットの家の近くへ行ったときにそのバス停を通り、なにかの理由で車にじかに戻れなかったときの代わりの隠密脱出ルートとして、記憶にとどめてあった。

今夜のこれからの計画は、いたって単純だった。車を拾い、ガレージ倉庫まで行って、鍵をかけ、メイベリー家の地下の貸し間に帰る。

だが、右に視線を走らせたとたんに、すべてが一変した。民家の私設車道の暗がりに、首都警察のパトカーが一台とまっていた。ここはメリーランド州なので、そのこと自体が変だったが、暗くした車内に警官がふたり乗っていたので、いっそう怪しいと、ジェントリーは思った。

首都警察の警官はふつう、パトカーにひとりで乗る。

ジェントリーはそこから遠ざかろうと、道路を渡りはじめた。うしろでパトカーのドアがあく音がした。

ジェントリーは、逃げる場所を探して、左と右に目を配った。警官がいまにも声をかけるか、あるいはもう無線機で応援を呼んでいるはずだと思った。数分以内にべつのパトカー、戦術部隊、ヘリコプターに包囲されてしまう。

道路の両側をなおも見ると、住宅が建ちならんでいるのが目にはいった。ドアか窓を蹴り破らないかぎり、そちらに逃げ道はない。

「最低の夜が、ますます結構な夜になってきたな」ジェントリーは、ひとりごとをつぶやいた。

一五メートル前方に高架道がある。そこが決断の瞬間になると悟った。高架道で立ち往生しないようにそこで向きを変えて近所の家並みに逃げ込むか。高架道を走って渡り、徒歩で警官をふりきるか、あるいは切土斜面を滑りおりて、ベルトウェイの車の流れにまぎれ込むか。

どの選択肢も有望には思えなかったが、歩きつづけながら、奇妙だと思わずにはいられなかった。わずか一五メートルうしろに近づいているはずの警官ふたりが、どうしてまだ誰何《すいか》しないのだろう。

首都警察のパトカーがさらに二台、高架道の向こう側にやってきてとまったときに、その答がおのずとわかった。パトカーのドアがあき、警官四人がおりて散開し、拳銃を抜いた。

逃げる潮時だ。

ジェントリーは右手を向き、切土斜面に向けて突っ走った。まだ数歩しか進まないうちに――ベルトウェイを見おろす急傾斜のコンクリート面まで、まだ五、六メートルあった――前方から銃撃がほとばしった。

どういうことだ？　とジェントリーは思った。あの警官たちは、投降の機会すらあたえずに射殺しようとしている。

最初の五発の銃撃が鋭い音とともに襲いかかったとき、ジェントリーは右の肋骨《ろっこつ》に刃物で刺されるような痛みを感じた。グレイのパーカが裂け、走りながら体を折った。よろめいてそのまま地面に倒れ込み、両手を路面についたが、とまらずに進みつづけて、身を起こし、下を見ないで高架道の欄干《らんかん》を跳び越した。

宙を二メートルほど落下し、三〇度の傾斜のコンクリート面に右腰から着地した。何度かごろごろと転がってから、姿勢を立て直し、背中を下にして、速度を増しながら、下のベルトウェイに滑り落ちていった。頭上では銃撃が熄《や》んでいたが、やけに熱心なワシントンDCの警官たちが高架道の欄干からまた狙い撃ちはじめることは、まちがいなかった。

切土斜面を下まで滑りおり、肩を梃子《てこ》にして起きあがると、ジェントリーは車の流れを見やった。

たちまち名案が浮かび、迷わず実行に移した。自分の動きのタイミングを計って、高速で走っているセミトレイラー・トラックの前に跳び出した。ヘッドライトから目を守るために、両手をあげた。

停止しようとしても間に合わないとわかっていた。

セミトレイラーの運転手が急ブレーキをかけ、エアブレーキが甲高《かんだか》い音を響かせ、タイヤが焼けて横滑りした。そして、運転席《トラクター》と荷台《トレイラー》がくの字に折れ曲がる、ジャックナイフ現象を起こした。

ジェントリーは安全なところへ跳びのき、路肩へ走っていって、コンクリート面の数メートル上に登った。そのとき、腹についた血が、ウォームアップ・パンツのゴムバンドにしみるのを感じた。

セミトレイラーが完全に停止すると、ジェントリーはスミス&ウェッソンを抜いて、右手で構え、左手で脇腹を押さえて、ベルトウェイを走り、高架道の真下に戻った。セミトレイラーのうしろで、栗色と白のタクシーが、追突を避けるために急停止していた。ジェントリーは運転席側にまわって、サイドウィンドウを拳銃で叩いた。

運転手がドアをあけて、両手をあげた。外国語でなにかを甲高く叫んだ。スワヒリ語かもしれないとジェントリーは思ったが、はっきりとはわからなかった。

「おりろ！」ジェントリーはどなった。すぐにおりたことからして、言葉は通じたようだった。

ジェントリーはタクシーの運転席に乗って、ギアを入れた。路肩に突進させてから、手早く雑に切り換えし、方向転換して、東行きと西行きの車線を隔てている、草の生えた分離帯に乗りあげた。分離帯を越えて、ベルトウェイの西行き車線に乗り、高架道の向こう側に出るまでにできるだけ速度をあげるために、アクセルを踏みつけた。頭上の警官たちが、ジャックナイフ現象とタクシー強奪に気づいておらず、カンカンに怒っているタクシー運転手から話を聞いてやっと悟ることを願うしかなかった。

ジェントリーの計画は功を奏し、数分のうちに危険地帯の数キロメートル西に達して、運転席が血まみれになったタクシーを乗り捨てる場所を探していた。

29

デニー・カーマイケルは、両手で頭をかかえて、デスクに向かって座っていた。またスーツを着てネクタイを締めていたが、気力が出たら、あらためて寝る支度をするつもりだった。二時間半前には、明かりを消してソファに横になる寸前だったのに、ヴァイオレイターがチェヴィー・チェイスのバビット邸で目撃された可能性があるという報せが届き、オフィスで待機することにした。警察が現場に急行し、四階のヴァイオレイター戦術作戦センター《TOC》にいるスーザン・ブルーアから電話がかかってきた。スーザンが伝えたのは、すでに知っていたことだったが、カーマイケルはほんとうに驚いたふりをした。あわただしく服装を整えて、四階へ行き、ブルーアとメイズがターゲティング・オフィサーに発破をかけるあいだ、そこにじっと座っていた。ＪＳＯＣ特殊任務部隊を現場に送り込んだが、そのときにはもうジェントリーは姿を消していた。

やがて、バビット暗殺の一時間半後に、ブルーアとメイズが、バビット邸の二・四キロメートル北で起きたタクシー強奪事件の現場へ行った。それにもジェントリーが関わっている可能性があると考えたのだ。

バビット殺害現場へサウジアラビア人殺し屋チームを派遣するようにと十一時過ぎに命じたあと、カーマイケルはカズからなんの連絡も受けていなかった。カズの配下がジェントリーに迫ったのかどうかもわからない。そこで、デスクに向かって座り、立ちあがる気力を奮い起こそうとしながら、じっと待っていた。

秘話携帯電話が、暗号化された通話であることを示す呼び出し音を鳴らした。カーマイケルがちらりと画面を見ると、発信者がカズだとわかったので、さっとデスクから取り、求めていた気力が残っていたことを知った。

「話せ」

カズがいった。「わたしの部下が、ターゲットと接触した」

「いつ、どこで？」

「四十分前、最初の出来事の二キロ北」メイズとブルーアが調べに行っているタクシー強奪の現場にちがいないと、カーマイケルは思った。

カーマイケルはきいた。「どうやって見つけた？」

「消去法だ。われわれは、警察が警戒している地域を見極めた。最後にやつが目撃されたとき、西に向かっていたので、ほとんど西に集中していた。だが、無線の報告から、ジェントリーはもともと南を目指していたと、われわれは判断した。だが、追われているのがわかっていたので、やつは予定の脱出ルートから警察を引き離そうとして西へ向かったんだ。そこで、われわれは北を探した。要路五カ所に部下を配置し、まだ徒歩で異動しているはずだと考えて、じっと待った」

「なにがあった？」カーマイケルは、携帯電話を壊しそうなほど強く握り締めていたのに気づいた。

「特徴がほぼ一致する男がひとりで歩いているのを、部下ふたりが見つけた。車をおりて追おうとした。わたしのべつの資産が到着すると、男が駆け出した。われわれは交戦した。血痕が残っていたそうだ。負傷させたことはまちがいない」

カーマイケルは、語気荒くいい返した。「だが、斃《たお》せなかったんだな？」

「やつは強奪した車で逃げた。わかってもらいたい。デニー、わたしの部下が行なった作戦は、完全な極限状況だった。グレイマンがこのリーランド・バビットという人物を狙っていたことを知らされていれば、戦術的にもっと有利な位置につくことができたはずだ」

カーマイケルの声が怒気を含んだ。「ジェントリーがバビットを狙っているのは、われわれも知らなかった」

カズは明らかにその言葉を信じていなかった。「チェヴィー・チェイスで最初の一発が放たれた直後に、あなたはわたしに連絡してきた。状況をそこまで把握していたのは、あらかじめなんらかの情報をつかんでいたからにほかならない」

カーマイケルは、真実をカズに打ち明けるわけにはいかなかった。あらかじめ情報をつかんでいたのではなく、バビットを標的にしていて、暗殺を行なったときに、たまたまそこにジェントリーがいたというのが、真実だった。カーマイケルは話題を変えた。「やつの怪我《けが》はどれくらいひどいんだ？」

「わたしの資産は、警察が来る前に現場を離れなければならなかった。ヴァイオレイターが被弾したということしかわからない」

「いいだろう。つぎは情報の質をもっと向上させるようにする。きみの部下も、こんどは射撃の腕をもっと向上させてくれるとありがたいんだがね」

カズが、ちょっと間を置いてから答えた。「ひきつづき待機する」

カーマイケルはいった。「どこかで待機するのはやめろ。木を揺さぶりつづけろ。やつはどこかにいて、負傷している。狩るのは簡単だろう」


ジェントリーは、体の左側を下にして、浅い溝に横たわっていた。上の住宅地の道路を車が通っていないことをたしかめるために、周囲の物音に耳をそばだてていた。一分たつと、先へ進んでも心配ないと思えるようになった。

小さなペンライトで、脇腹を照らした。裂けたグレイのパーカをそっとめくって、血まみれの防寒下着をひきあげ、光をもっと近づけた。

よく見ようとして、顔をあげ、また伏せた。

一瞬目を閉じて、見たものを意識からふり払おうとした。

一発くらったことは知っていたが、軽いかすり傷にすぎないことを願っていた。ジェントリーはこれまでの人生で銃創をさんざん見てきたので、ちょうどいい角度から弾丸がはいれば、皮膚を貫くだけですむこともあると知っていた。そういう浅手《あさで》でも、すさまじく痛むことがある。

だが、数週間前に死にかけたときの経験から、この傷で死ぬことはないが、浅手のかすり傷ではないとわかっていた。弾丸は肋骨《ろっこつ》を貫通していなかったが、皮膚、筋肉、その他の組織を骨の近くまでかなり引き裂いていた。

焼けるような痛みと鈍痛と刺すような痛みが重なっていたし、どういう状態かを見てしまったので、いっそう痛みが激しくなるとわかっていた。

ジェントリーは、強いて傷口をもう一度見た。ウェストバンドまでずっと、上半身の右側が血に覆《おお》われ、ペンライトで照らすと、傷口からくすんだ白っぽい骨が見えていた――血が流れている穴の奥に肋骨が一本むき出していた。

ジェントリーは、ゆっくりと低くつぶやいた。「ちくしょう」

この傷は縫《ぬ》えない。幅一センチ、長さ三センチにわたって、皮膚と筋肉がなくなっているから、縫合《ほうごう》できる部分がない。傷口を消毒して、無菌の圧迫ガーゼを当て、テープできちんときつくとめて、出血をとめるしかない。ガーゼは固まった血で汚れるので、一日に二回はがして、傷口を消毒しなければならない。そのつらい手順を、一週間はくりかえし行なわなければならないだろう。

この傷でこれから苦しい思いをするのはまちがいないが、生き延びられるし、これで動きが鈍ることはないと、ジェントリーは自分を叱咤《しった》した。痛みは度外視し、作戦をつづけるのだ。

ジェントリーは、傷のことを意識から締め出して、状況を考えた。強奪したタクシーは、グロヴナー地下鉄駅に近いベセズダの森の奥に隠した。朝になるまで発見されないはずだという自信があった。これからこの溝を出て、終夜運転のバス停へ行き、その公共交通機関でフォード・エスコートまで戻らなければならない。

今夜二度目の銃撃戦のことを、あらためて考えた。首都警察の警官六人が、こちらが武器を手に持っていなかったにもかかわらず、あんなふうに発砲したことに、驚きを禁じえなかった。なにもいわずに、いきなり撃ちはじめたのだ。

警官がそんなことをするだろうか？

一瞬、あの連中は、警官に化けたＳＡＤ地上班の軍補助工作員だったのかもしれないと思った。いや、それではつじつまが合わない。エージェンシーは外国で作戦を行なうときには、すこぶる大胆になる場合もあるが、首都でこちらを追跡し、違法な暗殺を行なうのに、警官に変装するような作戦要領が採用されることはありえない。

そんな馬鹿ばかしいやりかたは、考慮されないだろう。

ジェントリーは、下着を引きおろして、パーカの前を閉め、時計を見た。

午前三時に近い。

移動しなければならない。傷の手当てをするのに必要な品物を手に入れられるところへ行かなければならない。それに、夜明け前に部屋に帰らなければならない。

「さっさとケツをあげろ、ジェントリー」ひとりごとをつぶやくと、効果があった。上半身を起こし、片手で右脇を押さえて、どうにか立ちあがった。

その動きが痛みの衝撃波を引き起こし、悲鳴はなんとか押さえたが、長く低いうめき声が漏れた。

立ちあがると、ジェントリーはウェストバンドのスミス＆ウェッソンの位置を直して、バックパックを背負い、溝からのろのろと出た。

30

キャサリン・キングとアンディ・ショールは、ロックヴィル・パイク高架道の下で、キャピタル・ベルトウェイの路肩に立っていた。三車線のうち二車線が、捜査車両、救急車、レッカー車をとめるためにパイロンで規制されていたので、《ワシントン・ポスト》の記者ふたりは、ロックヴィル・パイクに駐車して、コンクリートを張った切土斜面を小股で駆けおりなければならなかった。それでも、ここまで来れば、現場を歩きまわり、調べにあたっているメリーランド州警察官二十数人の動きを観察できる。

ヘリコプターが一機、頭上を旋回し、探照灯でベルトウェイのあちこちを照らしていた。それにくわえて、通過する車のヘッドライト、パトカーの赤と青の回転灯の瞬《また》き、ジャックナイフ現象を起こしたセミトレイラー・トラックのそばの道路で燃えている発炎筒が、現場に悪夢のようなサイケデリックな雰囲気を醸《かも》し出していた。

記者ふたりは、チェヴィー・チェイスの現場で警察の立入禁止テープと非協力的な警官に業を煮やし、二十分前にそこからじかにここへ来た。リーランド・バビット殺害については、ほとんどなにもわからなかったが、ベルトウェイですさまじい自動車強奪事件があったことを、アンディがスキャナーで聞きつけた。平穏なメリーランド州西部で重大事件がひと晩に二件も起きて、その二件になにも結びつきがないことはありえないと、アンディが警察番記者としての意見を、キャサリンに伝え、ふたりは第二の現場に向かった。

そして、ここでは情報を得るのに、ふたりはいくらか運に恵まれた。

セミトレイラー・トラックは、運転台の前輪が、路肩のそばの溝にはまって、半分以上も道路からはみ出していた。州警察官やその他の捜査員が、まわりに立っていた。アンディの知り合いはいなかった。一日に三度か四度、犯罪現場に足を運ぶが、つねにDCの範囲にかぎられている。そこで、立入禁止テープをたくみに通り抜けて、若い捜査員に自己紹介をした。州警察官が親切に、切土斜面のコンクリートとベルトウェイの路肩で血痕を発見したことを教えてくれた。CSI（科学捜査班）がライトを設置し、そのあたりを這《は》いまわって、さらにサンプルを探しはじめていた。

タクシー運転手は、怪我《けが》をしていないようだったが、救急車のなかで座っていた。びっくりしているキャサリンを尻目に、アンディはすいすいと州警察官のなかを通って救急車のあいた後部ドアへ行き、犯人の特徴をたずねた。

運転手はモザンビーク出身で、なまりがすさまじかったが、車を強奪した男は白人で、三十代、黒い拳銃を持っていて、西に走り去ったと、アンディに教えた。

アンディは、タクシーの運転手に念入りにゆっくりと名前のつづりを教えてもらい、書き留めると、こんどはセミトレイラー・トラックの運転手のほうへ行った。運転手は警察の事情聴取を終えて、会社が牽引車をよこすのを待っていた。アンディはその男から、タクシー運転手がいったのとおなじような特徴にくわえ、赤か葡萄《えび》茶色の野球帽をかぶっていて、グレイのジャケットを着ていたことを聞いた。男はコンクリートの斜面を下ってきて、何秒か道路脇に立ち、それからわざと真正面に跳び出した、と運転手がいった。

アンディは、州警察がすでに写真を撮って、サンプルを採取した血痕のうえにしゃがんでいたキャサリンのところへ行った。キャサリンがｉＰｈｏｎｅで血痕を写しているあいだ、アンディはうしろに立っていた。「目撃者はふたりとも、男、三十代、髯《ひげ》をきちんと剃《そ》っていた、といっています」

「それだけ？」

「それだけです。髪の色も身長も憶えていない。強奪犯はどうやら、セミトレイラーの運転台が横滑りして道路からはずれ、ほかの車が通れないようにしたようです。トレイラーのうしろでタクシーがとまると、サイドウィンドウから銃を突きつけたんです」

キャサリンはきいた。「犯人が怪我をしていたというようなことを、運転手たちはいった？」

「いいえ」

キャサリンは、スマートフォンをしまい、高速道路脇の赤い血の斑点《はんてん》を手で示した。「だいぶ出血しているわね」

アンディは肩をすくめた。「あの五百倍の血が流れている現場を見たことがありますよ」

「そうね」キャサリンはいった。「だけど、あっちにも血痕があるし、切土斜面のコンクリートにも血が垂れているのを、ＣＳＩが見つけた」

「たしかに」

「それに、バビット邸付近の銃撃は、十一時過ぎだった」

「だから？」

「だから、狙撃者と強奪犯は、同一人物だと想定しましょう」

アンディは笑みを浮かべた。「そうだというほうに、ささやかなぼくの評判を賭けますよ」

「それでね」キャサリンはつづけた。「こんな出血が二時間もつづいたらどうなるか、想像できないのよ」

アンディはちょっと考えて、納得した。「狙撃者は、チェヴィー・チェイスの撃ち合いでは負傷しなかったというんですね？」

「あなたはどう思う？」

アンディは、血痕をもう一度見た。ここと斜面の両方に残っている。「ぼくは医師じゃないけど、犯罪現場はかなり見ています。これは動脈からの出血のような重傷ではないですが、それでもかなり大量の血を流しています。あなたのいうとおりです。こんな出血が一時間半もつづくわけがない。死ぬか、意識を失うはずです」

キャサリンはいった。「目撃者はふたりとも、犯人はここで怪我をしたというようなことをいっていないから、どこかに第三の犯罪現場があるのよ。強奪犯が怪我をした現場が」

アンディがいった。「ほんとうにすごく優秀ですね、キングさん」

「答をぜんぶ知っているわけではないわ」キャサリンはいった。「でも、答をどこに探しに行けばいいかは、わかっている」

「どこですか？」

キャサリンは、アンディのうしろに目を向けた。アンディがキャサリンの視線を追って、首《こうべ》をめぐらした。黒いGMCユーコンから、ジョーダン・メイズとスーザン・ブルーアがおりてくるところだった。ふたりとも黒いコートを着ている。メイズには、顎鬚《あごひげ》を生やした護衛がふたり従っていた。

ジョーダン・メイズが、タクシー強奪事件の現場で指揮をとっている捜査員に身分証明書をちらりと見せて、脇へ連れていった。ふたりはジャックナイフ現象を起こしたセミトレイラーの向こう側に離れていったが、スーザン・ブルーアはトラック運転手に近づき、話をはじめた。

「たまげたな」アンディはいった。「ここでなにをしてるのかって、あの連中にきくつもりですか？」

キャサリンはいった。「あなたもやるのよ。二面作戦のほうが、勝ち目がある。わたしはメイズと話をするわ」歩き出してから、アンディのほうをふりかえった。「ブランディワイン・ストリートのことをいってはだめよ。これが犯罪だからあなたはここに来た。わたしはインテリジェンス・コミュニティとつながりのあるバビット殺しが近くで起きたから来た。そういうことにしなさい」

「わかりました」アンディはいった。

スーザン・ブルーアがトラック運転手から話を聞き終えるとすぐに、アンディはつかつかと近づいた。「もしもし。すみません」スーザンが立ちどまってふりむき、手を差し出した。捜査員だと思われたのだと気づいたが、アンディはその誤解を打ち砕いた。「《ポスト》のアンドルー・ショールです。お名前をうかがえますか？　名刺はお持ちですか？」

スーザンが、すばやく手をひっこめた。「ないわ。悪いけど」

「警察のかたですか？」

「国土安全保障省よ」スーザンはそういって背を向け、記者ははいれないはずだと思って、血痕を囲んだ警察のテープをまっすぐ目指した。

「ほんとうですか？　あちらのジョーダン・メイズさんのところのひとかと思いましたが」

スーザンはかがんでテープをくぐり、歩きつづけた。数秒後にふりかえると、記者もテープをくぐって、ついてくるのが目にはいった。「悪いけど、わたしは捜査中なのよ。失礼させてもらうわ」

「これがシーダー・パークウェイのバビット殺しと関係があるかもしれないとは、思いませんか？」

「わたしたちは調べ――」

「だって、ぜったいに関係がありますよね。ここには血痕がある。もうひとつの現場でも、だいぶ撃ち合いがあったし」

「テープの外に出てちょうだい」近くの警官に助けを求めようとして、スーザンは視線をさまよわせた。

アンディは、相手のいうことなど聞こえなかったというように、なおもいった。「でも、どうも奇妙に思えるんですよ。ここではずいぶん血が流れているのに、前の事件からは一時間半もたっていますよ。そんなに長いあいだ血を流していることがありますかね。べつの銃撃事件のことをご存じないですか？　シーダー・パークウェイよりはあとで、ここよりは前に起きた事件がなかったでしょうか？」

スーザンはアンディから顔をそむけて、現場を見まわした。若い記者のいったことについて、考えているようすだった。やがて考えがはっきりしたらしく、そばを通った州警察官の腕をつかんだ。

「はい、なんですか？」

「この記者は警察の立入禁止現場にはいるのを許可されているの？」

「いいえ」警官が、アンディに向けて肩をそびやかした。「外に出なさい」

アンディは名刺を出して、スーザン・ブルーアの手に押しつけてからいった。「お話ししてくれてありがとう、ブルーアさん。記事の材料がだいぶできました。もっと話してくださるようなら、電話をください」

アンディは向きを変えて、警察のテープをくぐり、キャサリン・キングがなにか話を聞くことができたかどうかをたしかめにいった。


ジョーダン・メイズは、まごついている捜査員の説明を聞き終えて、握手を交わした。メイズが何者なのか、捜査員は知らなかったが、見せられた連邦政府職員の身分証明書にはメリーランド州警察官の口をひらかせる力があり、この現場について知っていることはすべて語った。

メイズは向きを変えて、現場で働いているおおぜいの男女のなかにいるはずのスーザンを探したが、《ワシントン・ポスト》のキャサリン・キングがいることに、まず気づいた。個人的な知り合いではないが、記事は読んでいるし、テレビに出演しているのをときどき見かける。何年も前に、バグダッドのグリーン・ゾーンのカフェテリアで、あれがキャサリン・キングだと教えられたことがあったのを、メイズはなんとなく憶えていた。有志連合の指揮センターになったサダム・フセインの宮殿でも、ざっと紹介されたことがあった。

午前三時半に、彼女がどうして高架道の下に立っているのか、メイズにはまったくわからなかった。

「メイズさん？　《ワシントン・ポスト》のキャサリン・キングです」

メイズは厳重に護りを固めながら、丁重に答えた。「キングさん？　お元気ですか？」

ふたりは握手を交わした。

「キャサリンと呼んでください」

メイズから腕が届くような近さに警護官ふたりが控えていたが、オーバーを着たこの小柄な女性が、メイズの任務にとって脅威であることは知る由《よし》もなかった。メイズは、たとえ数秒でも、キャサリンと話をしないわけにはいかなくなった。「申しわけないが、仕事の最中なので」

「このタクシー強奪が、バビット殺しと関係があると思っていらっしゃるのか、教えてくださらないかと思っているんですが」

「まだなんともいえませんよ。あちらに向かう途中で、たまたまここを通り、興味を持っただけです。あなたは今夜どうしてここへ？」

「おなじような経緯です。お話ができるとうれしいんですけれど。もちろんオフレコで。バビット殺しは、被害者がＣＩＡとやっていた仕事に関わりがあると、考えていらっしゃるのかしら？」

メイズは、眉をひそめた。「メリーランド州警察と話をしたほうがいいですよ。警察が知らないことを、わたしがあなたにいえるわけがないでしょう。いまは手が離せないので、失礼しますよ」

左目の筋肉がぴくつくのがわかり、メイズはその動きを呪った。

キャサリンは、メイズが即座に不愉快な顔をしたのを見て、どこまで強引に追及すればいいのか迷って、一瞬口ごもった。すぐに、当たって砕けろと決断した。「スーザン・ブルーアといっしょに到着するのを見ましたよ。バビット殺害犯がエージェンシーの資産を狙うのを心配なさってますね？　明らかにあなたは、CIA局員を国内で護るのが、彼女の仕事ですよね？　明らかにあなたは、CIA局員を国内で護るのが、彼女の仕事ですよね？

メイズが両手をあげて、降参の仕種《しぐさ》をした。「推測が過ぎるんじゃありませんか、キングさん。あなたの読者は憶測ではなく事実を高く評価するはずですよ。いまもいったように、警察と話をすればいい」

キャサリンは、爆弾を落とすことにした。「ええ、そうします。でも、メリーランドの警察は、このあいだの晩に第八区で起きた二重殺人のことは、ほとんど知らないでしょうね。あなたはこの二件の犯罪現場につながりがあるかどうかを、調べていらっしゃるんでしょう？」

「第八区？　なんの話か、まったくわかりませんが」

メイズはとぼけるのが上手だったが、キャサリンは嘘をつかれるのを予期していた。

「ワシントン・ハイランズですよ。土曜日の夜。ブランディワイン・ストリート」キャサリンはにっこり笑った。「ご存じでしょう」

「申しわけないが、キングさん、この話はこれでやめましょう。なんなら広報課に電話して

――」

「エージェンシーの広報のひとたちが、わたしの記事に役立つわけがないでしょう。その晩にあなたとミズ・ブルーアがブランディワイン・ストリートの現場に行ったことを、わたしは知っているんですよ。ですから、その事件がエージェンシーの人間にとって脅威だという信頼できる情報を、あなたがたがつかんだのだと、わたしは推理しています。そして今夜、バビットが殺された。ＣＩＡに密接に協力していた人物ですね。国家秘密本部の幹部であるあなたが、これにどういう関心があるのか、わたしにはわかりませんが――」

　メイズが向きを変えて、ユーコンのほうへひきかえした。上司が不愉快な思いをしていることに、警護官たちが遅ればせながら気づき、メイズとそれを追う中年の女性のあいだに立ちはだかった。

　キャサリンは、愛想よく「おやすみなさい、メイズさん」といって、ひきさがった。

　返事はなかった。

　アンディとキャサリンは、一分後に、犯罪現場の氾濫《はんらん》する光のなかでおたがいを見つけた。

　アンディは、憤懣《ふんまん》やるかたないという表情だった。「なにも聞き出せませんでしたよ」

　キャサリンは、満足げに笑みを浮かべた。「わたしも行き止まりだったけれど、それでいいのよ。いちばん重要なのは、木をすこし揺さぶることなの。あすの朝、メイズに連絡して、カーマイケルもまじえてバックグラウンド（情報はあたえるが、情報源は公開しないという条件）で会見するよう要求するわ。なにも聞けないようなら長官室に行くかもしれないとほのめかして」

「それでなにが達成できますか？」

「カーマイケルはいまの長官が嫌いなの。いえ、どの長官でもおなじ。監督されるのが嫌なのよ。国家秘密本部の幹部がメリーランド州警察と話をしていることを、長官は知らないと思う。

　こちらが知っていることをいったら、メイズはびっくりしていた。驚きが顔に出ていた。わたし向けの話をでっちあげなければならなくなるでしょうね。事実を教えるはずはないけれど、それでこっちの動きを鈍らせることができると思って」

「でもそうはならない？」

「ええ。彼らがわたしをどっちへ操ろうとするにせよ、それはフェイントになるわけよ。つまり、それとは逆に進めばいい。あなたとわたしは、ひきつづき足を使って取材しつづける必要があるわ。だんだんおもしろくなってきた」

　アンディとキャサリンは、切土斜面を登って、それぞれの車にひきかえした。

　アンディがいった。「記事を書かないといけないんです。ぼくは調査報道記者じゃないけど、編集長がニュースをほしがっていて、記事を要求されます」

　キャサリンはいった。「知っていることを書きなさい。でも、憶測は書かないこと。ＣＩＡの人間がここにいたことには触れず、バビットとインテリジェンス《I》・コミュニティ《C》のつながりを書くのよ」

「でも――」

「心配しないで、アンディ。わたしが記事を書くときには、いっしょにやりましょう。信じて。待つだけの甲斐《かい》はあるから」

アンディは、斜面を登りながら、にっこり笑った。

31

ジェントリーがロードアイランド・アヴェニューの〈イージー・マーケット〉の駐車場にグレイのフォード・エスコートを入れたときには、午前四時を過ぎていた。用心深く前に来たときとおなじ場所にとめて、赤い野球帽を目深にかぶり、監視カメラに写らない場所を歩いた。

ドアを通ったとたんに、前とおなじ、ラションドラという名前の、片方の目が悪い太った若い女が、挨拶《あいさつ》をした。「ヘイ、ベイビー。今夜はどんな調子？」

「まあまあだ」ジェントリーはいった。右腕をパーカにきつく押しつけ、裂け目と洗い落とせなかった血の染みができるだけ見えないようにして、痛む傷口を軽く圧迫していた。

「あんたも夜勤なのね」女はそういったが、すでにレジの奥の小さなテレビのほうを向いていた。

「ああ」ジェントリーはつぶやいた。

奥の通路へ行って、簡単な救急用品が置いてあるところを見つけた。〈ACE〉の伸び縮みする包帯、巻いたガーゼ二本、絆創膏《ばんそうこう》数本、有名メーカーのものではない消毒薬一本を取った。それから、冷蔵ケースの前に戻って、棚からビールの六本入りパックを持ちあげた。

ラションドラが大声でいった。「あらまあ。おうちで大パーティをやるのにビールがいるのね。あたしにも招待状をくれたんでしょう？　郵便屋がなくしたのね」

ジェントリーは頬をゆるめ、缶詰のラビオリ、白パン一斤、キャンディバー一本を取って、救急用品やビールといっしょに、レジへ持っていった。左手でジャケットから札を何枚か出した。「いや。パーティはやらない」

「ふーん」ラションドラが、ふざけて疑わしいという声を出した。

彼女がテレビに気を取られていて、カウンターに持っていったほかの品物に目を向けないことを、ジェントリーは願った。

「あら、ベイビー、あんた怪我《けが》してるの？」

その願いはついえた。

「いや」

「それじゃ、これはなんのため？」

「救急用品の予備がなくなったんだ。週末にキャンプに行くんだよ」

「キャンプ？」ラションドラが、突拍子もないことでも聞いたような声をあげた。「あたし、キャンプしたことないよ」

ジェントリーは答えなかった。

ラションドラが、品物のバーコードをスキャナーに読みとらせはじめた。ガーゼ、〈AC

E〉の伸縮性包帯、絆創膏、消毒薬。缶詰のラビオリを手にしたとき、またジェントリーの顔を見た。ジェントリーは、左のラックの新聞を見ているふりをして、右のカメラから顔をそむけていた。肋骨《ろっこつ》の傷が、すさまじく痛かった。

「ちょっと、これが晩ご飯じゃないでしょうね」

ジェントリーは、肩をすくめた。「そうなんだけど」

ラションドラが手をとめて、食料をスキャナーにかけるのをやめた。ジェントリーはさらに左を向いた。顔をじっと見られているのがわかった。

ラションドラがいった。「顔色が悪いわね」

「だいじょうぶだよ」

「いいえ、汗かいてるし、顔が真っ白。ほんとに真っ白よ」

「アレルギーなんだ。春はいつもこうなる」

「野菜を食べなきゃだめ」

「わかった」ちゃんと答える必要はないと思って、ジェントリーはそういった。

なおもじっと見られていたので、ジェントリーはラションドラのいいほうの目をちらりと見た。

ラションドラがいった。「ほんとうよ。カブの葉かホウレンソウかなにかの缶詰を買いなさい。たった二ドルだし、あんたはそういうものを食べなきゃだめ」

ジェントリーは、ラションドラが指さした棚へ行って、いわれたとおりにした。カブの葉の缶詰を取って、カウンターに戻り、置いてから、また雑誌のラックを眺めた。

「あのね、お酢はすごく体にいいのよ。おうちにお酢ある？」

なかった。「あるよ。使ってみる」

一分後には、ジェントリーは店を出ていた。レジ係の詮索《せんさく》にはすこし閉口したが、正体がばれることはなかったので、最後には満足していた。

この五年間、自分が旅をしたよその国と比べると、アメリカのひとびとは見知らぬ人間にずっと親切なのだと気づいた――もちろん、脇腹を撃つようなやからはべつだが。また、丁重に扱われることに文句はなかったが、跡形をのこさずに社会を動きまわるような人生を送っている人間にとっては、それが厄介な問題になりうる。

上半身の痛みで動きづらかったが、運転席にどうにか座りながら、ジェントリーは思った。ものすごく詮索好きなレジ係に、もっと突っ込んだ質問をされないように、深夜の買い物の習慣を変えなければならない。終夜営業の店のレジ係がみんなラションドラのような話好きではないはずだから、べつの店を見つけて買い物をすればいい。

その小うるさい女がちょっと好きになりかけていたので、残念だった。最初に〝ベイビー・ドール〟と呼ばれたとき、ずいぶん長いあいだ、親しみをこめた呼び名で声をかけられたことがなかったと気づいた。

駐車場から車を出すとき、いつもなら任務だけに集中してる意識に、悲しみが忍び込んだ。ラションドラはむろん知るはずもなかったが、ジェントリーの親友になっていた。

二度と会えないはずだということがつらかった。

三十分後、ジェントリーはNWクインシー・ストリートにあるメイベリー家のはす向かいにある路地にしゃがみ、自分の貸し間の周囲に視線を走らせていた。スーパーの買い物を脇に置き、そこにもう十分以上いて、あたりを観察していた。まもなく夜が明けるが、安全な暗闇に身を隠し、付近を監視し、跟《つ》けられていないことと、隠れ家がばれていないことをたしかめた。

ほんとうにひどい一夜だった——隠密不法侵入が命懸けの逃亡に変わり、屋根から跳びおり、調理場を爆破し、血気にはやって銃を撃ちまくる警官やヘリコプターに追われ、おまけにひどい銃創を負った。

なんてこった。

控え目にいっても、ジェントリーの計画とはまったくちがっていた。

時計を見て、空を眺め、夜が明ける前に部屋に戻らなければならないと、自分にいい聞かせて、立ちあがり、道路を渡った。そのあいだずっと、銃声かサイレンの悲鳴がいまにも聞こえるのではないかと思っていた。

あたりは静まり返ったままだった。

ジェントリーは、午前五時に部屋にはいり、服を脱いで、さほど気にならないはずの打ち身や擦《す》り傷を調べ、手で前腕を握った。再骨折してはいなかった。折れるとどういう感じがするかは、重々わかっている。だが、傷のまわりの組織は、医師が命じた回復期間の過ごしかたにジェントリーが逆らったのを、快く思っていなかった。

そのままシャワーを浴びたかったが、正面ドアのブービートラップを仕掛け直すまで、数分のあいだその欲求を抑えた。装置を組み立てて取り付けると、部屋の奥の狭いバスルームへ行った。

ジェントリーは、熱いシャワーを浴びた。銃創に湯がしみて痛かったが、我慢して、血でべとつく傷にはいり込んでいた異物を念入りに洗い流した。それから、傷口をできるだけ丁《てい》寧《ねい》にタオルで拭いて、厚いガーゼに消毒薬を注いだ。注意深くそれを傷口に当て、上半身に〈ACE〉の伸縮性包帯を何回か巻き、しっかりと固定した。

それが終わると、汚れていない黒い服をまた一式着込み、黒いランニング・シューズをはいた。小さな冷蔵庫兼冷凍庫から氷のトレイを出し、クロゼットにはいった。そこで胸にスミス&ウェッソンを置いて仰《あお》向《む》けになり、右腕は痛くなるまでめいっぱい曲げて、氷のトレイに載せた。

そういう格好で五時四十五分に眠り込み、殺し屋警官たちの夢を見た。

32

ザック・ハイタワーは、午前八時ちょうどにヴァイオレイター対策グループ戦術作戦センターにはいっていった。この二年間ではじめて髯《ひげ》をきちんと剃《そ》り、紺のスーツにレジメンタル・タイという、知的職業にふさわしい服装になっていた。仕事に復帰し、チームの一員になり、作戦に参加しているので、ひさしぶりに気分は上々だった。たしかにいまの時点では、正式な身分もなく、働いた分の報酬がもらえるかどうかも定かではなかったが、それはどうでもよかった。肝心なのは、自分の働きをメイズとカーマイケルが知っていることだった。あのふたりには、このザック・ハイタワーのような人間が必要なのだ。

また仕事がもらえるだろう、とザックは確信していた。

スーザン・ブルーアがすでに戦術作戦センターで一所懸命働いているのを見ても、ザックは驚かなかった。スーザンはそういう管理職なのだ。ザックは下働きで、管理職とは縁がないので、遠くからではあるが、そういう局員を見たことがあった。スーザンは早く出勤し、晩《おそ》く退勤して、この作戦がつづくあいだは、それが彼女の生活そのものになる。終わればまたつぎの仕事をする。だが、ここからどういう部署へ行くにせよ、毎回昇進するだろう。どんなときでも、得られる情報や同僚を、出世の梯子《はしご》の段として利用するような人間なのだ。必要とあれば、スーザンはザックの頭を踏み台にするはずだった。まちがいなくそうするだろうと、ザックは見ていた。

スーザンは、ザックが尊敬するような相手ではなかった。だが、ザックはＣＩＡ勤務が長いので、七階の幹部の仲間入りをしそうな局員は、見ればわかる。

スーザンは、まさにそういう局員だった。

そして、ザックもいつものザックだった。スーザンが眼鏡《めがね》をはずし、小粋なビジネススーツが自分のベッドの脇の床で丸まっている光景を、想像せずにはいられなかった。

その妄想を追い払い、ザックは仕事に意識を戻した。

スーザンは厄介なことに巻き込まれるのをなんとしても避けるような人間だと、ザックは考えていた。つまり、昨夜の不正な活動についてはなにも知らないはずだと、いわれるまでもなく、ザックにはわかっていた。計画立案部に属してはいても、アメリカ国内で違法な暗殺を行なうような計画立案には、手を染めるわけがない。

「おはよう、ミズ・ブルーア」駆け寄ってきたスーザンに、ザックはいった。

スーザンは、無駄口をたたくような人間ではなかった。仕事一点張りだ。「よかった。来てくれて。昨夜の出来事について、あなたに説明する必要があるのよ」

「説明してくれ」ザックは、驚いて興味を持ったふりをした。ふたりはガラス張りの狭い会議室にはいった。

腰をおろすと同時に、スーザンがいった。「きのうの午後十一時ごろ、コートランド・ジェントリーが、タウンゼンド・ガヴァメント・サーヴィスィズのリーランド・バビット社長を殺した」

ザックは、「なんてこった」とだけいった。自分の演技はアカデミー賞に値すると思い、内心笑みを浮かべた。ジェントリーが犯人とされたことに、すこしも驚きはなかった。デニー・カーマイケルはずる賢い古狐だ。

スーザンが話をつづけた。「胸を撃ったのよ。そのあと、バビットの護衛たちが、チェヴィー・チェイスとベセズダで、彼を追った」

ザックは、目をしばたたいた。「そうか」こんどの驚きは本物だった。ジェントリーが現場にいたことを示す、動かぬ証拠を見つけたのだろう。しかし、それでも演技はつづけなければならなかった。なぜなら、レミントンの射程内にジェントリーがいたのに、見逃したことを意味するからだ。「そいつはおもしろい」できるだけ平静な声を心がけて、ゆっくりといった。「どこへ逃げたか、わかっているのか？」

「バビットの家から追跡されて、しばらくは追いつめられていたけど、〈マクドナルド〉を爆破した」

「なんだって？」

「そうなの。弾薬を百発くらい、フライヤーに投げ込んだの」

ザックは大笑いした。「たまげたな。だれか死んだのか？」

「いいえ。さいわいだれも死ななかった。タウンゼンドの護衛がふたり、ひどい火ぶくれでしばらく苦しむでしょうね。もうひとりの護衛は、両脚を撃たれた」

「それで、ヴァイオレイターは姿を消したのか？」

「九十分間、どこにいるのかわからなかった。それから、キャピタル・ベルトウェイの近くに現われて、まず交通事故を故意に引き起こし、タクシーを強奪した。二十分前に、そのタクシーがベセズダで発見された。ジェントリーがいる気配はなかったけど、強奪現場とタクシーにかなりの量の血があった」

ザックはいった。「つまり、怪我をしているが、DC近辺を忍者みたいに移動できる程度の怪我だ」

「そのとおり。ジェントリーが医薬品を手に入れるために現われるかもしれないので、午前三時ごろから、病院と終夜営業の薬局と小規模な救急病院を監視させている。いまのところ、なにもないけど」

ザックは首をふった。「やつが病院や診療所に行くわけがない。自分で手当てするだろう。傷を手当てするものを持っていなかったとしても、薬局の監視カメラの動画をあんたたちが調べているのはわかっているから、食料品店か角のスーパーか獣医へ行くはずだ。終夜営業の薬局は、この界隈《かいわい》には十数軒しかない」

スーザンが、考え込むようすでうなずいた。「そうでしょうね。ほかに意見は？」

そのとき、ジョーダン・メイズが戦術作戦センターを覗き込んだ。「すまないが、スーザン、ザックをしばらく借りるよ。終わったらまたここに来させる」
ザックは、メイズについて七階へ行った。ふたりともずっと口をきかなかった。白髪のメイズは、疲れ切ったようすで、それがザックにはすこぶる愉快だった。なぜなら、昨夜現場で働いたのはメイズではなく、ザックのほうだったからだ。

ザックは四十代後半だった。メイズのほうがいくつか齢は上だが、なにせ高級官僚だ。五十を過ぎてもメイズみたいな太鼓腹にはなるまいと、ザックは決意した。八十五になってもそうなるのはごめんだ。

ふたりは小ぶりな専用会議室にはいった。ザックは、カーマイケルが待っているものと思ったが、そこにはだれもいなかった。メイズがザックに座るよう促し、それから隣の椅子に腰をおろした。

ザックは事情を呑み込んだ。カーマイケルはメイズを安全器《カットアウト》に使っている。メイズは、射《シュ》手《ーター》と抹殺命令を下す人間を遮断する役目を担《にな》っている。

バビット暗殺についてメイズがすぐさま深い謝意を表わすと、ザックは思っていた。ところが、相手の反応はまったくちがっていた。

メイズが切り出した。「おまえはバビット邸の裏を見張っていたんだろう。どうしてヴァイオレイターを見つけなかった？」

ザックには、抗弁の用意がなかったので、一瞬返答に詰まった。ようやくこういった。

「だからやつをグレイマンと呼ぶんじゃないのか。おれが行ったときには、もう位置についてたんだろう。安全な隠れ場所にいたんだ。おれはターゲットとターゲットの警備だけに注意を向けていた」

「そのあとは？　バビットの護衛がやつを見つけた。どうしておまえには見つけられなかったんだ？」

ザックは、角張った顎を動かした。「ターゲットを消したあと、おれはずらかった。バビットがジェントリーに狙われる可能性があることは、だれからも聞いていない」

メイズが、溜息をついた。「しかし、ジェントリーが街にいるのをおまえは知っていた。警戒怠《おこた》りなかったら、昨夜は一石二鳥だっただろう。この作戦は片がついていたはずだ」

ザックはもう守勢にまわってはいなかった――激怒していた。殺しの仕事のやりかたを七階の幹部に指図されてたまるか。「いいか、おれをもっとこの作戦にしっかり組み込んで、ジェントリーとバビットとのつながりをおれに教えていれば、それがどんなものであろうと、あんたらよりもましな分析ができていただろう」ザックは肩をすくめた。「あんたたちはおれを、ただの狙撃手としてこれに参加させた。だから、狙撃だけをやったんだ」

メイズは、それを聞き流した。「いいだろう。本部長とわたしは、バビット抹殺には満足している」

ザックは、〝あんたらのためにそいつを殺したんだから、満足するのがあたりまえだろうが〟といいたかったが、あえてこういった。「そう聞いて安心した。次回、おれにジェントリーを追わせれば、おれがジェントリーを殺《や》る。そういう単純な話だ」

33

デニー・カーマイケルは、コンピュータのモニターを見つめていた。注意を集中しているせいで、悩ましげな眉間の深い皺《しわ》が緊張していた。カーマイケルは、《ワシントン・ポスト》のウェブ版を読んでいた。首都担当のアンドルー・R・ショールという記者が午前六時十五分に書いた記事が、そこに載っていた。リーランド・バビットが射殺され、犯人が逃亡して、九十分後にタクシー強奪事件が起きたことがざっとまとめられ、強奪事件は前の事件と関係があるかもしれないという警察の見解が引用されていた。

記事にはキャサリン・キングのことは書かれていなかったし、署名もなかったが、昨夜、キングが現場に突然現われて、ブルーアとメイズがジェントリーが最初に行動を起こした場所であるワシントン・ハイランズにいたことを知っていると断言したことを、カーマイケルはメイズから知らされていた。

強奪事件の現場で《ワシントン・ポスト》の記者たちがCIA局員に遭遇したことも、記事には書かれていなかった。カーマイケルはそのことにほっとしたが、その線はキングが追っているにちがいないし、早急に対処しなければならなくなるはずだった。それはまちがいない。じつは午前八時過ぎに、名うての調査報道記者であるキングから本部長室に電話があり、国家秘密本部本部長とのバックグラウンド会見を秘書を通して要求してきた。

キングがただ探りを入れているだけなのか、それとも事情をある程度まではっきり知っているのか、カーマイケルにはわからなかった。メイズとブルーアが土曜日の夜にワシントン・ハイランズにいたのを知っているのは難問だった。チェヴィー・チェイスにCIA局員が現われたのは、たんにバビット殺しに関心を抱いたからで、数日前の事件についてはなにも知らないと、白《しら》を切ることができなくなった。

秘書の声がインターコムから聞こえ、カーマイケルの思考の流れがとぎれた。「本部長、計画立案部のスーザン・ブルーアが、五分いただきたいといっておりますが」

カーマイケルは、インターコムのボタンを押した。「通せ」

スーザンがオフィスにはいってくると、カーマイケルは溌剌《はつらつ》とした姿に感心した。午前三時半に殺人現場を歩きまわっていたとは思えない。

例によって、スーザンはすかさず本題にはいった。「バビットの遺体の仮検死報告書が届きました。目撃者の証言とまったく食いちがっています」

スーザンがデスクごしに差し出した書類を、カーマイケルは受け取った。老眼鏡のかけぐあいを直して、ざっと目を通した。読みながらきいた。「食いちがっているとは、どういう意味だ？」

「監察医が、バビットの肺から三〇八口径弾一発の破片を回収しました」

「それで？」

「ライフルの弾薬です」

カーマイケルは、眼鏡の上から歳下の部下を見た。「わたしは海兵隊にいたんだよ。三〇八口径がどういう武器から発射されるかは知っている」

「もちろんご存じですね。失礼しました。一週間ずっと、アナリストとばかり話をしていたものですから。その弾薬がふつう狙撃用のライフルに使われることも、ご存じですね。つねにそうとはかぎりませんが、とにかくライフルから発射されたことは確実です。しかし、タウンゼンドの護衛たちは、顔を隠した容疑者と最初に遭遇したときには、容疑者は裏庭にいたと証言しています。バビットが撃たれたところから、三五メートルしか離れていません。狙撃手《スナイパー》がそんなに近づくことは、ありえないでしょう。しかも、容疑者はライフルを持っていませんでしたし、バビットの家の敷地でライフルは見つかってません。弾道検査の結果が出るには、まだしばらくかかりますが、結果が出たら、ライフルがべつの場所から発射されたことが明らかになるでしょうね。つまり、ジェントリーはスナイパーではありえない」

カーマイケルは、すこし時間をかけて、報告書を読んだ。そのあいだにメイズがはいってきた。監察医の報告について、メイズとスーザンが小声で話し合った。

ようやくカーマイケルが書類から目をあげた。「タウンゼンドの護衛の思いちがいだろう。敷地内にいるのを見たような気がしただけだ。じっさいはゴルフ場に出てから、逃げる容疑者と遭遇したんだ。報告によれば、やつは黒いバックパックを背負っていたという。分解する時間があったんだろう。なにしろヴァイオレイターだからな。二秒で分解できたはずだ」

「それも考えました。でも、まだあるんです」

カーマイケルは、メイズにちらりと視線を投げてから、スーザンを見た。「いってみろ」

「土曜日の夜、ワシントン・ハイランズで、われわれのターゲットは命懸けで小口径の拳銃を手に入れ、その際にふたり殺しました」

「だから？」

「だから、月曜日の夜にスナイパー・ライフルで暗殺したというのは、つじつまが合わないのではないですか？　どこでライフルを手に入れたんでしょう？　土曜日も持っていたんでしょうか？」

カーマイケルは、肩をすくめた。「考えすぎじゃないか。やつはアーリアン・ブラザーフッドの売人から金を奪ったと考えられる。武器はべつにいらなかったんだが、小型の拳銃が手にはいったのは、うれしい偶然だったんだろう。それで持っていったんだ。われわれの知らない〈ウォルマート〉なみの武器庫がどこかにあるのかもしれない」

スーザンはしばらく考えていた。「そうですね。でも、もうひとつ気になることがあります」

カーマイケルは、わざとらしく溜息をついた。「聞こう」

「《ポスト》の記者が、ベルトウェイに残っていた大量の血痕を指さして、べつの犯罪現場があるのかと、わたしにききました。一時間半もそんな出血がつづくはずはないから、狙撃犯はバビットを殺したあと、べつのところで負傷したのではないかと、その記者が考えていました」

「どういうことだと、きみは思う？」

「さあ……わかりません」

「疑問ばかりで、結論はないようだな」

「おっしゃるとおりです。この事件について、なにかパズルの重要なピースを見落としているという気がします」

カーマイケルはいった。「憶測するのは結構だが、きみの仕事は殺人事件の解決ではなく、ジェントリーがエージェンシー要員を脅《おびや》かすのを阻止することだ」

「わかっております。しかし、本部長、攻撃者がほかにもいるか、あるいはわたしが探している相手がちがっていたら……」

「ちがう相手を探してはいない。ジェントリーは、前にもエージェンシーの資産を何度も殺している。このDCでも先週、殺した。バビットを殺したのも、まちがいなくジェントリーだ。暗殺者ジェントリーがアメリカに来て二日後に、やつを狩るのを指揮していた人間が暗殺された。それで証拠はじゅうぶんだとわたしは考える。それに、ほかに関わっているやつはいない。ジェントリーは一匹狼だ。わたしのいうことを信じろ。わたしは五年もヴァイオレイター対策グループを指揮してきた。きみはわれわれのところに来て、まだ三日もたっていない」

叱りつけられても、スーザンは納得していなかった。「はい、本部長。おっしゃるとおりです」

スーザンが出ていくとすぐに、カーマイケルはメイズのほうを見た。なじる口調でいった。「あの女を作戦にくわえたのは、きみだぞ」

メイズがいった。「そうですが、それには妥当な理由がありました。いいですか、本部長、ハイタワーとジェントリーが、同時におなじターゲットを狙うという、とんでもない不運にぶつかっただけですよ。短期的には複雑な事態になりますが、長期的にはなにも心配することはありません。ブルーアは仕事をちゃんとやるでしょう。殺人事件の捜査のために呼ばれたのではないことは、わかっているはずです」

カーマイケルは、それを聞き流して、疲れた目をこすった。「ジェントリーはこれで三晩つづけて活動した。今夜のつぎの動きに対応する計画を練ろう」

メイズがうなずいた。「ハンリーの家の見張りを倍に増やしました。スナイパー・チームも二個です。ヴァイオレイターのもとの仲間も、すべて完全に見張っています。ジェントリーは優秀かもしれませんが、われわれに見つからずにここのだれかと接触することはできませんよ」

カーマイケルはいった。「そうだといいんだがね。もうひとつの問題はどうする？」

「キャサリン・キングですか？」

「ああ。会ったほうがいいだろうか？」

メイズは首をふった。「一日引き延ばしましょう」

「一日あれば、なにができる？」

「事態は急激に動いています。きょうのうちにヴァイオレイターをこっそり始末できれば、DCにエージェンシーにとっての脅威が存在すると考え、当然ながらバビット殺しを調べたが、なにも不審な点は見つからなかったといえばいいでしょう」

「きょうジェントリーを殺《や》れなかったら？」

「そのときは、キングの記事に餌を仕掛けます。ジェントリーに結びつくような情報を教え、キングがこの全貌を知っていると、ジェントリーが思うように仕向けるんです」

カーマイケルは、顔をしかめた。「ジェントリーが《ポスト》を読むか？」

「なにしろキャサリン・キングですよ、本部長。キングの記事は、全国で取りあげられます。われわれが教える情報でキングが記事を書けば、テレビでも報じられるでしょう。だれもが話題にしますよ。わたしのいうことを信じてください。キングに本部長がなにかをいえば、それはジェントリーの耳に届くはずです」

カーマイケルは、しばらく考えてからうなずいた。「よさそうだな」

メイズは注意した。「でも、その方策をとる前に、一日置きましょう。これはできるだけ公《おおやけ》にしたくないですからね。それは最後の手段です」

「賛成だ」

34

　ジェントリーはクロゼットで正午近くまで眠り、すばやく起きて、拳銃を持ち、狭い部屋を見渡した。動きはなく、静かだった。高い窓から射す細い光の幅《や》に、塵《ちり》が浮かんでいる。銃をおろし、脇腹のあらたな痛みにうめいた。肋骨《ろっこつ》に巻いた包帯に触れると、血でべっとりと濡れていた。替えなければならない。だが、その前にクロゼットの寝床を出て、小さなベッドに腰かけた。テレビのリモコンを取ったとき、正午のニュースがはじまった。ジェントリーは地元のチャンネルを探した。

　画面に最初に映ったのは、大邸宅が連なっている住宅地を上から探照灯で照らしているヘリコプターだった。リーランド・バビットの家は、たちまち見分けがついた。二十数台の車に囲まれている。メリーランド州警察のパトカー、ベセズダ警察の捜査車両、救急車、それに消防車。

　映像について説明するニュース・アンカーの声が重なり、ジェントリーがすでに知っていることを視聴者に伝え、ジェントリーが驚くようなことも告げた。

「メリーランド州警察がけさ声明を発表しました、それによると、バビットさんが射殺されたあと、徒歩で逃走した犯人は、民間の警備員に八〇〇メートル近く追跡され、ウィスコンシン・アヴェニューの〈マクドナルド〉で人質をとりました。犯人はさらに警察をかわして逃げ、現在も行方はわかっていません」

ジェントリーは、溜息をついた。ニュースは正確な事実を伝えるものではなかったのか。ひとつの文に、ふたつ誤りがある。犯人ではないし、人質はとっていない。

つづいてキャピタル・ベルトウェイの現場の映像が出て、アンカーがこんどは、セミトレイラーがジャックナイフ現象を起こし、銃を持った男がタクシーを強奪したことも含め、事件について一応は正確といえる説明をした。

だが、ずいぶんおかしな報道だった。首都警察が現場近くで容疑者と遭遇したことには、まったく触れていなかった。首都警察の警官が発砲したのは、ババビット殺しに関わっていると見なしたからにちがいないのに。

そのニュースは終わり、べつのニュースがはじまったので、ジェントリーはCNNに切り換えた。そこでもメリーランド州に住むビジネスマンが大胆なやりかたで暗殺され、犯人が不敵なやりかたで暴れまわって逃走したことが短く報じられたので、ジェントリーは驚いた。

自分のことが全国ニュースになっている。

怒りのうめき声を発して、ジェントリーはテレビを消した。

立ちあがり、小さな冷蔵庫からビールを出した。バスルームで缶から飲みながら、どす黒くべとついている包帯を銃創から引きはがした。痛みのあまり、目がうるんだ。

マシュー・ハンリーは、火曜日はほとんど本部を離れていた。近々中米で行なう作戦で使えるように、新しい航空機をダミー会社に登録する打ち合わせのために、アンドルーズ空軍基地でＳＡＤ航空班の部下と会っていた。ＣＩＡは先ごろ、隠れ蓑《みの》の会社を通じて、かなり使い込まれてはいるが出所をぜったいにたどれないデハヴィランドＤＨＣ６ツインオター四機を、破綻したインドネシアの空輸会社から購入していた。装備を整え直して改造するために、その四機はアメリカに運ばれた。ハンリーが書類仕事を終えれば、四機は中南米へ送り込まれ、潜入困難敵地《ディナイドエリア》（敵の勢力が強く、監視が厳しい、諜報機関にとって作戦を行ないにくい地域）でＳＡＤの人員・補給品輸送に専用できるようになる。

ＣＩＡの航空機だということは、ぜったいにわからないようになるはずだったが、いまはアンドルーズ基地の厳重に閉ざされた格納庫に置いてある。ハンリーは四機をみずから検査することを望んだ。

ハンリーがラングレーに戻ったのは三時半で、自分のオフィスへ行くと、スーザン・ブルーアが受付のソファに座って、ｉＰａｄで静かに仕事をしていた。ハンリーの秘書は、デスクの向こうで自分の携帯電話を使って話をしていた。

ハンリーは、スーザンに会えてうれしいというふりをしたが、仕事が山積していたし、デニー・カーマイケルが最近、配下にくわえた歩兵と話をする気分ではなかった。

スーザンが、愛嬌《あいきょう》のある笑みを浮かべて立ちあがった。「ハイ、マット。スーザン・ブルーアです。おひさしぶりね」

「そうだね、スーザン。元気か？」

「ええ。十分割《さ》いてくれたら、もっと元気がでるわ」

ハンリーは答えた。「五分にできないか」

「五分でも最高。ありがとうございます」

ふたりはいっしょに、ハンリーのオフィスにはいっていった。

ハンリーはスーザンのことはよく知らなかったが、本部の幹部局員はしじゅう彼女の名前を耳にしていた。スーザン・ブルーアは、ヴィラノーヴァ大学で国際研究の修士号を得た直後にＣＩＡに就職し、めきめきと昇進してきた。成功をおさめたあらゆる種類のプログラムにスーザンの名前があるのを、ハンリーは見てきた。それに、おなじ職務に二年以上とどまっていたことがない。出世の梯子《はしご》を着実に昇っている。

ハンリーがその梯子で占めている位置は、いまのところはスーザンよりも数段上だった。だが、まだ昇りはじめたばかりのように見えるスーザンよりも先に、自分が上限に達してしまうことは明らかだと、ハンリーは確信していた。いつの日か、スーザンが局全体を切り盛りする姿が目に浮かぶ。だから、スーザンが梯子を昇っているときに、せいぜい恩を売っておいたほうがいいと、自分にいい聞かせた。そうすれば、スーザンがこちらを生かすも殺すも自由になったときに、そういった行為を思い出してくれるはずだ。

ハンリーはいった。「それで、あんたはヴァイオレイターの作戦に参加しているそうだね」

「そうなの。ヴァイオレイターがDCに現われたときに、対策グループに入れられたの。わたしは国内資産の保護を担当しているから、わたしの領分だといってもいいでしょうね。それで、いまヴァイオレイターのつぎの動きを推理しようとしているんだけど、わたしはこの一件をはじめて知ったから、困っているのよ」

「やつは難攻目標《ハード・ターゲット》だ。それは疑問の余地がない」

「バビットのことは聞いたでしょう?」

「ニュースで見た。ジェントリーがやったと思っているんだな?」

「カーマイケルはそう確信しているわ」

ハンリーは、肩をすくめた。

スーザンがいった。「タウンゼンド・ガヴァメント・サーヴィスィズは、先月、ベルギーでジェントリーを狩るのに要員を雇った。ところが、そのうちの何人かをジェントリーが殺した。その作戦の最中に、ジェントリーはバビットの名前をどこかで知り、だからこちらに来てすぐにターゲットにした。ジェントリーの最終目的がなんであるにせよ、追跡の手が弱まるはずだと考えて」

「もっともな推理だな」ハンリーはそういったが、納得している口調ではなかった。

ハンリーのあいまいないいかたに気づいたスーザンは、なおもいった。「バビット殺しは、ふたり以上で実行されたとわたしは思ったんだけど、カーマイケルはちがうというの。それ

について ハイタワーとも話をしたら、カーマイケルの意見に賛成だといわれた。ジェントリーは、しばしば独りで行動しているのをごまかすようなやりかたをすると、ハイタワーはいうの」

ハンリーが目を丸くして、両手でデスクの端を握り締めた。「だれと……話をした？」

「ザック・ハイタワー」

ハンリーは、前腕をデスクに載せて、身を乗り出し、スーザンとの間隔を半分近く詰めた。

「いったいなんの話をしてるんだ？」

スーザンにはわけがわからなかったが、困惑しているのを隠そうとはしなかった。「ごめんなさい。なにかいけないことをいったかしら。ザック・ハイタワーはあなたの下で特務愚《グーン・スク》連隊《ワッド》を……失礼、ゴルフ・シエラ・タスク・フォースにいたと教えられたんだけど」

ハンリーが、なおもスーザンにのしかかるようにしていった。「そのとおりだ」

「それなら……どこが変なの？」

「最近、あんたがザックと話をしたことだ」

「どうして？」

ハンリーは、椅子に体を戻した。大きな肩を派手にすくめた。「五年前にあいつの葬式に行ったからだよ」

スーザンも驚いて、椅子に座り直した。「でも、ぴんぴんしてるわよ。彼はもう正式な局員ではないけど、ターゲットの戦術をわたしが理解するのを手伝うために、戦術作戦センターに呼ばれたの」

マット・ハンリーは、ハンカチを出して、赤ら顔を拭いた。「わかった。ザックが死から蘇り、自分を殺した相手を見つけるために、あんたに協力している。いつもと変わらない一日っていうわけだ。よくわかったよ」

スーザンはいった。「わたしがこういう状況に取り組むのは、はじめてではないのよ。内部でなにが起きているかわからない施設でも、セキュリティを指揮したことがある。自分にはよくわからない脅威から、わたしは資産や局員を護ってきた。でも、今回は、脅威の戦闘能力と、わたしが護るよう求められたひとたちの地位の重要性からして、部内の事情をもっと知る必要があると思ったの。あなたはジェントリーと何年か仕事をしていたから、ひととはちがう助言がもらえるかもしれないし」

ハンリーはいった。「スーザン、あんたとはそう親しいわけじゃないが、この忠告は額面どおりに受けとめてほしい。友だちとしての言葉だ」

「もちろん」スーザンが、iPadのスタイラスペンを持って、メモをとる用意をした。

「この施設の門を堅固にするのが、あんたの仕事だ。二十五年ここで働いてきたおれの考えでは、施設にとって最大の危険物は、すでに施設内にある」

スーザンは、答えなかった。

ハンリーはいった。「コート・ジェントリーは、デニーの戦争だ。それを戦うのを手伝わせるために、デニーはあんたを引き入れた。だが、そこにあんたの未来はない。まあ、あんたはターゲットを殺して、自慢のたねがひとつ増えるかもしれないが、これはエージェンシーの本来の仕事ではないし、デニーはいずれこういう不正な活動のせいで失脚し、電気椅子にかけられるだろう」ハンリーは、そっといった。「あんたは成功する人間だ、スーザン。おれにはわかる。デニー・カーマイケルのあとをついていって泥沼にはまるのはやめろ」

スーザンがiPadを見おろして、淡い笑みを浮かべた。それがハンリーの目には、いま目にしているのはハンリーとカーマイケルの私闘だから、巻き込まれないようにしたい、と思っているように見えた。案の定、スーザンが忠告を黙殺したので、それが裏付けられた。

「ジェントリーは、自分を連行しようとした部隊の仲間を何人か殺した。その前に、ジェントリーがなにをやったのか、話してもらえないかしら。そもそもどういう理由でジェントリーが追われるようになったの？」

スーザンが忠告に耳を貸さないだろうということを、ハンリーは察した。カーマイケルがトップだから、その命令に従うというわけだ。先が見えている燃え尽きかけた部長のいうことなど、聞く気がない。

ハンリーはいった。「ジェントリーが自分のタスク・フォースの仲間を殺す前になにをやったのか、おれは知らない。五年前にコート・ジェントリーの身になにが起きたにせよ、そのことはデニーにとって、個人的に、あるいは仕事の上で、もしくはその両方で有害なんだろう」

スーザンがいった。「CIAは、お偉方が怒り狂ったせいでみずからの資産を復讐のために殺すようなことはしない」

ハンリーは、スーザンに笑みを向けた。「デニー・カーマイケルがただのお偉方だと思っているようなら、あんたはこのビルであまり上には行けないだろうな。おれの眼鏡《めがね》ちがいだったかもしれない。最近のデニーはCIAそのものなんだ。悪党をおおぜい殺しているから、大統領を動かす力もある。長官はデニーのやっているようなことで自分の手を汚したくないから、デニーを怖れている。エージェンシーの歴史に、デニー・カーマイケルほど強力な存在は、ほかにはいない。デニーの命令に従えば、昇進して七階に来るのに役立つだろうが、いまもいったように、デニーのカードの家はやがて崩れる。生き残った連中は、デニーと関わりがあったものを粛清するだろうな。なにが自分のためになるか、わかっているようなら――」

スーザン・ブルーアは、我慢できなくなったようだった。「ハンリー部長、これはわたしがエージェンシーで志望している将来のこととは、まったく関係ありません。ヴァイオレイターはエージェンシーの人間にとって脅威ですし、エージェンシーの人間を護るのがわたしの仕事です。単純明快なことですよ。たとえば、あなた自身も」

「おれがどうした？」

「この男のターゲットになる可能性があることは、知っていますよね」

「もちろん知っている」

「だったら、どうしてセキュリティ状況を強化させてくれないんですか？」

「カーマイケルとメイズが、髑髏《どくろ》の徽章《きしょう》をつけたＪＳＯＣ《ジェイソック》野郎どもを、おれのうちに配置した。ジェントリーがおれを狙うのを期待して」

「それで安全だと思えるの？」

「馬鹿をいえ！　杭につながれたヤギみたいな気分だ！　部下ふたりに付き添わせ、装甲された車を徴用した。それでも、じゅうぶんじゃない。ジェントリーがおれを殺《や》ろうと思ったら、かならず殺るさ」

「それなら、わたしが手を貸すわ。完全武装の車列と、警護官十二人を用意する」

ハンリーは、それには答えず、こういった。「きのうの晩、おれは裏のパティオに出ていって、木に話をした。ジェントリーがおれのところへ来るようなら、裏のどこかで、おれが眠るのを待っているはずだと思ったからだ」

「木になにを話したの？」

ハンリーは笑った。「真実だ。デニーがやっているろくでもないことを、あらいざらいしゃべった。おれはやっていないと」

「射撃が簡単になるだけじゃないの？」

「ジェントリーには、簡単な射撃など必要ない。おれの家に忍び込まなければならなくなっても、おなじことだ。表で撃たれれば、うちに来るエクアドル人の家政婦が、哀れにもおれの脳みそを壁から拭きとらなくてすむ。ホースでタイルに水を流せばいいだけだ」

スーザン・ブルーアが、立ちあがった。「そんなことにならなければいいと、心から願っているわ」

ハンリーも立ちあがり、ふたりは握手を交わした。「ああ。おれもそう願っている。デニーが倒れたときには、だれかが生き残っていなきゃならない。おれが生き残れればありがたい」巨体を揺さぶるようにして、肩をすくめた。「あんたにも生き延びてもらいたい」

「きょうは時間をありがとう、マット」

スーザンがオフィスを出ていき、彼女の厚い鎧《よろい》に傷ひとつつけられなかったことを、ハンリーは知った。

35

マシュー・ハンリーは、装甲をほどこしたトヨタ・カムリのリアシートに座り、ロック・クリーク・パークウェイの夕方の混雑を強化ガラスごしに眺めた。樹林や灌木《かんぼく》に覆《おお》われた右の高い山を、稲光が一度照らした。特殊活動部《SAD》部長のハンリーは、その四分の一秒の光を利用して高みを眺め、対戦車兵器を持った男がいる気配はないかと探した。

闇が戻り、ハンリーは目を閉じた。

落ち着け。やつはおまえを狙ってはいない。

地上班の軍補助工作員ふたりが、カムリのフロントシートに乗っていたが、静寂を乱してはならないと心得ていた。ジェナーが運転して道路のほかの車に目を配り、トラヴァーズが助手席に乗って、もう一台の車両を除くすべての車の人と物を監視していた。ふたりとも、ダッシュボードの下にヘッケラー＆コッホＭＰ７を用意し、ＤＣのあちこちに配置されたＣＩＡ警備部隊と連絡がとれるように、無線機を携帯していた。

ハンリーは、いつもなら武器を持たないのだが、折り畳み銃床のＭＰ５を、脚のそばの床に置いたブリーフケースに入れていた。

また稲妻が閃き、ハンリーは道路をつかのま見ることができた。今回は防弾ガラスを通して雷鳴の轟《とどろ》きが伝わり、暴風雨が近づいているのだとわかった。

午後九時に本部から家に向かうこの道のりが、ハンリーには敵地での移動のように感じられた。ある面ではたしかにそうだったが、CIA本部のほかの人間とは異なり、ハンリーはジェントリーの意図をこうと決めつけてはいなかった。なぜなら、ほかの人間が知らないことを知っていたからだ。一年前、ハンリーはメキシコシティでジェントリーと遭遇した。当時、ハンリーはハイチ支局の支局長補佐だったが、CIAがグレイマンをメキシコで発見したため、狩りを手伝うために空路で現地に向かった。

ジェントリーは、CIAに捕らえられる前に麻薬王に拘束されたため、カーマイケルはハンリーに、身許確認をして、あとは成り行きに任せろと命じた。麻薬王の殺し屋が、かつてハンリーの部下だった元CIA軍補助工作員のジェントリーを殺すのを見届けろ、という意味だ。

ところが、ハンリーはジェントリーの命を救った。ジェントリーが気に入っていたからではなく、作戦そのものに信条として承服できなかったからだ。メキシコでの出来事は自分の主義にまったく反していたので、ハンリーはジェントリーがカルテルによって殺されるのを座視できなかった。

そしていま、装甲がほどこされたセダンのリアシートで、ジェントリーをあのままメキシコ人に殺させればよかったのだろうかと、ハンリーは考えていた。なんともいえない。万事が丸く収まるとか、ジェントリーと仲良くなれるというようなことは、片時も思わなかったが、世界最高の暗殺者にかならず頭を吹っ飛ばされるとは思っていなかった。

自分が生き延びられる確率は、六〇パーセントだろうと判断した。

とはいえ……世界最高の暗殺者に撃ち殺される確率が四〇パーセントもあるから、ハンリーの気は休まらなかった。

ジェントリーはもともと善人だが、仕事によって汚れ、危険な人間になったのだと、ハンリーは見なしていた。CIAの資産多数とよく似ている。しかし、ジェントリーがほかの資産よりもひときわ優れているのは、すさまじい悪党になるのがすさまじく得意だからだ。

ハンリーは、フロントシートのふたりに目を向けた。ジェナーはSAD地上班のチーム指揮官、トラヴァーズはそのナンバー2《ツー》だった。ハンリーは先刻、ジェナーのチーム全員の薬物検査を明日実施するよう要求する人事課のメールを受け取っていたが、それをまだ伝えていなかった。

薬物検査はときどき行なわれ、仕事の一環だが、カーマイケルが指示したにちがいないとわかっていた。トラヴァーズを辞《や》めさせる口実を見つけるためだ。人事課の医師がカーマイケルの命令どおりにやるだろうし、トラヴァーズは二十四時間後に、規制されている物質について陽性だと診断されるはずだ。そして職を失う。

そしておそらく、命も失う。

それを食いとめることができるとは思えなかった。王はカーマイケルだからだ。

マット・ハンリーは、ウッドレイ・パークの二八番ストリートNWに住んでいる。そこはDC北西部にあり、並木に囲まれ、坂が多い。二十年前に離婚してからずっと、ハンリーは独身だった。子供ふたりは成人して、西海岸で元妻の近くに住んでいる。

ジェナーがカムリをハンリーの車庫に入れ、トラヴァーズが付近の見張りをつづけた。それから、ふたりとも車をおりた。ハンリーをロックされたカムリに乗せたまま、ふたりが一八六平米の家をくまなく調べた。それに十五分かかった。人間が隠れられる大きさの場所は、すべて確認した。トラヴァーズが屋根裏に潜り込み、ジェナーが地下室のペンキの缶をどかして、ジェントリーが隠れられそうな場所をひとつ残らず懐中電灯で照らした。

そのあいだずっと、ハンリーは無言で待った。電話をかけたり、書類を処理したりしなければならなかったが、今夜はやる気にならなかった。ただ装甲をほどこした車にじっと座って、なにを考えるともなく、考えにふけっていた。

ようやくジェナーがドアをあけた。「家は安全です。戸締まりも厳重です。車庫を出たら、警報をセットします。なにもはいり込めませんよ」

「わかった」ハンリーはいった。

トラヴァーズがきいた。「われわれはほんとうに泊まらなくていいんですか、ボス？」

「相手がほしいところだがね。いや、いい。帰ってくれ」

ジェナーが、落ち着かないそぶりで体を揺すった。「ヴァイオレイターがどこかにいるんですよ、ボス。警備を増やしたくないっていうのは、ちょっと変じゃないですか」

「おれはだいじょうぶだ」

ふたりはいかにも渋るようすで、車庫を出て、二八番ストリートNWにひきかえした。ハンリーは警報をセットして、車庫の扉を閉めた。

スーツとネクタイからジーンズとフランネルのシャツに着替えると、キッチンへ行き、昨夜〈リリーズ〉で買ったテイクアウトの残りを温め直した。そのイタリア料理店は、道路の向かいにある。つぎに〈キャンティ〉のコルクを抜き、電子レンジ使用可のボウルから、きのうのペンネ・アラ・ヴォッカを食べながら飲んだ。

ハンリーはよく食べ、よく飲む。仕事以外では、たいがいひとりで食べ、飲む。ひと口ずつ味わって、ゆっくりと食べていたが、裏庭が稲妻で明るくなるたびに、銃を手にした男がそこに立っているのを予想して、キッチンからリビングに目を向け、そこのフランス窓（テラスや庭に出られるようになっている、床まである観音開きのガラス戸）を透かし見た。

グラスに残っていたワインを飲み干し、注ごうとしたとき、瓶が空になっているのに気づいた。

時計を見ると、キッチンに一時間も座っていたとわかった。

ジーンズの前ポケットで携帯電話が鳴り、はっとした。ジェントリーに殺されることはまずありえないと、何度いい聞かせても、やはり緊張していたのだ。ハンリーは自分を叱り、携帯電話を出して発信者を見た。

「やあ、ジェナー」

「ただの確認です、ボス」

「やさしいね」

「冗談じゃありませんよ。無事かどうか、たしかめたかったんです。車庫の扉が閉まるまで、見ていましたか？」

「ああ」

「いいでしょう」間があった。「気が変わったら、知らせてください。トラヴァーズは、そこへ十分で行けるところに住んでいます。あいつのことだから、五分で行くでしょう。おれは二十分かかりますが、呼ばれれば十分で行きます」

「おまえのいうことはよく聞こえてるよ、ジェナー。それじゃあした」

また間があった。「だいじょうぶですよね、ボス？」

「おやすみ」ハンリーは電話を切った。

ハンリーは立ちあがり、裏のパティオを見渡せるフランス窓へ行って、荒れ模様の外を眺めた。風が木立を激しく叩き、パティオの石のプランターに植えた腰までの高さのシダが、でたらめのダンスを踊っている子供みたいに揺れていた。

ハンリーは、掛け金に手をかけて、一分くらいためらってから、フランス窓をあけた。

警報が鳴りだしたが、意にも介さなかった。

雨のにおいが強く、風に乗ってリビングに吹き込んだ。

ハンリーは、木立に向かっていった。「よし、6《シックス》。さっさとこれを終わらせようじゃないか」

パティオに出て、小さめのプランターを家のなかにひっぱり込み、ストッパー代わりにして、フランス窓のいっぽうが四〇センチくらいあいたままになるようにした。それから、セキュリティ・ボックスへ歩いていって、警報を切った。

寝室へあがる階段に向かった。

マット・ハンリーは、ヴァイオレイター、シエラ6、またはグレイマンと呼ばれる暗殺者の能力を、何年ものあいだ目の当たりにしてきた。ジェントリーが自分を殺したいと思っているのかどうかは定かでなかったが、殺す気ならかならずやり遂げるはずだ。どうしても近づけないとわかったら、一五〇〇メートルかそれ以上の距離から殺すこともできる。ハンリーには、それがはっきりとわかっていた。

ハンリーは、一生ずっと、逃げ隠れするつもりはなかった。

ひょっとするとジェントリーに殺されるかもしれないが、遠くから殺《や》られはしないと、ハンリーは腹をくくっていた。一〇〇〇メートルの距離から心臓を撃たれてたまるか。

いや、どうしても死ぬ定めなら、グレイマンとじっくり話をしながら死ぬ。

それが唯一の勝ち目だ。

ハンリーは階段の上に立ち、だれかが家のなかにいる気配を感じた。それでなくても激しくなっていた動悸《どうき》が、いっそう速まった。空気を鼻から吸い、他人の体臭を嗅《か》いだような気がした。この二階に、戸外のにおいがする。

だが、確信はなかった。

うしろの階段を見てから、二階の廊下でバスルームのドアをあけた。表の稲光で、なかが昼間のように明るくなった。

なにもない。

ハンリーは、ほとんど叫び声のような大声でいった。「ここにいるのなら、コート、すこし時間をくれ。それから、おまえがやりにきたことをやればいい。それぐらいの貸しはあるだろう」

家のなかでは、なんの物音もしなかった。降りはじめた雨が、屋根と窓に叩きつけているだけだった。

ハンリーは向きを変えて、廊下を寝室に向けて歩いていった。

寝室にはいると、ベッドのそばの明かりをつけて、エンドテーブルの引き出しをあけた。古い四五ACP弾を使用するウィルソン・コンバット1911セミオートマティック・ピストルがそこにあるのを見て、ほっとした。一九八〇年代にアメリカ陸軍特殊部隊でグリーン・ベレーをかぶっていたときから持っている銃だった。持っている火器はそれだけではなかったが、夜に怪しげな物音を聞いたときにベッド脇に置いておくのは、その銃と決まっていた。

携帯電話の電源を切り、サイド・テーブルに置き、靴を蹴り脱いだ。明かりを消し、ベッドに仰向《あおむ》けになった。一睡もできないだろうと思い、服は着たままだった。

目があき、マット・ハンリーは上半身を起こした。どれほど眠っていたのか、うつらうつらしたのかもわからなかった。表で雷鳴がバリバリと響いた。部屋は暗かったが、やはり何者かが近くにいると感じた。

枕にまた頭をあずけた。

「ちくしょう、コート。ここにいるんなら、なんとかいえ」

表でまた稲光が走り、ほとんど同時に落雷の音が轟いた。

ハンリーのベッドの足の側に、男が立っていた。頭から爪先まで黒ずくめで、顔が覆われ、服は濡れていなかった。

「ちくしょう!」ハンリーは叫び、身を引いた拍子に、頭をベッドのヘッドボードにぶつけた。心臓を針で突かれたような痛みを感じ、胸を押さえた。

36

「いいかげんにしろ、6《シックス》！　どうしてそんなことをする！　心臓がとまるかと思ったぞ！」

　数秒のあいだ闇から返事はなく、遠い雷の響きだけが聞こえていた。やがて、ベッド脇から低い声が届いた。稲光の閃光でさっきハンリーがジェントリーの姿を見たところから、三メートルほど移動していた。

「どっちなんだ？　あんたは馬鹿なのか、傲慢《ごうまん》なのか、それとも死にたいのか？」

　ハンリーはまだ驚きから醒《さ》めていなかったが、上半身を起こした。「フランス窓をあけておいたのは、おまえを閉め出すつもりがないのを知ってもらいたかったからだ。距離五〇〇メートルから頭を吹っ飛ばされるのはごめんだ。それよりも話がしたい」

「それからあんたの頭を吹っ飛ばせばいいのか？」

　ハンリーは、生唾《なまつば》を呑んだ。「ふん、どうせびっくりして死にかけた」ヘッドボードにぶつけた頭のてっぺんをさすった。「おまえがやろうとしていることを、おれが阻止するのは無理だろうが、おれを殺してもなんにもならない。話をさせてくれ」

「おれはあんたを殺しにきたんじゃない、マット。メキシコであんたがやってくれたことは忘れない」

「それを聞いてほっとしたよ」

「でも、注意しておこう……そこのテーブルに入れてあった派手な四五口径は、いまおれの腰にある」

　ハンリーは向きを変えて、エンドテーブルのほうを見た。ジェントリーがどうやって音をたてずに、ベッドに忍び寄って、引き出しをあけ、拳銃を取ったのか、想像もつかなかった。

　ハンリーはいった。「やめろ、コート。おれは銃を取りにいったりしない。おれが銃に手をかける前に、おまえに十とおりのやりかたで殺されるのは目に見えてる」

「そうだろうな。だが、そうする必要はなくなったわけだ」

　ハンリーは、話題を変えた。「スナイパーは見たか？」

「ああ」

　ハンリーはいった。「どこにいるのか、おれは知らない。ＪＳＯＣ《ジェイソック》に見張らせるといわれただけだ」

　ジェントリーが答えた。「一四〇ヤード（一二八メートル）東、四階建てオフィスビルの屋上。ふたり。射手《シューター》はＡＩ（アキュラシー・インターナショナル）三〇八口径、観的手はＡＣＯＧ（高度戦闘光学照準器）付きのＨＫ４１６。一五五ヤード（一四二メートル）北東にさらにふたり、二階建て共同住宅。スナイパー・ライフルはおなじだが、観的手はＥＯＴｅｃｋ（レーザー投影型照準器）付きのＭ４」

ハンリーは、ゆっくりと顔をまわして、声の方角を突き止めようとしたが、ジェントリーはまた移動したようだった。あきらめて、ハンリーはいった。「一四〇メートルも離れていたのに、ライフルの口径や照準器のブランドまで見分けたのか？」

ジェントリーがいった。「もうすこし近づいた」

「まさか殺していないだろうな？」

ジェントリーが、椅子を隅に動かした。ハンリーにその音が聞こえ、その方角を見据えると、表のかなり近くに稲光が突き刺さった。閃光がカーテンを貫き、男のシルエットが見えた。男の右が正面の庭を見おろす窓だった。窓はカーテンに隠れているが、ガラスごしに照準線に捉えられることがない場所にジェントリーがいるのを、ハンリーは見てとった。

ジェントリーが答えた。「おれは、そんなことはやらない、マット。おれがいつデルタの戦闘員を殺した？」

「人間は変わる」

「他人は変わる。ルールも変わる。忠誠も変わる。おれは変わらない」

ハンリーは、強いて笑顔になった。「おまえは長いあいだこっちにいなかったからな。もうだれもデルタとはいわないんだよ」

「そうか？　なんていうんだ？」

「教えられない。秘密扱いだ」

「気取るなよ」また稲光が突き刺さり、それとともにすさまじい雷鳴が轟いた。「で、あんたがいまSADを仕切っているんだな」

「信じられないのか」

「メキシコであんたを撃ったとき、絶好の出世の糸口だと教えてやったじゃないか」

「鉛玉をぶち込まれたのを未来永劫、感謝するっていわせたいのか？」

ジェントリーは答えなかった。

ハンリーはいった。「おまえの役に立つ情報は、たいして知らない。おれはヴァイオレイター対策グループとは関係ない。デニーに、おまえを付け狙うのに地上班を貸せっていわれたが、まっぴらごめんだといってやった」

「だれがおれを付け狙っているかに興味はない。ここへ来たのは、五年前になにがあったかを突き止めたいからだ」

「そのことも、まったく知らない」

「嘘だ」

「デニーだよ。デニーが、はじめからずっと画策してきたんだ」

「それはわかっている。あいつがあんたに、なにか重要なことをいったのもわかっている。これについて、あんたにもっともらしい理由をいったはずだ。あんたはCIAではデニーの飼い犬かもしれないが、自分の流儀を貫く人間だ。マット、ずっとそうだったじゃないか。メキシコでもじっさいにそうだった。おれを追うようカーマイケルが無理強いしたにせよ、なにか作り話があっただろう」ジェントリーがすこし身を乗り出したが、顔はまだ闇に隠れていた。「その作り話をいえ。それさえ聞けばいい。話してくれたら、おれの用事は終わりだ」

ハンリーは、ベッドから出て、ジェントリーの前の椅子のほうへ行った。両手を体から離して、ゆっくりと歩いた。カーテンをかけた窓からときどき雷光が漏れるときを除けば、部屋はあいかわらず漆黒の闇だったので、ジェントリーが武器を持っているかどうか、ハンリーにはわからなかった。だが、この稼業は長いので、殺し屋のほうに近づくときには、脅威ではないことをはっきりと示さなければならないとわかっていた。

ハンリーは、椅子に座った。「コート、おまえが旅している道は、おまえの行きたいところには通じていない」

「それはいったいどういう意味だ？」

「DC中をつつきまわして、みんなに追われている理由を調べたのを、最後には後悔するだろうという意味だ」

「なぜ？」

ハンリーは、深い溜息を漏らした。それ以上いいたくはなかったが、話をしないとジェントリーが立ち去らないことはわかっていた。「なにもかも、おまえの失敗のせいだからだ」

長い間があった。「ちがう」

「とんでもない誤解だとおまえが思っていることはすべて、誤解じゃないんだ。おまえが殺されることが承認されたのは、殺されて当然だからだ。不愉快なことだし、おれはずっとこの制裁には反対してきたが……合法的な制裁なんだ」

ジェントリーは、きっぱりと首をふって否定した。「事実じゃない。おれは自分の作戦中に現場で起きたことをすべて把握しているし、良心にやましいところはない。任務中に失態があったとしても、それは現場の戦術とは関係ない、戦略的なことだ。戦略はおれにはどうにもできない。しくじったらおれは腹を切ってもいいが、他人の失敗の責任はとらない」

ハンリーはたじろいで顔をしかめた。悪い知らせを伝えたのが苦痛だったからでもあるが、悪い報せを受け取った人間が、伝えた人間――つまり自分――を殺すおそれがあるからでもあった。

ハンリーはいった。「五年前のある日、カーマイケルがおれを呼んだ。特務愚連隊《グーン・スクワッド》を運用していたころだ。おまえもまだチームにいた。あらたな抹殺指令があるといわれた。おれはいった。〝そいつは結構。会議をひらいて情報を検討し、法務部と長官のところへ行って、承諾を得よう〟。もうすべて承諾は得てあると、カーマイケルがいった。そういうやりかたはしないから、じかに話し合いたいと、おれはいった。

レストンのレストランで会った。カーマイケルは首席法律顧問のマックス・オールハウザーを連れてきた。知ってるか？」

ジェントリーは首をふった。ハンリーには、闇のなかでそれがほとんど見えなかった。

「CIAの弁護士と付き合いはない」

「とにかく、抹殺指令を受けるときには、デニー、オールハウザー、そのときの長官の署名がなければならない」

「わかった」

「で、デニーが命令書を出した。長官とオールハウザーの署名がすでにあって、おれの目の前でデニーが署名した。だれが抹殺されるのか、おれは見ようとした。アルカイダか、ヒズボラか、アッシャバーブ（ソマリア南部のイスラム武装勢力）か。いつもの相手だろうと。ところが、おまえの名前が書いてあったんだよ、コート」

「理由は？」

「デニーは、具体的なことはなにもいわなかった。必知事項ではあった。しかし、オールハウザーも長官も承知していた」

「どうして長官が承知していると――」

「おれはききにいったんだよ。じかに会った。なにも話してくれなかったが、葛藤があるのは、顔を見ればわかった。しかし、抹殺命令に自分の署名があるのなら、つべこべいわずに失せろといわれた」闇でハンリーが低い笑いを漏らした。「おれがいい換えているわけじゃない。長官が文字どおりそういったんだ」

「それじゃ、カーマイケルもオールハウザーも、あんたになにもいわなかったのか？」

「ちがう。肝心なことをいった。おまえがしくじって制裁を受けるはめになった作戦が、どれだったかをいった」

また雷鳴がとどろき、土砂降りの雨が窓を叩いた。

「どの作戦だ?」

ハンリーは答えなかった。

「どの作戦だ?」

返事はない。

「おれに撃たれたいのか、マット?」

ハンリーはいった。「バックブラスト作戦」


ジェントリーの目が鋭くなった。聞いたことのない作戦名だった。何年も前まで遡《さかのぼ》り、数多くの作戦をたどった。ひょっとしてあれなのか。たしかではなかった。「ジャララバードで最初にやった作戦か?」

「ちがう。あれはバックビートだ」

「そうだな……アンカラのは?」

「ブレインストーム」

「サライェヴォは?」

ハンリーは、驚くとともにあきれて、自分の元の部下のほうを見た。「なにをいってるんだ。あれはアードバーク・サンドストームだった。ブリーフィングのとき、ちゃんと話を聞いていなかったのか?」

ジェントリーは、肩をすくめた。「ちかごろは、ほかのことで頭がいっぱいでね。バックブラストとは、いったいなんだ？」

「イタリア、トリエステ」

ジェントリーは、視線をそらしてしばし考えた。「トリエステのやつに作戦名があったのか？」

ハンリーは、闇でうなずいた。「おまえのために弁護するなら、かなりのやっつけ仕事だったよな。だが、作戦名はちゃんとあった。ハイタワーが作戦名をおまえにいわなかった可能性がある」

「しかし……それがどうして？　作戦は完璧だった」

「デニーは、そうじゃなかったといっていた。おまえが離叛したと。オールハウザーもそういった。長官もおなじ意見のようだった」

ジェントリーが椅子からさっと立ちあがったので、ハンリーははっとした。「でたらめだ！　トリエステであったことは、すべて憶えている。抹殺制裁と人員救出だった。悪いやつを始末し、いいやつを救い出した。カーマイケルがおれを取り除きたいほんとうの理由がなんであるにせよ、バックブラスト作戦で起きたこととはまったく関係ない」

ハンリーは座ったままだったが、あきらめの態《てい》で両手をあげた。「おれはあいつがいったことしか知らないし、あいつはおまえがバックブラストで職務怠慢《たいまん》だったといった。おれはあいつと口喧嘩《くちげんか》して、なんとかして情報をもっと引き出そうとしたが、口を割らないから、おまえを免職にするか、なにか理由をつけてゴルフ・シエラを辞《や》めさせ、エージェンシーから追い出したらどうかと頼んだ。だが、抹殺指令は動かせない。そういうことだった」

ジェントリーは、話をほとんど聞いていなかった。その任務では指示されたとおりにやったことがわかっていたが、ひとつだけ変わったところがあった。当時はずっとザック・ハイタワーのゴルフ・シエラ・タスク・フォースとともに活動していたのだが、その作戦だけは、作戦上の要件によって、ジェントリーは単独で派遣された。バックブラストでは、なんの手落ちもなかったと確信していた。だが、手落ちがあったとするには、ゴルフ・シエラのほかの隊員には関係がなく、ジェントリーひとりが責任をかぶるような任務を持ち出す必要があったはずだ。

ジェントリーは、ハンリーのほうに向き直った。「いまの話のほかに、知っていることはあるか？」

「注意深く聞け、コート。エージェンシーではデニーがすべてを牛耳ってる。国家情報長官よりも権力がある。デニーが王で、その王がおまえを追っている。このささやかな作戦の勝利を祝うだけにしておけ。おまえはなにがあったのかを知るために、DCに来た。情報は得た。このもつれを解きほぐすことはできないと、おれの口からいわせた。だから、行け。国外に出ろ。第三世界に帰って、いつもの暮らしに戻れ。おまえには最高のビジネスモデルがある。クソ野郎どもを片づける暗殺者というビジネスモデルだ。それを自慢しろ。帰国してろくでもないCIAを正すというような青くさい考えのせいで、それを棒にふることはない」

ジェントリーは、ハンリーのそばに膝をついた。SAD部長のハンリーは、はじめて元資産のジェントリーの顔をはっきりと見ることができた。

ジェントリーはいった。「汚名をそそぐまでは、どこへも行かない。そうしなかったらおれの命はない。あんたにもわかっているはずだ。バックブラストのことは忘れろ。おれがイタリアでやった緊急抹殺と救出ではなく、AADPに関係があるにちがいない」

ハンリーはきいた。「AADPとはなんだ？」

ジェントリーはいった。「おれがあんたの下で働く前に参加していたプログラムだ」

ハンリーは、不思議そうな顔でジェントリーを見た。「そのことはなにも知らない」

「そこだよ！　それに参加した人間だけが知っていたが、全員死んだ。他人にそれを知られる前に、カーマイケルはおれを殺したいんだ」

ハンリーは、前後に首をふった。「ちがうと思う、相棒。これ以上深く追及するのは、おまえのためにはならない」ちょっとためらってからいった。「6《シックス》、おれはメキシコシティでおまえを救ったが……ここでは救ってやれない」

「救われるために来たんじゃない」

「それが心配なんだ。おまえがここに来たのは、なにもかも吹っ飛ばすような死に花を咲かせるためだろう」

ジェントリーはなにもいわなかった。

ハンリーは、ジェントリーの肩に手を置いた。「われわれがこの仕事についた、そもそもの理由を思い出せ。この国を助けるためだ。傷つけるためではない」

「任務についておれに説教するな」

ハンリーは、やれやれというように両手をあげた。「そうだな。おまえは自分の役割を果たした。おまえのようなやつが、もっとおおぜいいたらな、コート」間を置いて、かすかに肩をすくめた。「あまりいない。せいぜい二、三人だ。それ以上多くても、扱えないだろうな」

そのとき、あいている裏のフランス窓を強く叩く音がして、男の声が響いた。「部長?」

ハンリーの拳銃が、鼓動ひとつのあいだにジェントリーの手に握られ、ハンリーの太い喉首に押しつけられた。

「だれだ?　非常ボタンを押したのか?」

銃で喉を押されているせいで、ハンリーは目をぎゅっと閉じて答えた。「いや。ジェナーだ。家のなかに護衛を置かないのが気に入らないんだ。たしかめに来たんだ」

ジェントリーはいった。「返事をしろ」だが、銃口はハンリーの肉付きのいい首に食い込んだままだった。

ハンリーは、寝室から二階の廊下に向けて叫んだ。「どうした、ジェナー?」

「電話に出なかったでしょう、ボス。裏のフランス窓もあけたままだし。問題はないですか?」いいながら近づいてくるのがわかった。書斎から階段に向かっている。

ハンリーはどなった。「おまえがおれの家から出ていけば、なにも問題はない！」

「その前に姿を見せてください。安心できますから」

ジェントリーは立ち、フランネルのシャツの襟をつかんで、ハンリーを歩かせながらささやいた。「下に行け。だが、妙なことをいったら、ふたりとも殺す」

ハンリーはうなずいてからいった。「6《シックス》。その拳銃は、おやじからのプレゼントだったんだ」

ジェントリーは、やれやれという顔をした。「裏庭の植木鉢にほうり込んでおく」

ハンリーが握手をしようとジェントリーのほうに手をのばしたとき、ジェナーがまた叫んだ。ジェントリーは差し出された手を無視して、元の上司の体をまわし、廊下に押し出した。ハンリーはふりかえらなかった。そのまま階段へ行った。顔の冷や汗をすばやく拭《ぬぐ》って。ジェントリーの視界から消えた。階段をおりながらハンリーがジェナーに話しかけるのが、ジェントリーに聞こえた。ジェナーは階段を半分くらい昇りかけていたようだった。

「すみません、ボス。だけどひどいじゃないですか。どうしてフランス窓があいてるんですか？　それに服を着たままだし」

「外の空気を吸いたかったんだ。だいじょうぶだ」

「散歩したんですか？　ヴァイオレイターがどこかにいるのに？」

「落ち着け。近所の屋根はスナイパーだらけだ。おれがくそをするのを、トイレの窓から覗いてるんじゃないか」

ふたりは話しつづけたが、声は遠のいた。ジェントリーはひと呼吸置いて、寝室を出ると、二階の廊下を進んで、階段のそばを通り、段ボール箱がいっぱい積んである客用寝室へはいった。手探りで窓へ行って、ブラインドをあげた。そこは家の南西側で、そこだけ監視の目が届かないことを、ジェントリーは知っていた。

数秒後には、銅の排水管をつたって、右前腕の鈍い痛みと脇腹の鋭い痛みのせいで、苦労しながら、地面におりた。裏庭を体を低くして通り、裏のフェンスのそばにあった、タイヤがパンクした古いねこ車に四五口径を置いた。フェンスを越えて隣の庭にはいり、数分後には二ブロック離れたカシードラル・ストリートに出て、車に戻った。

ＪＳＯＣの見張りは、ジェントリーを見逃したことに、まったく気づいていなかった。

37

ジェントリーは、地下の貸し間に戻るまで、雷雨の後尾を追うように車を走らせた。策略や陰謀や推量が、頭のなかで渦巻いていた。考えるにはぐあいの悪いタイミングだった。午前零時で悪天候なのに交通量がかなり多かったし、古いフォード・エスコートのワイパーは役に立たなかった。なんとか道路に注意を向けてはいたが、マット・ハンリーからさきほど聞いたことすべてを処理している頭脳の能力が限界に近づいていたため、ふだんよりもずっとそれに苦労していた。

元ボスから聞いた話も、トラヴァーズが話したこととおなじように、また聞きの偽情報のように思えた。バックブラスト作戦は、本質から注意をそらすための囮《おとり》にすぎないと、ジェントリーは確信していた。その作戦は二日間の急ぎの極限任務で、〝目撃しだい射殺〟指令が下されたのは、それから一年以上たってからだった。ほんとうの理由を隠さなければならないカーマイケルが抹殺指令の口実にしただけで、いまの難題とは関係があるとは思えなかった。

バックブラストの際に起きたことが原因で、カーマイケルが抹殺を決意したのだとすると、付け狙うのに一年以上待つわけがない。

ちがう。最初の推理のほうが、ずっと筋が通っている。こっちが独立資産開発プログラムの一員だから、カーマイケルは死人に口なしにしようとしているのだ。どういうことなのかはまだわからないが、違法な計画を明るみに出したくない理由があるにちがいない。

だが、ジェントリーはマット・ハンリーから、行動に利用できる情報をひとつ得ていた。マサチューセッツ・アヴェニューからロードアイランド・アヴェニューに折れたときに、そのことに意識を集中していた。マックス・オールハウザー。名前すら知らなかったその男が、抹殺指令に署名した。オールハウザーの所在を突き止め、捕らえることができれば捕らえるのが、ジェントリーのつぎの手立てだった。

CIA首席法律顧問という高い地位だから、おざなりにでも警護がついてるだろうが、首都で攻撃にさらされるとは警護班も予想していないはずだ。

まだ首席法律顧問のままなのか、DCにまだいるのか、それすらわかっていない。どこもかしこも不明瞭なことばかりで、ジェントリーは焦《あせ》りが高まるのを感じた。デニー・カーマイケルの〝目撃しだい射殺〟指令の原因について、オールハウザーが説明できるかどうかもわからないのだ。それなのに、どんな情報でも引き出せるチャンスがあればありがたいと、期待しているのに気づいた。

フロントウィンドウを流れる雨の向こうに目を凝らしていると、見慣れた看板が前方に見えた。今夜、ロードアイランド・アヴェニューの〈イージー・マーケット〉に寄らなければならない作戦上の理由はなにもない。それどころか、二度と行かないときのう自分をいましめたばかりだ。レジ係の女は親切だが口やかましいし、親切なのは結構だが、いまの状況では詮索《せんさく》好きな人間の相手をすることは許されない。

だが、そのスーパーに近づくと、ジェントリーは車の速度を落とした。

食料が必要だと、言い訳をした。DCで捜索が厳しくなったら、一日か二日、部屋にこもっていなければならないし、メイベリー家の貸し間にはじゅうぶんな食料がない。

だが、寄ってみたいというのが、正直な気持ちだった。まだ狭い部屋に帰る気にはならない。あと数分でもいいから、この夜をすこしゆっくり過ごしたい。それに、高い代償を払わずに笑顔と六十秒のやさしさを見いだせる場所を、よそで見つけられるとは思えなかった。

身《PERSEC》の安全という見地から、ジェントリーは自分の決断を正当化した。〈イージー・マーケット〉はじゅうぶんに下見し、安全だとわかっている。ほかの店やバーに行く必要がどこにあるのか？　新たなカメラやその監視角度、暗い隅や死角、べつの人格や未知の問題に対処しなければならなくなるだけだ。

今夜はちょっと寄るだけで、部屋に保存する物資をすばやく買い、ラションドラのおしゃべりを一分だけ聞き、家に帰ろう、とジェントリーは決断した。

駐車場のおなじ場所に車をとめたときも、雨は小止みなく降りつづいていたが、もう叩きつけるような土砂《どしゃ》降りではなかった。けたたましい雷鳴と稲光も収まっていたが、東のほうからまだゴロゴロという音が聞こえていた。ジェントリーは、レインコートのフードを野球帽の上からかぶり、車をおりた。

　店にはいるとすぐに、水がしたたるフードはおろしたが、野球帽は目深にかぶったままだった。見なくても監視カメラの向きはわかっていたが、もう一台の壊れたカメラが直されていないことをすばやくたしかめた。

　カメラは前とおなじように、分解されかけて、ぶらさがっていた。ジェントリーは、冷蔵品の棚へ行きかけた。

　ジェントリーがわずか二歩進んだところで、ラションドラが声をかけた。「ハニー、この店にはこんな雨のときに買いにくる値打ちがあるようなものは、なにもないよ」

「ああ」ジェントリーはいった。乳製品のほうへ行って、一パイント（約〇・四七リットル）の紙パックの牛乳を選んだ。

「もう常連さんだね。三晩つづけてきたから」

「そうだな」

「菜っ葉と酢は体によかったっていうために寄ってくれたんだよね。ちがう？」

「そのとおり」ジェントリーはそういってから、つけくわえた。「ほんとうに効いた」じつはまだ缶をあけてもいなかったが、ラションドラは親切だし、いい気分になってもらいたかった。それに、そういったほうが、すんなり買い物ができそうだった。

　ラションドラが、うれしそうに甲高《かんだか》い声を出した。「だからそういったんだ」

「たしかに」ジェントリーは、パンの低い棚の上からちらりと見て、薄く笑った。

「また買う？」

そのつもりはなかった。「そうしよう」

ジェントリーは、薬物の缶詰を二缶持ち、向きを変えかけたところで、もう一缶取って、レジにひきかえした。部屋の小さなキチネットには、流しの上にむき出しの棚が一枚あるだけだ。カブの葉の缶詰がそこの半分を占めることになる。

白パン一斤と、ラーメン数袋も取って、店の正面を向いた。

レジでは顔を左に向けて、カメラに写らないようにした。おなじみになった、新聞のラックを見おろす演技をくりかえした。

ラションドラが買い物をスキャナーにかけながら、おしゃべりをつづけた。どうやらそれがお気に入りの話題らしい。「体にいいんだよ。気分がよくなるし。ほら、あんたもきのうよりずっと元気そうじゃないの」

「すこし気分がよくなった」ジェントリーは答えた。

左でドアがあく音がして、ダークグレイのフーディーの上に厚手の黒いジャケットをはおった小柄な男がはいってきた。ジェントリーは二分の一秒男を見て、かなり若いので工作員や警官ではないと判断した。ヒスパニックで、二十歳くらいのようだった。そばを通るとき、ちらりとも目をあげなかった。

男がジェントリーのうしろを通って、狭い店の奥へ行くとき、「ヘイ、ベイビー」とラションドラが呼びかけた。

ヒスパニックの若者は、答えなかった。

ジェントリーは、ラションドラが食料品を袋に入れるあいだに、小銭をポケットにしまった。男が答えなかったのをジェントリーが怪しんでいるとでも思ったのか、ラションドラが、小声でジェントリーにいった。「このあたりは英語がしゃべれないひとが多いの」

ジェントリーはほかのことに注意が向いていた。ヒスパニックは店の奥へ行ってしまい、べつのふたりがドアを通ってきた。男と女。ふたりともアフリカ系アメリカ人で、二十代後半だった。スポーツで体を鍛えている感じだったので、隠密捜査員かＦＢＩの監視要員のようにも見えたが、考えすぎだとわかっていた。ジムに行くのが好きな一般市民かもしれないのだ。

ふたりのうしろで、葡萄《えび》茶色のシボレー・モンテカルロがはいってきて、ガソリンのポンプのそばでとまった。

「こんな雨のなか、なにしてんのよ？」ラションドラがそのカップルに声をかけた。知り合いに対するような態度だったが、初対面でもラションドラはジェントリーにそういういいかたをしたから、男女連れに対する疑いは解けなかった。

しかし、女のほうがラションドラの名前をいい、それがいかにも親しげだったので、ジェントリーは安心した。

ラションドラが、ジェントリーに買い物のはいったレジ袋を渡した。「おうちに帰って、気分よくするのよ。いいわね？」

「そうする」ジェントリーは、淡い笑みを浮かべていった。

ドアに向かいかけたとき、モンテカルロから男ふたりがおりて、店に近づいてくるのが目にはいった。

きのうとおとといの晩、このスーパーにはひとりも客がいなかったが、こんなに晩《おそ》くなってから客が来る。午前零時過ぎで、暴風雨のさなかなのに、〈イージー・マーケット〉はグランドセントラル駅なみに混み合ってきた。

ジェントリーは、男ふたりのためにドアを押さえてやった。ふたりとも十八、九か二十代のはじめだった。さきほどはいってきた男とおなじくらいだ。

前の若者は白人で、黒いニット・キャップをかぶり、黒いジャケットを着ていた。礼の代わりに、ジェントリーにうなずいてみせた。

いっぽう、ふたり目は、探るような目で、さかんに瞬《まばた》きをしながらジェントリーを見た。ヒスパニックで、顎に力がこもり、なにもいわずに通り過ぎた。

この男はどこか変だと、ジェントリーはたちどころに察した。

新手の客ふたりがスーパーにはいると、ジェントリーはドアを押さえて一瞬そこに立っていたが、やがてまた店内にはいって、マガジンラックに二歩近づいた。《カー&ドライバー》を取ったが、見てはいなかった。周囲に注意を払いつづけていた。

最後にはいってきた男のようすがよくない。

どう考えてもよくない。

くそ、ジェントリーは思った。こういうのは願い下げだ。

ジェントリーは、襲撃前の兆候の見分けかたに長《た》けていた。ドアを最後に通った男に、その現象の明らかな例が見られた。それに、神経をぴりぴりさせていたその男の相棒からは、ふつうでないようすはなにも感じ取れなかったが、ふたりが組んでいるのは明らかだった。

ジェントリーは、最初に店にはいってきたヒスパニックの若者のほうをちらりと見て、おなじ車には乗っていなかったが、二人組の仲間かもしれないと思った。グレイのフーディーを着たその若者は、ジェントリーがいる場所とは正反対に当たる奥の隅にいた。だが、買い物はしていなかった。そこに立って店全体を見渡し、棚ごしにあちこちに顔を向けていた。

あたりに目を配っている。それも襲撃前の兆候だった。ろくでなし三人はチームだし、追っ手ではないとわかった。ちがう。こいつらはこのスーパーで強盗を働こうとしている。〈イージー・マーケット〉の店内にいる悪党どもの数は把握したが、運転手もしくは見張りか、その両方を兼ねたひとりが、駐車場にいる可能性が濃厚だと、ジェントリーは思った。モンテカルロのほうをちょっと見たが、リアウィンドウにスモークが貼ってあって、だれかが乗っているのかどうかは見えなかった。雨が降り注いでいる駐車場にも、動きは見えなかった。

ジェントリーは、また雑誌の上から視線を走らせた。ラションドラというアフリカ系アメリカ人の肥ったレジ係は、周囲の出来事にまったく気づいていないようだった。黒人のカップルとずっとおしゃべりをしていたが、カップルは奥の隅にいるグレイのフーディーの男に近い冷蔵ケースからソフトドリンクを出すために、離れていった。ラションドラは、不自由ではないほうの目を小さなテレビに戻した。二人組は、棚のエナジー・ドリンクの小瓶を見るふりをして、カウンターの前に立っていた。ラションドラがなにげなく、まだ雨は降っているのかときいた。ただ話がしたかっただけだ。肩ごしにちらりと見れば、ガラスの向こうの雨が否応なしに目にはいる。

「ああ」白人の若者がつぶやいた。ヒスパニックの若者のほうは、顎を針金で縛られていて、ボルトカッターがないと口がきけそうにないように見えた。ジェントリーが注意を向けていると、その男が右脚をすこしうしろに引き、カウンターに対して半身になった。

ブレイディングと呼ばれる、腰に差している銃を抜くための動きであることを、ジェントリーは知っていた。

くそ。

ジェントリーは、いまにもはじまろうとしている出来事を未然に防ぐ手立てはないかと、必死に考えた。強盗三人が犯行に及ぶ前に威嚇《いかく》して追い払う方法を思いつこうとしたが、レジにこれ以上近づけばカメラに顔を写されるだろうし、叫べば注意を惹《ひ》いて、三人の銃はまずこちらを掃射するにちがいない。

いまここで自分の銃を抜くほかに、手立てはなさそうだった。

いや、もうひとつある。向きを変えてガラスのドアから出ればいい。強奪がはじまる前に、車に戻れる。

それが唯一の安全な手段で、そうすれば無傷でこれを切り抜けられる。

だが、ジェントリーはそこを動かなかった。

男たちをさっと見て、だれがいちばん早く引き金を引きそうか見抜こうとした。

意志を見極めろ——腕前を見極めろ。

三人の若者のうちひとりでも銃を抜いたら、三人とも死んでもらう。ジェントリーはそう考えていた。武器を捨てて命乞いをするまで、ぐずぐず待っているつもりはない。

そうだ。これがはじまったら、目の前の脅威はすべて殺す。ジェントリーは決意していた。

騒々しく、むごたらしく。

ラションドラをもう一度ちらりと盗み見て、レジの引き出しをあけ、有り金残らず目の前の男たちに渡せと、心のなかで伝えようとした——暴力的な事態になる前に渡しちまえ。

だが、男たちが買い物をするふりをしているあいだ、ラションドラはテレビを見ているばかりだった。

アフリカ系アメリカ人のカップルが、炭酸飲料の六本入りパックをそれぞれ持って、冷蔵ケースの前に立っていた。男のほうがポテトチップをひと袋取った。ふたりが向きを変えて、通路をレジのカウンターに向かいかけたとき、奥の隅にいたグレイのフーディーの男が、足早にうしろから近づいた。店の奥とのあいだに棚があるので、男が銃を抜いたかどうかは見えなかったが、カップルの女がぎょっとして悲鳴をあげたので、異変が起きたことは明らかだった。

レジのカウンターでも叫び声があがり、激しい動きがあった。レジの前にいたふたりが、ニット・キャップを引きおろし、たちまちそれが目出し帽だったとわかった。ふたりともクロームめっきのセミオートマティック・ピストルをジャケットから出した。カウンターごしに突き出された銃が、唖然《あぜん》としているラションドラの顔に近づけられた。奥の三人目は、黒いジャケットの下で肩から吊るしていたピストル・グリップのショットガンの先台を前後させて、薬室に弾薬を送り込み、高く構えた。冷蔵ケースの前からカップルをどかして、店の正面のほうへ押しやった。男が自分の前でカップルを床に伏せさせた。カップルはジェントリーが立っている通路の奥で、両手を頭に載せてうずくまった。

グレイのフーディーの男は、一二ゲージのショットガンを、一五メートル離れたジェントリーに向けた。

「床に伏せろ！」ヒスパニックのなまりが強い声で、男がわめいた。

ジェントリーは、男と正対して、両手をあげた。だが、伏せなかった。

「床に伏せろ！」男がまた叫んだ。

カウンターの先でリノリウムの床に伏せていた女が、恐怖のあまりひいひい泣いた。恋人の男が片腕を女の上に置いてかばい、押さえつけた。そうしないと、女のパニックが全身に伝わって、駆け出しかねなかったからだ。

カウンターの前のふたりは、ラションドラに拳銃を突きつけていた。ラションドラは右目でふたりを睨《にら》みつけていたが、両手はレジの引き出しの前に置いていた。

「伏せろ！」グレイのフーディーの男がジェントリーにまたどなり、カウンターの前のふたりが、ドアのそばの従順ではない男のほうにいっせいに顔を向けた。

白人がいった。「ヒーローになるんじゃねえよ！　さっさと伏せろ！」

ジェントリーは答えなかった。かなりのろのろと、体を低くした。ひざまずきながら、両手はずっと肩の高さにあげていた。

ショットガンを持ったグレイのフーディーの男は、向かいの白人が命令に従いはじめたので、見るからにほっとしていた。

だが、その自信は的はずれだった。ジェントリーは、みずからの意思で差し迫っている危険に背を向けたことは、一度もない。いまさらDCのスーパーの汚い床に顔をくっつけて伏せるわけがなかった。

ひざまずいてはいたが、ジェントリーは三人から目を離さなかった。伏せるのを拒んだために殺すような気配を見せたら、腰のスミス&ウェッソンの出番になる。

ジェントリーは低くしゃがんだときに、ショットガンから一瞬視線をはずし、左の動きに目を向けた。驚いたことにラションドラが、注意がよそに向いている隙に、アルミの野球バットを出していた。それがカウンターの上で高くふりあげられた。

おい、やめろ。

ジェントリーが先にバットを見たのは、三人ともまだジェントリーに目を向けていたからだった。だが、一秒とたたないうちに、三人のうちひとりがレジ係のやっていることに気づくにちがいない。ラションドラがひとりの頭をかち割ったとしても、その勇敢な行為のために殺されてしまうだろう。

ジェントリーは、左手を前にのばして体を支えているようなふりをして、まだしゃがんでいた。三人に見えるようにその手からレジ袋を落とすと同時に、前をあけたジャケットの内側に右手をさっとのばし、スミス&ウェッソンのグリップを握って、ウェストバンドから引き抜いた。

それと同時に、股をすこしひらいて、両膝をゆるめ、膝射《しつしゃ》の姿勢になった。拳銃を正面で持ちあげ、体を低くした。

ショットガンの銃声が轟《とどろ》き、スーパーの通路に煙と炎が吐き出されて、腹這《はらば》いになっていたカップルの背中の上を通った。秒速三六六メートルで、熱した鉛玉が店内にばらまかれた。一ヤード（九四センチ）飛ぶごとに一三ミリひろがる絞り《チョーク》になっていたので、鹿撃ち弾《バックショット》がジェントリーの位置に達して頭の上を飛び過ぎたときには、大きなピザくらいの円形にひろがっていた。そのあと、鉛玉はジェントリーのうしろでガラス戸をぶち破った。

グレイのフーディーのショットガンは、先台を前後させてつぎの一発を送り込まないと撃てないとわかっていたので、ジェントリーは拳銃を持ったふたりに照準を合わせた。ドアの前で膝をついているレインコート姿の男に狙いをつけようとして、ふたりが銃を持った腕をまわした。

ラションドラがひとりの肩をアルミのバットで殴りつけると同時に、ジェントリーは間をおかずに二発放った。男ふたりのそれぞれの上半身を、左から右へ、一発ずつ撃った。つづいて、さらに右に銃口を動かし、グレイのフーディーの男につぎの一発を撃ち込んだ。反動で拳銃が持ちあがると、そのまま弧を描いてカウンターのほうに戻し、二発放った。ひとり目は右のこめかみを、もうひとりは喉のどまんなかを撃ち抜かれた。

ジェントリーは、九ミリ・ホローポイント弾を心臓にくらって、スーパーの倉庫にうしろ向きに倒れ込みかけているグレイのフーディーの男に狙いを戻した。

こんどはみぞおちの上を撃ち、男は仰向《あおむ》けに倒れた。

三人の男は倒れて動かなくなったが、スミス&ウェッソンの空薬莢《からやっきょう》六本はまだ動いていて、飛んだり、転がったり、リノリウムの床でまわったり、跳ねたりしていた。数秒のあいだ、真鍮《しんちゅう》の空薬莢がたてるチンという音だけが、店内で聞こえていた。やがて空薬莢の動きがとまって音が消えると、レジの持ち場をしっかりと護ったラションドラの低いお祈りが、それに取って代わった。まるでナショナル・パークのバッターボックスに立っているみたいに、バットをまだ高くかざしていた。

床に伏せてパニックを起こしている女のすすり泣きがしだいに大きくなり、それがラションドラの唱えているお祈りに溶け込んでいった。

ジェントリーは耳鳴りがしていた。伏せていたカップルがゆっくりと起きあがった。女はあられもなく泣きながら祈り、男は女をなぐさめようとしていた。ラションドラはバットをおろし、ドアのそばの銃を持った男をじっと見ていた。血と脳と骨のかけらが、ラションドラのそばの棚からしたたっていた。

そして、ジェントリーはただそこに立ち、その光景をすべて意識に焼きつけていた。

騒々しく、むごたらしい。

ジェントリーは、ひとことも漏らさずに向きを変え、砕けたガラス戸を通った。銃を高く構え、上と下、近くと遠くに視線を動かして、通りの暗がりやほかの建物のあいだに向け、きびきびと脅威を探した。

葡萄茶《えび》色のモンテカルロが、ガソリン・ポンプのそばからタイヤを鳴らして走り去った。

ジェントリーはそれを見送り、自分の車に向かった。

38

アンディ・ショールとキャサリン・キングは、傘で小雨をしのぎ、ロードアイランド・アヴェニューの〈イージー・マーケット〉の前の歩道に立っていた。駐車場と店が警察のテープで封鎖され、アンディもうまうまと通り抜けることができなかったが、それでも《ワシントン・ポスト》の記者ふたりには、遠くから多少はようすがわかった。

夜が明けるかどうかという時刻だったが、二十数メートル離れていても、スーパーの店内の明かりで床の死体二体が見えた。二体ともレジの前で仰向けに倒れ、ひとりの脚がもうひとりの胴体に載っていた。ガラスの出入口が砕け、カウンターのまわりに血痕がくっきりと見えた。眼鏡をかけているキャサリンよりも目がいいアンディが、店の奥の倉庫に半分はいっているべつの死体の足が見えるといった。

ラウク捜査員がいて、三人が死んでいることを認めた。三人とも若い男で、いずれも武器を持っていた。三人が武装強盗を働いている最中に、一般市民の男が銃を抜き、三人を撃ち殺した。その男のだいたいの特徴を、ラウクはアンディに教えた。

三十代、白人、髯《ひげ》を剃《そ》っていて、なんの特徴もない。

アンディは、期待する口調でいった。「ブランディワイン・ストリートの犯人に似ているじゃないか。リーランド・バビット殺しの犯人とも」

だが、ラウクはそれに乗らなかった。犯罪現場をさんざん見てきただけではなく、派手な記事になるような話をでっちあげる記者もさんざん見てきたので、アンディの仮説に冷水を浴びせた。「ワシントンDCの首都圏には、似ている人間が何万人もいるだろうな。あんたが識別できるように、護送車にたんまり乗せてこようか？」

アンディが、降参して両手をあげた。「ご説ごもっとも。でも、腕前はどうかな？　こんなことができる市民が何万人もいるかな？」

「どういう意味だ？」

「ブランディワイン・ストリートであんたは、犯人は腕が立つというようなことをいった。この現場の第一印象は？」

ラウクはいいよどんだ。ようやく口をひらいた。「監視カメラの映像を見た。みごとなものだった」

アンディは目を瞠《みは》った。「あんたの管轄で銃を使ったやつのことを、みごとだというのか？」

「それを新聞に書いたら、おまえのケツを蹴とばしてやる。冗談じゃないぞ。許さないからな。おれはただ、犯人はすばやく、自信たっぷりで、あざやかだったといっているだけだ。ここだけの話だが……武器を持ったろくでなし四人が建物にはいっていって、生きて出てきたのがひとりだったわけだろう。そんなのは、このあたりでは犯罪じゃない。進歩っていうんだ」

「画像を見せてもらえませんか？」

「証拠なんだ、アンディ。待ってもらうしかない」

キャサリン・キングは、アンディが警官を相手に魔法の手管を使えるように、会話には割り込まずにいた。だが、鑑識の作業の進みぐあいをたしかめるために、ラウクが〈イージー・マーケット〉にはいってゆくと、キャサリンはアンディのそばへ行った。「どう思う？ほかの事件とおなじ男かしら？」

アンディはうなずいた。「その可能性が高そうだけど、どうしてCIAが来ていないのか、わからない」

キャサリンはその答を知っていた。「わたしたちのせいで、来られなくなったのよ。もうじかに犯罪現場を調べることはしないでしょう」

アンディがうなずいた。ふたりの記者はそれぞれの車に向かった。アンディがいった。

「ちょっと気になることがあるんですが」

「なに？」

「この高度の訓練を受けた殺人者は、前の銃撃事件でアーリアン・ブラザーフッドの売人をふたり殺したけど、あとは反撃をやめたから生かしておいた。そして、ここで武装強盗にたまたま出遭い、悪いやつらを殺した」

キャサリンは、アンディのいいたいことを察した。「善対悪ね」

アンディがいった。「そう。でも、バビット殺しはそれに当てはまらない。バビットが犯罪者で、ぼくたちがそれを知らないのか、それともことブランディワイン・ストリートの犯人は、バビットを殺していなかったのかもしれない」

キャサリンはいった。「あなたはこの事件をよく見抜いている。なにかをつかみかけているんだと思う」

「記事にできるほどですか？　つまり、被害者のちがいを書けますか？」

「いいえ。わたしなら、バビットのことはひとまず省いておくわ。ワシントン・ハイランズとこの事件にだけ触れて、共通点をいくつかあげてもいい。でも、バビットについてはまだ疑問がたくさんあるから、推測を述べるべきではないと思う」

アンディがいった。「ＣＩＡの関与について、ご自分の記事を書くんですね？」

キャサリンは首をふった。「ちがう。ふたりで書くのよ。信じて。記事になるようなことをつかんだら、あなたにもくわわってもらう。仕事も名誉もいっしょよ」

アンディがいった。「約束は何度も聞きましたが、いつそうなるんですか？」

ふたりは、キャサリンの車のそばまで来ていた。キャサリンが、ハンドバッグをまさぐってキイを出した。「朝食をおごるから、それから仕事に取りかかるというのはどう？」

ザック・ハイタワーは、四階のヴァイオレイター対策グループ戦術《T》作戦《O》センター《C》で、コンピュータのモニターの前に座っていた。鼻の下のコーヒー・カップから立ち昇る湯気と、早朝のせいで、目が曇っていた。ザックは一分前にCIAの若いアナリストにコーヒーを渡されて、TOCのモニターの前に座らされた――スーザン・ブルーアの指図で。

三十分前、ザックがマクリーン・ホテルの部屋でいびきをかいて眠っていると、スーザンから電話があり、DCでジェントリーが目撃された可能性があると知らされた。ザックがその情報を頭で処理する前に、迎えの車が行くので五分で用意するようにと、スーザンにいわれた。

ザックは頭をふって目を醒《さ》まし、オフィスではなく目撃した可能性がある現場に連れていってくれと頼んだ。だが、スーザンはザックを強行資産《ハード・アセット》として使ってはいないので、その要求に理解を示さなかった。却下され、動画を見て確実に識別してもらう必要があるとスーザンはいった。そして、分析についての考えを教えてほしい、と。

ザックはぶつぶついったが、同意し、そしていま、ここで黒い画面の前に座っている。うしろにはスーザンが立っていた。

数秒間、なにも映らなかったので、ザックはコーヒーをひと口飲み、冗談をいった。「決定的とはいえないな」

「まだはじまっていない」スーザンが手厳しくいい返した。スーザン・ブルーアみたいな官僚ロボットには冗談が通じないことを、ザックは思い知らされた。

まもなく動画が再生されはじめた。スーパーの監視カメラの映像で、時刻表示を見て、三時間とたっていないことをザックは知った。

「これはどこだ？」

「ロードアイランド・アヴェニュー。ローガン・サークルの東」

黒い野球帽をかぶってレインコートを着た男が、店にはいったが、監視カメラは男の顔をさえぎるものなしに捉えてはいなかった。顎の先と帽子のつばだけが映っていた。店のなかを進んだ男が、カウンターの奥の女になにかをいい、奥へ行った。

べつのカメラがそこにいる男を捉えたが、最初の映像よりも見劣りがした。背中と、顎の一部が一瞬映っただけだった。

それでも、ザックはコーヒーを飲んで、きっぱりといった。「やつだ」

「どうして断言できるの？　顔が隠れているのに」

「なああんた、こいつがおれのチームの先手を切って走っているあいだ、おれは十年ばかりこいつのケツを眺めてきたんだ。やはり顔はほとんど隠れていた。信じろ。おれはやつの動きを知ってる」

スーザンは、納得していなかった。ザックが画面に集中できるように、黙っていた。グレイのフーディーを着たひとり目のヒスパニックの若者が、スーパーにはいった。すぐにアフリカ系アメリカ人のカップルがつづいた。野球帽の男はカウンターの前に立ち、レジ係が食料品をスキャナーにかけるあいだ、右上のカメラからかすかに顔をそらしていた。

雨が降り注ぐ表で、モンテカルロがとまった。男がふたりおりた。

ザックは、そういった光景を静かに眺めていた。口をゆがめて、ゆっくりと薄笑いを浮かべた。「おっと、たいへんな騒ぎになりそうだな」

「いいから見ていて」

ザックはいわれたとおりにした。若者三人の配置と、買い物をしているアフリカ系アメリカ人カップルのまわりの動きを見てとった。マガジンラックのそばに立つ野球帽の男は、向きを変えて店を出ればいいのに、店内を向いて身構えている。

グレイのフーディーの男がショットガンを出し、グレイマンに向けたとき、ザックはつぶやいた。「おまえの愚かな短い生涯で最後の過ちだ、こいつめ」

その後の数秒、ショットガン発砲にはじまって、ジェントリーが拳銃から六発を放つまでが、動画に記録されていた。カウンターの前の男ふたりが、床に飛び散った自分たちの血の池に倒れ込み、ショットガンを持ったグレイのフーディーの男は、カメラの視界の下に仰向《あおむ》けに吹っ飛んで見えなくなった。

ジェントリーが三人の死体を残してスーパーを出たあと、画面は停止した。

スーザンが、ザックの横でデスクに腰かけ、面と向かっていった。「印象は？」

ザックは、肩をすくめた。「寮のしきたり」

「寮のしきたり？　いったいなんのこと？」

「射撃の順序のことだ。寮では、全員が一杯目をよそう前に、二杯目をよそってはいけない。そういう規則だ。近接戦闘に長《た》けた最高のやつだけが、あんなふうに先に二巡撃てる。三人の上半身のどまんなかを撃って確実に殺《や》ってから、そいつらが床に倒れる前に、もう一巡撃つ」

スーザンは眉をひそめた。「タウンゼンドの護衛のひとりが、〈マクドナルド〉でジェントリーに拳銃を奪われたと報告している」iPadのメモを見た。「スミス&ウェッソン・モデルM&P。録画の画質が悪いから、男の使っている銃を動画で見分けるのはむずかしいけど、分析はおなじ銃ではありえないとしているのよ。スミス&ウェッソンには側面に安全装置のレバーがあるけど、ジェントリーは撃つ前に安全装置をはずしたようには見えないから。この分析をどう思う？」

「その分析はお粗末だと思うね」

スーザンが驚いた顔をした。話が聞こえるところにいたアナリストが、しかめ面で肩ごしに巨漢のザックを見た。

スーザンはきいた。「どうして？」

「ジェントリーは安全装置をはずす必要がなかった。すでにはずしてあったからだ」

「たしかなの？」

ザックは、馬鹿にするように鼻を鳴らした。「安全装置は臆病者と負け犬用にある。おれはそれを知ってる。ジェントリーも知ってる」画面のほうに顎をしゃくった。「もう一度見られるか？」

録画がもう一度再生された。ザックは、にやにや笑いながら、それを眺めた。

「そんなにおもしろいの？」スーザンが、冷ややかにきいた。

「プロとして尊敬するね。ジェントリーはあいかわらず腕が立つ。敵がかなり劣っているから、おれが見たなかで最高にあざやかな手並みだとはいえないがね。しかし、特務愚連隊《グーン・スクワッド》にいたころの速さと射撃の技倆《ぎりょう》を、いまも維持している」

「店から逃げ出すこともできたのに、どうしてそうしなかったのかしら？」

ザックが言葉を選ぶのに手間取ったので、スーザンは水を向けた。「当ててみましょうか。彼は自分のことを正義の味方だと思っている」

ザックは反論した。「やつは正義の味方なんだよ。おれたちがやつを付け狙ってるのは、命令があるからだ。おれたちはあんなふうに悪を打ち負かしはしない」

「だけど──」

「だけどもくそもない。あんたもおれも、くそったれの同類項さ。ジェントリーの好きなようにやらせておけば、やつは文句をいわないだろうし、この世もすこしはましになる」

「わたしがあなたなら、そんなことはデニー・カーマイケルの前ではいわないでしょうね」

ザックは肩をすくめた。「おれは仕事をするためにここにいる。仕事を好きになる必要はないし、コート・ジェントリーを憎む必要もない。命令がある。やつからエージェンシーを護る。あんたがやつを見つけるのを手伝う。そして、やらせてくれれば、おれがやつを殺す」

ザックは、スーザンにちょっとウィンクと笑みを向けた。「悪党になるのはいっこうにかまわない。そのほうがずっと楽しい」

39

街が目醒《めざ》めて一日がはじまると、通りの物音が表から地下に漏れてきたが、ジェントリーは狭いクロゼットの偽装たこ壺《つぼ》にじっと横たわっていた。あいた目で暗がりのあちこちを眺め、片手はそばの床のスミス&ウェッソンに置いていた。

けさジェントリーが眠れないのも不思議はなかった。右脇腹の痛み、ハンリーとの対決や、〈イージー・マーケット〉での極限状況での銃撃戦の影響がもたらす不安と焦燥《しょうそう》がすべて、ティンパニーの連打音みたいにジェントリーの精神を叩いていた。頭脳の分析的な部分は、起きたことをひとつ残らず何度もくりかえし評価したり、蒸し返したりするのをやめることができず、あげくの果てには混乱し、負荷が大きくなりすぎて、精神活動に支障をきたした。

さんざん悩み抜いた末に、銃撃戦が原因で居場所がばれる可能性を消去したのは、合理的な作業だったと、ようやく自分を説得することができた。とにかく、やるべきことをやった。隠れ家に帰る前に、車を始末した。車は必要なので、捨てたくはなかったが。フォード・エスコートは敵の目にさらされてしまったから、もう使えない。スーパーのカメラに写されていなかったとしても、銃撃事件後に警察は付近の交通監視カメラの映像を調べるはずだ。付近からグレイのフォード・エスコートが走り去ったことを、じきに突き止めるだろう。動画の記録時刻が犯罪現場からの移動時間と一致し、運転していた人間が事件に関係があるという、わかりきった結論が出る。

エスコートが最初に目撃された場所からガレージ倉庫まで、交通監視カメラの画像でたどるのは容易だとわかっていたので、ガレージ倉庫には行かなかった。ジェントリーは、ガレージ倉庫まで行ったら、車だけではなく隠れている地域までばれてしまう。ジェントリーは、制限速度を守り、赤信号ではきちんととまって、エスコートを東に走らせ、ハワード大学の端の暗い駐車場に入れた。華奢《きゃしゃ》なフェンスを乗り越え、反対側におりた。そこで住宅地を一ブロック、街灯に照らされずに移動できた。

通りに戻ったときには、帽子を換えて、レインコートは着ず、だぶだぶの茶色い防寒シャツを着て、バックパックを服の下で前に吊り、腹の出た男のように見せかけていた。

二十分後、ジェントリーは、仕事帰りか仕事に向かうレストランか工場の移民労働者たちといっしょに、バスに乗っていた。片手に鍵を、反対の手にバックパックを持って、夜明け前にアーサー・メイベリーの家の私設車道に歩いて戻った。地下の貸し間にはいる前に、煉《れん》瓦《が》造りの二階建ての窓を見あげ、二階から見おろしていた年配のアフリカ系アメリカ人に、挨拶《あいさつ》の代わりにうなずいてみせた。

メイベリーは、疑わしげに見ただけで、挨拶を返さなかった。

部屋にはいるとすぐに、ジェントリーは防御手段をセットし直し、ドアからは蔭になっているクロゼットにはいって、毛布に横たわり、バックパックを枕にした。べとべとの包帯を換える必要があったが、けさは自分で自分を看護する気分ではなかった。目が醒めたら消毒しようと思った。あと何時間かはそのままでもだいじょうぶだ。

すぐさま眠り込むだろうと思っていたが、それはあさはかな考えだった。意識と無意識の両方が注意を惹《ひ》こうとしたため、ジェントリーは気が休まらなかった。修練の賜物《たまもの》で、〈イージー・マーケット〉での戦いを意識から締め出した。それに代わって、場所や顔や略語や作戦が、思惟《しい》のいちばん前に漂ってきた。

点と点をつなぎ、パズルのピースをはめ込んで、形のあるものにしようとした。ハンリー、トラヴァーズ、バビット、AADP、トリエステ、カーマイケル、オールハウザー、ゴルフ・シエラ。

澄明《ちょうめい》な思考とおぼろな無感覚のはざまで、二時間ふらついていたが、午前九時には浅い居眠りがほんものの眠りに取って代わられた。それでも、ほんとうの休息にはならなかった。極度の窮状の重圧が、夢にまで忍び込んだ。デルタ・フォースのスナイパー、スーパーでの撃ち合い、どこにでもある交通監視カメラにあらゆる動きを追われることを考えた。だが、もっとも気にかかったのは、きわめて長いあいだ、寝ても醒めても意識に一度ものぼらなかった作戦のことだった。

六年前

　ヴァージニア州ノーフォークのキンケイド・アヴェニューにあるその商業ビルは、表からだとなんの害もなさそうに見えた。広くて屋根の低い赤煉瓦《れんが》の平屋だ。なんの変哲もない古い工場のような感じだった。空港から数ブロックのところにあり、通りの向かいは小規模な酒の蒸留所と木のパレットの工場だった。歩いていける距離にメキシコ料理のファストフード・レストランがあり、道路沿いの細長いショッピング・モールに、消費者金融とアジア風〝フット〟マッサージ店があった。

　赤煉瓦の建物の正面に、ＴＤＩインダストリアル・サプライヤーズという看板が立っていた。それだけでは、だれにもなにもわからないし、インダストリアル・サプライ業界の人間にも見当がつかないだろうが、合法的に見せかけるには看板が必要なので、立ててあったのだ。

　ＴＤＩを囲む高い鋼鉄のフェンスには螺旋《らせん》状のレザーワイヤーが取り付けてあったので、近所の口さがない連中は、なにか護らなければならないものがあるのだろうと察した。だが、そこがＣＩＡがさかんに活用している練度の高い対テロ・タスク・フォースの作戦センター兼チーム・ルームだとは、だれひとりとして想像もしていなかった。

　午前中ずっと大雪がつづき、キンケイド・アヴェニューはほとんど車が通っていなかった。ところが、白一色の景色から黒いＧＭＣユーコン一台が現われて、ＴＤＩの正面の警備員詰所の前でとまった。IDが示されたあと、ユーコンはそのまま短い私設車道《ドライヴウェイ》を進んで、看板のそばにとまり、三人の男が固く凍った雪の上におりた。建物の正面玄関へ行った三人は、金属製の庇《ひさし》の下に立ち、ウールのコートから雪を払い落としながらしばし待った。すぐにドアがビーッという音とともに解錠され、ひとりがドアを押しあけた。

三人はロビーで、地味なグレイの制服を着た警衛ふたりに、身分証明書を調べられた。吟味が終わると、廊下を進み、がらんとしたオフィスと両開きのドアを通って、軍用コンテナがぎっしりと置かれた倉庫にはいり、やがてキイカード・ロック付きのエレベーターの前に行った。ひとりが読み取り機にキイカードを当てると、ドアがあいた。

エレベーターが下降し、アナリストと通信担当のチームが勤務している地下一階と、地下倉庫と六レーンの地下射場がある地下二階を過ぎた。

地下三階でエレベーターがとまり、ドアがあくと、照明の明るい短い廊下に出た。そこでも警衛ふたりが待っていた。建物の正面の私設車道に車をとめた時点で、カメラが三人を捉え、それからずっと待機していたようだった。警衛は、胸にM4カービンを吊り、腰にはベレッタ・セミオートマティック・ピストルを装着していたが、愛想はよく、三人のうちのひとりを見憶えていて、まるで国家元首でも出迎えるような態度で接した。

「おはようございます、ハンリーさん」IDを確認した警衛がいった。

「おはよう」マット・ハンリーは、連れのふたりを紹介せず、警衛の名前もいわなかった。ただバッジを渡し、もうひとりの警衛が携帯金属探知機で調べるのを待っていた。ほどなく三人はドアを通された。奥は狭い部屋で、カメラが見おろし、またドアがあった。そのドアには、最新鋭の電子ロック機構が備わっていた。

ハンリーとあとのふたりは、うしろのドアが閉まるのを無言で待っていた。

電子ロック機構のドアの奥では、テニスコートほどの広さの快適なチーム・ルームのあちこちに、六人が散らばっていた。いっぽうの壁はプロジェクション・スクリーン・テレビに占められていた。擦《す》り切れた柔らかなセクショナル・ソファが、その前にバラバラに置いてあった。ベンチ付きのアルミのピクニック・テーブルが、キッチンのそばにならべられ、戦術装備や荷物を置いた高い棚が、左の壁から突き出していた。銃器、工具、銃器クリーニング用品がぎっしり置かれた作業台が三台連なり、奥の壁ぎわの半分を占めていた。ガンオイル、汗、スパイスの効いたタコソースのにおいが、チーム・ルームに充満していた。

外にいるグレイの制服の警衛とはちがい、そこにいた六人は、まったく不揃いな取り合わせの私服だった。ふたりはビーチサンダルに半ズボン、ふたりはトレーニング・ウェア、あとのふたりはジーンズとスウェットシャツだった。ビーチサンダルをはいたひとりは、上半身裸で、濡れたタオルをターバンみたいに頭に巻き、サンバ歌手のカルメン・ミランダを思わせる滑稽《こっけい》な姿だった。

控室に通じる鋼鉄のドア近くにアルミのテーブルがあり、監視カメラの小さなモニターが何台も置いてあった。外界の映像がそれで見られるが、モニターのそばにいた男は、画面に目を向けていなかった。その男、キース・モーガンは、テーブルについて、スタンド付きの小さな鏡を覗き込み、コンタクトレンズのぐあいを直すのに余念がなかった。そのそばで、蠟紙《ろうがみ》に載ったビーン・ブリトーが、手をつけられないままで置いてあった。

　モーガンは壁に向かっていたにもかかわらず、部屋の全員に聞こえるような大声でいった。「モガディシュの砂とくそだ。コンタクトレンズのせいじゃない。レンズは合ってる。目がこすられてるんだ」うめきながらコンタクトレンズをはずし、赤くなった目を鏡で見た。「冗談じゃねえ。あすの晩はRFKスタジアムにブルース・スプリングスティーンを見にいくのに」

　モーガンのうしろでは、テレビの前からひきずってきたセクショナル・ソファにポール・リンチが座り、膝にカンバスのバックパックを置いて、太い縫《ぬ》い針を手にしていた。バックパックのちぎれたストラップを直しているところだった。そこにいる男たちは、モーガンが目の悩みを実況説明しているのに、たいして注意を払っていなかったが、リンチが最後のほうを聞きつけた。目をあげずに、リンチがいった。「戦闘で負傷したんなら、ザックに頼んで、諜報殊勲十字章の叙勲リストに入れてもらえ。シャツに勲章をつけてライブに行って、どこかのクーガー（若い男とのセックスを好む三、四十代の若作りの女）にやらせてもらえ」縫い物を終えて、くすりと笑った。「クーガーは怪我した獲物が大好きだからな」

　テレビの前では、ディノ・レダスが膝の上でXボックスのコントローラーを握っていた。

目の前の大きな画面を見ながら、ボタンやレバーをがむしゃらに操作していた。必死でやっているにもかかわらず、銃撃戦ゲームの『メダル・オブ・オナー』はレダスの思いどおりには進んでいなかったので、うしろのやりとりに耳を傾け、リンチの言葉に笑った。「5《ファイヴ》、目に砂がはいったくらいでザックがおまえに勲章をやるとしたら、イスラマバードで撃たれたおれは、紙吹雪《ふぶき》付きのパレードをやってもらえるだろうな」

「砂じゃねえ！」モーガンがどなり返し、コンタクトレンズをまたはめた。何度か瞬《まばた》きをして、もう一度鏡を見た。すこししてから、モーガンはいった。「よし。やっぱり砂だったのかも。これでだいじょうぶだ」ブリトーに手をのばした。

ソファのレダスの隣で、リッチー・フェルプスが、噛《か》み煙草まじりの唾《つば》を〈ゲータレード〉のボトルに吐き出し、両膝に〈ACE〉の伸縮性包帯で固定した氷嚢《ひょうのう》のぐあいを直した。関節の腫《は》れがいちばんひどい場所を冷やせていると確信すると、頭のタオルをはずして、洗ったばかりの髪をふった。「チームのなかでいちばんひどくやられたのはおれだ。5《ファイヴ》が勲章をもらって、3《スリー》がパレードをやってもらえるんなら、おれはラングレーのバブル前におれのケツの大理石の像を建ててもらわなきゃならない」

部屋の向こう側でピクニック・テーブルに向かい、口にボールペンをくわえてノートパソコンのキイボードを叩いていたザック・ハイタワーが、うんざり顔で首をふり、口からボールペンを取った。「おまえらみたいに泣きごとばかりいう女々《めめ》しいやつらを指揮するのは、生まれてはじめてだよ。どうしてみんな6《シックス》みたいにしていられないんだ？　かすり傷ひとつひとつに愚痴《ぐち》をいうのはやめて、ちゃんと仕事をしろ」

ザックがチーム指揮官のシエラ1《ワン》であるのに対し、キース・モーガンは5《ファイヴ》——つまり五番手だったが、チームには上下の分け隔てがほとんどないので、平気で指揮官にいい返した。「ザック、6《シックス》がなんにも文句をいわないのは、危ないやつ《サイコ》だからだ」モーガンは目の悩みのことをすっかり忘れて、気を取り直し、ブリトーにかぶりついた。口いっぱいにほおばったままでいった。「そうだろ、6《シックス》？」

コート・ジェントリーは、奥の壁ぎわの作業台に向かって座り、拳銃のほうにかがみ込んで、オイルをしみこませたウェスで磨いていた。擦《す》り切れたブルージーンズ、出身校でもない大学のスウェットシャツ、まったく知らないチームのロゴがついた野球帽という格好だった。

目をあげずに、ジェントリーはすかさず答えた。「精神異常と認定」

チーム・ルームに静けさが戻った。聞こえるのは『メダル・オブ・オナー』の撃ち合いの音だけで、それぞれが自分のやっている作業に戻った。

特務愚連隊《グーン・スクワッド》にはめったにない、のんびりできる朝だった。分け隔てがないとはいえ、ザックはゴルフ・シエラ・タスク・フォースを厳しく統制していた。だが、この一週間、チームが耐えてきたさまざまな事柄に免じて、きょうは情けをかけていた。ザック・ハイタワー以下、タスク・フォースの六人はすべて、日曜日からずっとソマリアで、きわめて危険で殺伐とした作戦に携わっていた。前夜までに作業を終えて、CIAのガルフストリームに乗り、十四時間の飛行のあと、ノーフォークの空港に午前一時に到着した。降機するとすぐに装備をバンに積み、SUV一台に乗って、装備とともにTDIビルのチーム・ルームに戻った。また極限任務に召集された場合に備え、二時間かけて、武器装備のクリーニングと補充を行なった。それから簡易ベッドで数時間眠った。

いまは午前十一時過ぎだし、チームはまもなく仕事に駆り出されると、ザックにはわかっていた。だから、自分はモガディシュの戦闘後報告を書き、あとの五人が午前中をだらだらと過ごして無駄話をするのをほうっておいた。

キース・モーガンがランチのブリトーをかじりながら、前にあるモニターにちらりと目を向けた。そのときにはじめて、ドアの外の控室に三人が立っているのに気づいた。「お客さんだ」

チーム・ルームの六人は、それぞれホルスターから拳銃を抜いたり、手の届くところに置いてあったサブマシンガンをつかんだりした。ザックを除く五人は、座ったままだった。ザックがテーブルの前から立ち、モーガンのほうを向いた。

部屋の奥ではジェントリーが作業台からMP5を片手で取り、コッキングレバーを引いて溝にかけ、三十発入り弾倉をはめてから、コッキングレバーを溝からはずし、前進させた。座ったまま体をまわし、向かいのドアに狙いをつけた。

「だれだ？」ザックが、モーガンにきいた。

モーガンがモニターを数秒見てから、いかにもほっとした表情になった。「われらが怖れを知らない指揮官だ」

ザックが、モーガンをどなりつけた。

「怖れを知らない指揮官は、おれだ」

「ハンリーだよ。ほかにふたりいる」

「だれだ？」ザックはきいた。

「わからない」

「工作員か？」

モーガンが、首をふった。「ちがう。ふたりともラングレーのお偉方みたいだ」

ザックは、ドアに向かった。チームの工作担当官であるハンリーが、予告なしに客を連れてきたことに、驚いていた。

だが、大きな驚きではなかった。ハンリーはめったにここに来ないが、任務に成功したあとは、寄ることがある。モガディシュでの作戦は、なんといっても教科書どおりに片づいたのが取り柄だった。

ザックはいった。「ロックを解除しろ」ドアのほうに歩きながら、あちこちで座ったり寝そべったりしている部下を眺めた。五人がばらばらの服装をしているのにはじめて目を留めたかのように、溜息をついた。「姿勢を正せ。まるでホームレス向けの給食所みたいじゃないか」

ふたりが笑ったが、きびきびと気を付けの姿勢になって敬礼したレダスのほかは、だれも身動きしなかった。それは嫌がらせだったので、ザックは中指を立て、くそくらえという顔で睨《にら》んだ。

デスクのパネルのボタンをモーガンが押して、ドアの巨大なロックが解除された。

ディノ・レダスは、マット・ハンリーの声色《こわいろ》がけっこう上手だった。おおげさな口調で、すこし恩着せがましい。ドアがあく前に、ハンリーの声色でレダスが一同にいった。「モガディシュの仕事はみごとだったぞ、ゴルフ・シエラ！　ようこそお帰り！」

モーガンとフェルプスが、フンと鼻先で笑った。

ザックはドアをあけて、来客をゴルフ・シエラのねぐらに入れた。ハンリーが最初にドアを通って、ザックと握手をしてから、大声で全員にいった。「モガディシュではお手柄だったな、ゴルフ・シエラ！　お帰り！」

「ありがとうございます」ザックはいった。

ハンリーが伴っていた男ふたりは、黙って立っていた。ひとりは白髪頭で四十代、もうひとりは二十代で、黒い髪をうしろになでつけていた。ふたりとも厚手の〈バーバリー〉のコートを着ていた。

ハンリーがいった。「諸君、ジョーダン・メイズとデイヴィッド・ロイドを紹介する。本部から来た。SADから」

スーツ組のふたりが、片手をあげて挨拶《あいさつ》をした。チームの面々は慇懃《いんぎん》に会釈したが、ふたりに関心を抱いたふりすらしなかった。

ハンリー、ザック、スーツ組のふたりが、会議室へ行き、ドアが閉ざされた。

キース・モーガンが、チームの仲間に小声でいった。「ちくしょう。ハンリーはまたおれたちを使うつもりだ。おれにはわかる。あすの晩、RFKでザ・ボス（スプリングスティーンの愛称）を見るチケットがあるのに」

「おまえ、くどいぞ」リンチがいった。それからつけくわえた。「五十ドル賭けてもいい。アルカイダのナンバー3《スリー》をだれかが識別して、おれたちはパキスタンに向かうことになるのさ」

レダスはビデオゲームから目を離し、モーガンのほうを見ていた。「おい、5《ファイヴ》、スプリングスティーンはペシャワルでちっちゃなライブをやってくれるかもしれないぞ。そうしたら、作戦中に見られるさ」

モーガンは笑わなかった。「チケットに二百二十五ドル払ったんだ。冗談じゃねえよ！」

リッチー・フェルプスがいった。「なにが起こりかけてるにせよ、ハンリーがじきじきに来て、スーツ組を連れてくるんだから、でかいことだ」

レダスが正した。「ハンリーもスーツ組だ」

「ああ、いまはな。前は特殊部隊《SF》だった」

モーガンが、鼻を鳴らした。「ビッグ・マック二万個分前のことだぜ」

笑い声が湧きおこり、奥の作業台でジェントリーも薄笑いを浮かべたが、顔は銃からあげなかった。新しいグロック19を、やりすぎといってもいいくらい、入念に手入れしていた。クリーニングを終え、真っ暗闇でも光る放射性トリチウムのガスを微小なガラス容器に封入した大きな照星を取り付けていた。明るさがじゅうぶんではないところでも、銃身をあげてターゲットを狙うことができる。

ジェントリーの前のG《グロック》19はよく働いてくれたが、それで七万発も撃ったし、新世代の型にアップグレードする潮どきだった。照準器のネジの接着剤が乾いたらすぐに、上の射場でその新しい銃を試射するつもりだった。だが、ハンリーがタスク・フォースをどう使うつもりなのかを見届けるまで、チーム・ルームにいたほうがよさそうだった。

ザックとスーツ組が会議をはじめてから一時間たつと、チーム・ルームの工作員たちの憶測は、あらたな作戦のために再展開することになるだろうかという話題から、アメリカを離れる前にハンバーガーを食べてビールを飲む時間はあるだろうかという話題に変わっていた。会議が長いのは、任務があるからにほかならない。だから、不満や文句を口にしながら、五人は展開用バッグに荷物を詰め、武器移動用の装備を再点検しはじめた。

その一分後にドアがあき、四人が姿を現わした。ハンリーとザックが最初に出てきて、CIA本部のふたりがつづいた。ジェントリーは若い男の名前をすでに忘れていたが、ジョーダン・メイズのことを三十分前からリンチとフェルプスがずっとしゃべっていた。ジェントリーが小耳にはさんだところによると、メイズはデニー・カーマイケルSAD部長の直属の部下だった。ジェントリーは本部の政治には興味がなかった。長年エージェンシーの仕事をしているが、本部に行ったことは一度しかない。仕事人生の大部分を悪臭が漂う兵舎かこういうチーム・ルームで過ごし、そうでないときには捕手《バックストップ》付きの伝説《レジェンド》（「伝説」は「偽装」より長期的もしくは大がかりな下準備がなされ、精査に耐える身許欺瞞。「捕手」はそれを補うために用意された証明書や隠れ蓑など）を使って、他人になりすまし、現場に出ている。

工作員六人に三人が手をふり、モガディシュの作戦の成功にハンリーがもう一度、祝いの言葉を述べたあと、三人は出ていった。

ドアが三人のうしろで閉まるやいなや、ザックは向き直ってチームの五人のほうを見た。軍補助工作員五人は、手をとめて、強い視線でザックを見返した。どこへ行くのか、空港へ行くあいだにドライヴスルーでタコスを買えるだろうかと、考えていた。五人とも、席に座ってハンバーガーを食べられるとは、思っていなかったからだ。

ザックがいった。「シエラ６《シックス》。正面前に出ろ」ジェントリーは立ちあがって、進み出た。

「会議室」ザックが命じた。つぎの言葉を聞いて、あとの四人はびっくりした。「おまえら四人は運がいい。七十二時間のＲ＆Ｒ（保養慰労休暇）だ」

モーガンが、拳《こぶし》を宙に突きあげた。「そうこなくちゃ！　ザ・ボスに行けるぜ！」

ザックが会議室のドアをあけて、ジェントリーがはいるのを待ち、あとの四人にいった。

「忘れるな。月曜日〇六〇〇時に、車列を組んでモヨックの射撃ハウスへ行き、ＣＱＢ（近接戦闘）実戦機動演習をやる」

ジェントリーは、チーム・ルームのあとの四人を見まわし、まごついた顔をした。「おれだけですか、ザック？」

「そうだ。格別の気分だろう？」

「きょうはおれの幸運の日ですね」ジェントリーはそうつぶやいて、会議室にはいった。ザックが、口笛を吹きながらつづいてはいった。「若造、おまえはここの堕落したやつらとの付き合いが長すぎたな。徐々にだが、大きな口をたたくようになってきた」

「すみません、ボス」

会議室にはいると、ジェントリーとザックはテーブルに向かって腰をおろした。シエラ1《ワン》ことザックが、すぐさま本題にはいった。「今回はちょっとちがうぞ。単独作戦。ジェイムズ・ボンド張りだ。タキシードは無料支給。やれるな？」

ジェントリーは、ゆっくりとうなずいた。

ザックが、目の前の小さな手帳に視線を投げた。「タキシードは冗談だ。現地のふつうの服でいい」咳払いをして、メモをたしかめた。「それはともかく、エージェンシーに連携相手からの情報がはいった。イスラエルの潜入工作員がイラクのアルカイダの細胞に潜り込んでるんだが、その細胞がセルビア人ギャングからＡＫなどを手に入れ、バルカン半島で武器密輸をやってる。そいつらが近々《ちかぢか》、クロアチアとの国境に近いイタリアのトリエステにある隠れ家に集まる。

モサドの工作員にとってまずいことに、身許がばれてるんだが、本人はまったく気づいていない。パキスタンのアルカイダの集団が、イタリアでその細胞と会う予定だから、悲惨なことになるだろうな」

ジェントリーはいった。「イスラエルの工作員の身許がばれたのを、われわれは知っているが、モサドは知らない、ということですね？」

「そのとおり。いまもいったが、べつの同盟国が報せてきた。その国と連携してることを知られたくないから、イスラエルには教えられない」

ジェントリーはきいた。「その国とは？」

ザックが、ジェントリーに渋い顔を向けた。「おれたちが知らなきゃならないのなら、ハンリーが教えたはずだ」

「たしかに」

「とにかく、イタリアのこの作戦ではその工作員を作戦地域から逃がしてやることが肝心になる。そいつを消しても、アルカイダの二派が反目しないような企みがあるんだ。パキスタンのアルカイダの工作員は、イスラエルの工作員をイタリアで殺して、セルビア人に罪をなすりつける計画を立てている」

ジェントリーはいった。「そうなるのを、おれが食いとめなければならない」

「おまえは見た目よりも頭がいいな。とにかく一時間以内に、ダレス空港まで車で送らせる。民間の飛行機でミラノへ飛び、そこから列車でトリエステに行け」

ジェントリーは、メモをとらなかった。

「トリエステ港に着いたら、イラクのアルカイダを見つけて、イスラエルの資産を見分け、隠れ家まで尾行しろ。都合がよくなったらすぐに資産をそこから連れ出せ。身許がばれたことを教えて、鉄道駅に連れていけ。そのあとは、そのイスラエル人が自力でやるだろう。いいか、おまえがアメリカ人だというのを、イスラエルの資産に知られてはならない。そいつはヘブライ語とアラビア語しかできないし、おまえはどっちもできないから、あまり話は弾まないだろうな」

「でしょうね」

どうしてＣＩＡがイスラエルに電話をかけて、間抜けな資産を救い出すようにと教えないのか、ジェントリーにはまだ不思議でならなかった。それでも情報源をイスラエルに明かすことにはならないはずだ。だが、それは戦略だし、ジェントリーのような下っ端が考えることではなかった。

上層部の賢人には、もっともな考えがあるのだろうと、ジェントリーはいつものように得心した。

ザックがきいた。「質問は？」

「あたりまえの質問だけ。どうしておれが？　どうして単独で？」

「ハンリーの命令だが、ジョーダン・メイズの命令らしい。ということは、デニー・カーマイケルの考えたことだろう。おれの推測では、タスク・フォース全員で行けば、モサドにわれわれの存在を知られると心配してるんだろう。その資産が中東にいるあいだは、モサドが支援要員に監視させるだろう。おまえひとりが目立たないように潜入して脱出するほうが、動きが鈍重な特務愚連隊《グーン・スクワッド》に足をひっぱられず、ひとり軽快にすばやくやれると、ハンリーは考えてるんじゃないかな」

ジェントリーはただうなずいた。通常の作戦とはちがうが、それはどうでもいい。

「わかりました」

ザックがいった。「現地のエージェントの資産がトリエステの投函所に置いておくもの以外、装備はなしだ。サプレッサー付きの拳銃と、おまえが回収するイスラエルの資産の写真が用意される。おまえがややこしくしなければ単純な作戦だというのを忘れるな。おまえはどこかの阿呆を救い出し、そいつはだれが助けにきたのかもわからない。邪魔をするものがいれば始末してかまわない。最長七十二時間で帰ってこい」

ジェントリーは、熱をこめてうなずいた。「了解した、1《ワン》。そうするよ」

40

現在

ジョーダン・メイズは、国家秘密本部《NCS》本部長のオフィスに立ち、ワシントンDC中心部で起きた夜中のスーパー銃撃事件について、無表情なカーマイケルに説明していた。犯人は明らかにジェントリーだった。だれひとりとしてそれを疑っていなかった。事件の説明を聞いたカーマイケルは、ジェントリーはたまたま武装強盗が現われたところにいて、脅威をすべて撃ち殺すという、自分にわかっている唯一の手段を講じたのだろうと思った。

カーマイケルは、動画を見る必要は感じなかった。元工作員の戦闘能力は、よくわかっている。ジェントリーほどの技倆《ぎりょう》の人間が、訓練されていない悪党と戦ったのだから、バターをナイフで切るくらい簡単だっただろう。

メイズが〈イージー・マーケット〉の銃撃事件を順序よく説明し終えると、カーマイケルはきいた。「やつの逃走について、なにがわかっている?」

メイズがいった。「交通監視カメラの画像を見て、アナリストがやつのフォード・エスコートの行き先を突き止めました。カメラが修理中のところを通ったときだけ見失いましたが、けさハワード大学の駐車場で見つけました」

「車が発見されたところから徒歩で離れてゆく人間を、カメラは捉えたか？」

「いいえ」

「くそ」昨夜の事件もまた、ジェントリーをすぐに捕らえるきっかけにはならなかったと気づくと、カーマイケルはその影響に意識を切り替えた。「メディアはどう報じている？」

「地元警察がうまく封じ込めました。DCで起きたことなので、〝銃を持ったよきサマリア人〟などという描写は叩き潰されます。銃はどれもおなじように悪ですし、したがって銃を使った人間はすべて悪です。動画が外部に漏れないかぎり、ギャング対ギャングの武力抗争だと報道されるでしょう」

「よし」カーマイケルはいった。

「ひとつ問題があります。《ポスト》の例の記者が記事を書きました」

「キャサリン・キングか？」

「キングではありません。アンドルー・ショールです」

カーマイケルはきいた。「そいつはこれとほかの事件を結びつけようとしているのか？」

「四十五分前にインターネット版に記事を書きました。この事件をブランディワイン・ストリートの銃撃事件と結びつけていますが、バビットには触れていません。そっちのほうは、われわれに向けた弾丸はそれたようです」

「それているものか。キャサリン・キングが、なにかをたくらんでいる。せっせと取材しているにちがいない。元情報関係者から話を聞いて、われわれがこの街で多大な関心を寄せている相手がだれなのか、推測を引き出そうとしているはずだ」

メイズがいった。「対応にはふたつのやりかたがあります。なにも問題はないといって、キングを黙らせるか、あるいは――」

カーマイケルはさえぎった。「あるいは、キングがこの狩りについて情報を得ているとジェントリーに思わせるように、事実をある程度織り交ぜた作り話をキングに吹き込むか。そうすれば、かなりの確率で、ジェントリーはキングに接触しようとするはずだ。キングを餌に使い、チームを張り付けて、ジェントリーがキングにいい寄ったところを始末する」

ふたりの話し合いが進む前に、カーマイケルの秘書の声がインターコムから聞こえた。おろおろしているようだった。「本部長、ハンリー部長がここにいらして――」

カーマイケルのオフィスのドアが勢いよくあき、マット・ハンリーの巨体が、エンドゾーンに向けて突撃するランニングバックのように跳び込んできた。メイズには目もくれず、近づきながらカーマイケルを睨《にら》みつけた。

カーマイケルは、あくびをした。闖入者《ちんにゅうしゃ》には目もくれず、前の書類を見おろした。「ヴァイオレイター作戦に地上班の資産を提供するといいにきたのならべつだが、きょうはきみの相手をしている時間はない、マット」

ハンリーは、カーマイケルの前の椅子にどっかりと腰をおろした。「きのうの晩、おれのベッドのそばにだれが現われたか、あんたにはぜったいに当てられないだろうな」

カーマイケルが、老眼鏡をはずし、目をあげた。

ハンリーのうしろで、メイズがいった。「でたらめだ！　ありえない！　きみは複数のチームに監視されていた」

「ジェントリーは、そいつらのそばをすり抜けた。どこにいて、ライフルにどんな照準器を取り付けているかも、教えてくれたよ」

カーマイケルは、手にした書類をデスクにほうり出した。また絶好のチャンスを逃した。

「やつの狙いはなんだ？」

「トラヴァーズのときとおなじだ。答を探していた。コート・ジェントリーは、途方に暮れている哀れな男だ。どういう悪いことをしたのかを、だれかに教えてもらおうとしている。CIAはあいつの家族で、家族がどうしてもう愛してくれないのか、その理由を知りたがっている」ハンリーはつけくわえた。「やる気になれば、復讐のために百人を殺す技倆もある」

「やつにどういう話をした？」

「バックブラストのせいで、あんたがやつを殺したがっているといった」

「それだけか？」

「それしかおれは知らないんだよ。ちがうか、デニー？」

「オールハウザーのことはいったか？」

ハンリーは、すかさず答えた。「ひとこともいわなかった」

「嘘だ」

ハンリーは答えなかった。

カーマイケルが、怒声を発した。「嘘をついているな。とんでもない、マット！　きみはどっちの味方なんだ？」

「訓練された殺し屋が寝室にいて、銃でおれのきんたまを狙っているときには、おれはきっぱりときんたまの味方をする」

カーマイケルは、ハンリーを睨みつけた。ゆっくりとメイズのほうを向いた。「オールハウザーに見張りをつけろ」

「いまは民間人ですよ」

「かまわん。契約している護衛をつけろ。あまり近づきすぎないようにして、ヴァイオレイターが現われたときには目標発見《コンタクト》を報告できる距離にいさせるんだ」カーマイケルは、ハンリーに目を戻した。「ジェントリーは嘘をついている。自分がなにをやったか、承知している」

ハンリーは首をふった。目に激しい怒りが宿っていた。「知らないことははっきりしていた。やつはこれを終わらせたいだけだ」

カーマイケルが、馬鹿にするように鼻を鳴らした。「やつが口に銃口を突っ込んで引き金を引けば、終わらせることができる」

ハンリーは、椅子から立ちあがった。「昨夜のおれたちの話し合いからして、あんたの都合に合わせて自決してくれるとは思えないね」

「どうでもいい。われわれは遅かれ早かれやつを捕らえる。もうアメリカ本土でやつは六人も殺した」

ハンリーは、カーマイケルの顔を長いあいだ眺めていた。やがてこういった。「しかも、やつはまだはじめたばかりだ」

ハンリーはカーマイケルに背を向けて、ジョーダン・メイズを押しのけ、オフィスを出ていった。

ジェントリーの地下の部屋に、小さな窓から陽が射し、明るく細い光芒《こうぼう》がどす黒い傷口を照らした。ジェントリーは傷口をちょっと見て、指でつつき、押して、見た目はひどいがきのうよりは悪くなっていないと、ようやく判断した。

午前十時をすこしまわっていた。目を醒《さ》ましてから数分しかたっていなかったが、すでに包帯を換えながらインスタント・コーヒーを飲んでいた。ベッドに腰かけて、右の肩ごしにCNNの午前のニュースを見ていた。ほとんど音だけを聞いていた。シリアでのIS（イスラミック・ステート）と政府軍との最新の戦闘について報じられたときだけ、首をまわしてちらりと見た。政治や国際外交には、あまり興味がなかったし、たいがいの場合、戦争は好きではなかったが、この戦争は支持してもよかった。紛争の当事者——独裁政権と暴力革命的な聖戦主義者《ジハーディ》――が殺し合うのは、願ってもないことだったからだ。

ニュースがコマーシャルに変わった。半分くらい聞いたところで、またCNNのアンカーが話しはじめた。

「つぎのニュースをお伝えします。シリアで行なわれている暴力行為から、わが国の衝撃的な暴力事件に移ります。おとといの夜、インテリジェンス・コミュニティとつながりのあるワシントンDCの企業家が大胆な手口で殺された事件に関し、暗殺者が首都をいまだに徘徊《はいかい》しているのではないかと、多くの人びとが考えています。

けさは、マイアミからは元FBIテロ対策部長でCNNコメンテーターのグレグ・マイケルソンさん、ワシントンDCからは元CIA首席法律顧問でCNNコメンテーターのマクスウェル・オールハウザーさんのお話をうかがいます。まず、グレグ、あなたからお願いします」

ジェントリーは、さっとテレビのほうを向き、〈ACE〉の伸縮性包帯を床に落とした。包帯のロールが、狭い部屋で転がってひろがった。

灰色の髪の日焼けした男が、アンカーとはべつの画面で、カメラにいかめしい表情を向けた。アンカーがいった。「グレグ、おとといの夜、ワシントンDCで民間警備会社の経営者リーランド・バビットが殺された事件は、首都中央部《ベルトウェイ》を震撼《しんかん》させました。あなたの情報源は、犯人について、これまでのところどのようなことを述べていますか？」

ジェントリーは、傷のことも忘れていた。じっと座り、いわゆる専門家の元FBI幹部が、もったいぶった口調で意見をいい終えるのを待った。冷酷な殺し屋は全国指名手配されているが、いまごろは中東のどこかにある根城に帰っているか、あるいは市内の薄汚い隠れ家にいて、包囲網がゆるむのを待っているだろうと、元FBI幹部は述べた。

ジェントリーは、コーヒーを飲みながらテレビを見て、この元FBI幹部は暗殺者の諜報《トレード》技術《クラフト》もろくに知らないのに、どうやって専門家になれたのだろうと思った。

画面が、赤い蝶ネクタイを締めている丸顔で黒い髪の肥った男に切り替わった。画像の下のキャプションに、マクスウェル・R・オールハウザー、元CIA首席法律顧問とあった。

「さて、マックス、あなたはCIAにおられたから、スパイの仕事がどれほど危険かご存じでしょう。しかし、このアメリカ本土では、それほど危険ではないのではありませんか?」

「ドン、あなたのいうとおりですよ。おとといの晩にメリーランドで起きたような暴力事件は、やたらにあるようなことではありません」

「クソ野郎」ジェントリーはつぶやいた。テレビ出演している男は、ジェントリーを殺す制裁に関わった数人のうちのひとりなのだ。それがいま、大物ぶった尊大な名士として、CIAについて世間に得々《とくとく》と話をしている。

キャプションからジェントリーは、オールハウザーがいまはCIA局員ではないことを知った。ベッドに置いてあったタブレットを取り、オールハウザーの名前をグーグルで検索した。マクスウェル・リード・オールハウザーが現在、ワシントンDCで民間の弁護士として開業していて、事務所がKストリートにあることが、たちどころにわかった。ツイッターのアカウントへのリンクがあったので、ジェントリーはそれをクリックした。オールハウザーの最新のツイートに、けさはワシントンDCでFOXとCNNに出演し、そのあとは大学時代の親友と〈オールド・エビット・グリル〉でランチに牡蠣《かき》を食べるのを楽しみにしていると書いてあった。

これはありがたい、とジェントリーは思った。

そのレストランの名前をグーグルで検索し、地図を呼び出した。ホワイトハウスのすぐそばにあり、オールハウザーのKストリートの事務所から歩いていける。ありがたいことに、ランチ相手のツイッター・アカウントのリンクまであったので、その男を調べて、脅威になりうるかどうかをたしかめることができた。

マックス・オールハウザーをニュースで見てから九十秒後に、ジェントリーはこの獲物を見つけて捉えるのにありあまるほどの情報を得た。タブレットから顔をあげたときには、驚きが顔に浮かんでいた。これまでの仕事では、ひとつのターゲットを狩るのに何カ月もかけて居所を突き止めなければならないことが多かった。狩りをはじめてから数日、いや数週間以内に、ターゲットが訪れる場所を精確に探り出せたことは、めったになかった。オールハウザーがあまりにも都合よく日程を明らかにしていたので、罠だろうかとジェントリーは思った。だが、その後、十分ほどツイッターを見て、この五十五歳の弁護士がSNSでかなりの有名人になっていることがわかった。そして、オールハウザーは、ツイッターのフォロワーたちに毎日の平凡な活動のほとんどを公開していた。

ジェントリーは、テレビで時間を見た。午前十時をすこし過ぎたところだったので、あらたなターゲットを一時までに監視するためには、もう動きださなければならないと知った。レストランには地下鉄を使えば十数分で行けるが、そこへじかに行くことはできない。

まず買い物をする必要がある。

41

マックス・オールハウザーは、三杯目のマティーニの残りを飲み干し、テーブルの向かいのフランス人が本気でとめようとしていたにもかかわらず、伝票を持ってくるよう頼んだ。近くのテーブルにいた客からは、どちらが勘定を払うかで揉《も》めているように見えたが、じつはまったくちがっていた。フランス人は勘定を払いたいわけではなかった。そうではなく、もっと飲んでいたかったのだ。

オールハウザーと向き合って座っていた赤ら顔のフランス人は、パリから来た外交官で、今週、DCのショアハム・ホテルでひらかれる核軍縮会議に出席する予定だった。それぞれが裕福な親を持つ反抗的なティーンエイジャーだった一九七〇年代末、ふたりはスイスの寄宿学校で同窓だった。ふたりとも官職を退いて、この十年か二十年は、安い給料で連邦政府に勤務していたあいだに育《はぐく》んだ情報と人脈をおおいに利用し、仕事人生でおおいに稼いできた。

ふたりを比べれば、オールハウザーのほうがはるかに成功していた。なにしろ弁護士なのだ――CIAに二十数年勤務しなくても、金を稼ぐことができただろう――しかし、その麗々しい履歴があるおかげで、アメリカの大手国際企業数社をクライアントにしていた。企業の法律戦略に応じて、クライアントのために訴訟を起こしたり、ロビー活動をしたりするのが、日常の業務だった。

フランス人もまずまず成功してはいたが、外務省に勤務し、カナダ大使をつとめたという経歴で、いまは企業の取締役をつとめ、大学で講演をしている。講演の報酬はけっこうな額だが、オールハウザーの稼ぎにはおよぶべくもない。なにしろオールハウザーは、毎日のように下院外交委員会に属する下院議員とランチをともにし、クライアントの利益になるような国際条約を売り込んでいる。

もう午後二時十五分だった。オールハウザーとフランス人は、〈オールド・エビット・グリル〉のもっとも新鮮なコップス・アイランド産の牡蠣《かき》を二十四個も食べて、フライパンで焼いた子牛のレバー二人前を注文し、食前、食中、食後にマティーニをさんざん飲んだ。フランス人のほうがオールハウザーよりもずっと酒が強かった。十六歳のころ、モントルーの寄宿学校の寮を脱け出して、厩《うまや》の裏でビールを飲んだときから、そうだった。あのころからフランス人は水牛のような体格で、オールハウザーは赤い蝶ネクタイを好む頭のいいオタクだった。

その後、四十年のあいだにふたりの暮らしはかなり変わったが、時の流れに影響されない物事もある。

オールハウザーが勘定を払ったが、その前にフランス人はバーで飲むために、自分の分だけ注文していた。オールハウザーも付き合いたいところだったが、事務所に戻らなければならない。英語とフランス語でひとしきり別れの挨拶《あいさつ》をしたあと、オールハウザーはほとんどよろめきもせずに立ち、級友と握手を交わした。それから、ドアに向かい、店の案内係の女性にちょっとウィンクして、コートを受け取った。

身なりのいいビジネスマンが、バーでビールの代金を払い、二杯目のグラスに半分残したまま、赤い蝶ネクタイを締めた黒髪の男に数秒遅れて、ドアに向かった。案内係の女性からレインコートと傘を受け取り、どんよりした午後の街に出ると、サングラスをかけている人間が何人もいるのを見て、サングラスをかけ、霧雨が降っていたので、傘をぱっとひらいた。

その時間は、ことに歩行者の往来が激しかった。DCでは企業の社員も政府職員も一時前後に食事に行くのがふつうなので、仕事場に戻るきちんとした服装の男女が、あらゆる方向に向けて歩いている。ホワイトハウスが一ブロック西にあるし、その隣のアイゼンハワー行政府ビルだけでも、政府職員が数百人働いている。

くだんのビジネスマンは、マックス・オールハウザーとおなじように右に曲がり、北に向けて歩きはじめた。

コート・ジェントリーは、高級レストランで生ビールを飲むのを楽しんでいたが、いまは自分がいちばん安心できる通りに戻っていた。傘を左手から右手に持ち替えて、混雑した歩道を進んでいった。歩きながら、五十五歳の弁護士の方向をときどきちらりと眺めたが、じっと見ることはしなかった。身なりのいいひとびとの波が歩道でうねっているなかで、ターゲットを見失うおそれはあったが、場ちがいな男四人のほうに注意を集中しなければならないことを、ジェントリーは承知していた。視野にはおそらく二百五十人ほどの通行人がいたが、その四人がオールハウザーを尾行している〈オールド・エビット・グリル〉のドアを出てから最初の五歩で、その四人に気づいた。視

四人は大部分の作業をきちんとやっていたのだが、それがかえって仇《あだ》になった。ジェントリーほど徒歩での尾行のことを知り尽くしている人間はいない。訓練で教わったとおりの尾行位置に目を向けるだけで、最初のふたりを見つけた。ターゲットの後方四、五〇メートルにいて、周囲のオフィスワーカーよりも粗末な服を着ている。三十代だろうと思った――この手の仕事にいちばん適した年齢だ。

そのふたりと組んでいるチームも、すぐに見つかった。やはり三十代で、先の二人組とおなじように、歩きやすい靴をはき、〈REI〉のレインコートを着ていた。この界隈《かいわい》を歩いている人間は、たいがい〈ノードストローム〉の靴をはき、〈ブルックス・ブラザーズ〉のスーツやコートを着ている。ふたりは歩道のオールハウザーとおなじ側にいて、すぐうしろにつづいていた。ジェントリーの一五メートルほど前だった。くだんの二人組とはちがって、オールハウザーには目を向けず、首をしじゅうまわして、周囲の歩行者たちを見ていた。

こちらを探しているのだろうが、見つかりはしないと、ジェントリーにはわかっていた。

ジェントリーは、スーツ姿でサングラスをかけ、傘をさして、黒いレインコートで体形がよくわからないはずだった。だが、もっとも重要だったのは、通りのほかのひとびととおなじように、仕事に戻る人間らしいきびきびとした足どりで歩いていることだった。ジェントリーはその場に溶け込み、胡乱《うろん》な動きや妙なことをやらなかった。

見張り四人がいくら人混みを見たところで、ジェントリーがオールハウザーに手出しをするまで、ぜったいに見つからないはずだった。

その四人はデルタではないと、ジェントリーはすぐに判断した。いまの名称がなにかは知らないが、JSOCの陸軍側の特殊任務部隊の人間ではない。デルタはあの四人よりもずっと腕が立ち、抜け目ない。それに、SADの地上班でもないはずだった。SADは狩りに参加していないとハンリーがいったし、それが事実かどうかはわからないにせよ、徒歩で尾行するのに、SAD隊員がレインコートの下に〈5・11ヘリンボーン隠密シャツ〉（拳銃や書類を隠しやすく、なおかつ拳銃をすみやかに抜けるように作られているシャツ）を着るわけがない。よくできたブランドで、民間人の目はごまかせるだろうが、練度の高い工作員ならそのメーカーのどの型かを見破れる。そのシャツを着ているからには、自分とおなじ稼業の人間だと、ジェントリーには即座にわかった。

雇われた工作員で、CIAの手先にちがいないと、ジェントリーは判断した。ヴァイオレイター狩りにもくわわっているにちがいないし、まちがいなく武器を持っている。だが、射手《シューター》の役割ではない。オールハウザーを餌《ルアー》に使って、尾行しているだけだ。シューターたちはどこか近くにいて、このチームがターゲットを発見したら、襲いかかる手はずになっているのだろう。

ジェントリーは、神経を集中するためにひとつ深呼吸をしてから、歩度を速め、ターゲットに接近しはじめた。

オールハウザーの尾行をはじめてから最初の大きな交差点に近づいた。歩きながらそこで手際よく顔を右に向けて、傘を左に傾けて、東を向いている交通監視カメラから顔が隠れるようにした。通りの端まで行くと、すばやく顔を左に向けて、傘をすこし右にまわし、北行きの車線のカメラから顔を隠した。歩きながらそういう動きをやらなければならなかった。そのあいだずっと、何気《なにげ》ないふうを装い、オールハウザーを尾行している男たちに、目を配った。

ジェントリーは、なおもターゲットに接近した。ランチを終えて職場に戻る女性ふたりと歩調を合わせるようにして歩き、女性のひとりに、気づかれないように傘をさしかけていた。そうやって、女性のオフィスワーカーふたりの連れに見せかけ、尾行者ふたりを追い抜いた。案の定、〈REI〉のジャケットを着た男たちは、ジェントリーのほうを見ても、目に留めなかった。ふたりが真うしろをたしかめようとふりむいたとき、ジェントリーは女性ふたりから離れて、ぶらぶら歩いているビジネスピープルの厚い人混みを抜け、CIAに雇われた男たちの視界から消えていた。

オールハウザーの事務所は一二番ストリートとKストリートの角にあるが、その最短ルートだと、横断歩道の信号がうまいぐあいに変わってくれないので、オールハウザーはGストリートをずっと東に歩いて、一二番ストリートに折れるという道順をとっていた。メトロ・センターの地下鉄駅の入口前を通ったとき、隣を歩いていたスーツにレインコートをはおった男が、左側から軽くぶつかった。そのため、オールハウザーの体が揺れ、地下鉄におりてゆくエスカレーターのほうへ近づいた。

オールハウザーは、歩きながら腰にかすかだがはっきりとした鋭い痛みを感じて、肩をくっつけるようにしている男のほうをすばやく見た。

「気をつけろ」オールハウザーは、むっとしていった。

男はオールハウザーを肩で前に押しながら歩きつづけ、顔も向けなかった。髯《ひげ》をきちんと剃《そ》っているその男が、小声でいった。「やあ、マックス。おれの右手には刃渡り一八センチのナイフがある。黙っていっしょに歩きつづけなかったら、おまえの背中から肺をえぐってやる」

オールハウザーが目を丸くして、反射的に足どりが遅くなったが、レインコート姿の男は歩きつづけ、また肩で押して、ランチタイムの人混みを通り抜けさせた。まだ事情がわからないまま、オールハウザーは男の指示に従って歩き、男の右手を見た。ほとんどはレインコートの袖口《そでぐち》に隠れていたが、男の曲げた指のあいだから三センチほど突き出した鋼鉄が、ギラリと光った。

オールハウザーは、低い声でいった。「なにが……なにがほしい？」

「話がしたいだけだ。まっすぐ前を見ろ。おれのほうを見るな」

「あんたはだれだ?」男のしゃべりかたに合わせて、オールハウザーも声をひそめていた。

レインコートの男が、ふっと笑みを浮かべた。真昼間に武器を持ってなにやら威嚇《いかく》しているのに、驚くほど落ち着き払っていると、オールハウザーは思った。レインコートの男がいった。「あすの朝には、ニュース番組すべてで専門家としてもてはやされるぞ。そのときは、ほんとうに語れることがあるはずだ」

「さっぱりわからない」

「あんたは頭のいい男だ、マックス。じきにわかる」

人混みに包まれて、オールハウザーは歩きつづけた。レインコートの男は、三〇センチと離れていない。苦しそうなあえぎを漏らしてから、オールハウザーはいった。「ヴァイオレイターか?」

「歩きつづけろ。四人があんたを尾行している。そいつらがおれを見つけたら、やばいことになる。つまり、あんたもやばいことになる。肥った魚をさばくみたいに、おれはあんたのはらわたをえぐり出す」

「頼む。わかってくれ。わたしはなにも関係なかった――」

「話はあとだ、マックス。エスカレーターに乗って地下鉄の駅へ行く。あんたが先だ。おれはすぐうしろをついていく」

マックス・オールハウザーは、いわれたとおりに歩道をはずれ、メトロ・センター駅の入口に向かった。ふたりはエスカレーターでおりていった。

ＪＳＯＣのチーム指揮官のダコタは、黒いサバーバンを運転し、コールサインをハーレーという隊員が助手席で、ナビゲーション情報や周囲の街路のさまざまな画像を表示しているノートパソコンを覗き込んでいた。

十二人編成のＪＳＯＣチームは、きょうは二人ずつ組んでいる。ハンリーの家を見張っていたふた組は、いまは睡眠をとって、長い夜間勤務の疲れをとっている。したがって、いま活動しているのは四組で、それぞれ異なる車に乗って、ＤＣの異なる地域をまわっている。

ジョーダン・メイズが、二時間前にダコタに電話してきて、ひと組をマックス・オールハウザーの事務所近くに送り込んで、付近に配置するよう指示した。オールハウザーをじっさいに尾行するのは避けるようにとのことだった。ＪＳＯＣ特殊任務部隊チーム指揮官のダコタは、隊員ひとりを連れて、すかさずみずからオールハウザーの事務所近辺に赴いた。ジェントリーがオールハウザーの事務所の表で通りをぶらぶらするとは考えられなかったので、見込みの薄い出動だったが、スーザン・ブルーアとＴＯＣの彼女の部下がもっと有効な手がかりを得るまで、これに賭けてみるのも悪くないと、ダコタは判断した。

ＤＣ中心部のホワイトハウス付近では、数千人が歩いたり車を走らせたりしているので、ダコタとハーレーが自分たちの目でターゲットを探さずにすむのは、ありがいことだった。その代わり、最新型のデジタルカメラをサバーバンのフロントグリルに取り付け、一二〇度の視界で通り全体を監視していた。そのカメラで通行人すべてから顔認識データを採取し、コンピュータに入力していた。

ダコタの運転でオールハウザーの仕事場を中心に三ブロックの範囲を縦横に走るあいだ、ハーレーは助手席でノートパソコンを覗き込んでいた。コンピュータが街路を捜索し、毎秒ごとに新しい顔がソフトウェアで分析されていた。

優秀なテクノロジーを、熱心に働く訓練の行き届いた人間が駆使していたが、これまでの三十分、なにも成果はなかった。一度もヒットしない——誤報すらなかった。

ダコタは焦《あせ》っていたが、この捜索には打ち込んでいたので、哨戒をつづけた。つぎの交差点で右折し、捜索域の中心に向けて折り返すつもりだった。ダコタもハーレーも、捜索パターンの中心である事務所にオールハウザーがすでに戻っていると考えていた。Gストリートを西に向けて進み、一二番ストリートNWの交差点に近づいていたとき、オールハウザーが通りの前のほうを歩いているとは、思ってもいなかった。

十五分前から、ハーレーはひとこともしゃべっていなかったが、ダコタが方向指示器レバーを動かしたとき、大きな声で呼んだ。

「ヒットした、ボス！」

ダコタは、方向指示器レバーを戻して、相棒のほうを向いた。「どこだ？」

「ちょっと待って」ハーレーがノートパソコンから目を離し、フロントウィンドウから外を見た。すぐに自分たちの位置を知り、赤い四角で囲まれているヴァイオレイターの静止画像と、車の外の現実の風景との相関関係をつかんだ。ハーレーは、前方右のエスカレーターを指さした。地下鉄駅に通じている。「あそこだ」

「見えないぞ」

ハーレーが、もう一度画像を確認した。右上の端にデジタル・タイマーが表示され、画像がどれほど前に撮られたものであるかがわかる。ちょうど十秒を経過したところだった。画像のヴァイオレイターは、エスカレーターに乗ろうとしている。ハーレーはいった。「地下鉄におりていったんだ」

「くそ!」ダコタはどなり、ふたりのあいだのセンター・コンソールに置いてあったウォーキイトーキイをつかんだ。「全組、ダコタだ。ターゲットを捕捉した! メトロ・センター駅の地下鉄におりていった。スタンバイ」サバーバンの速度をあげて交差点を渡り、空いていた駐車スペースに、アウディのセダンに一秒先んじて突っ込んだ。ハーレーにまた目を向けてきいた。「服装は?」

「黒いレインコート、傘を持っている」ハーレーは、目の前の画像をさらに仔細《しさい》に見た。

「まずい! やつはエージェンシーにいたやつ、オールハウザーといっしょだ!」

「まちがいないか?」

ふたりがカメラに対して直角に進んでいたので、ハーレーは、ふたりの顔を右側から見ることができた。「赤い蝶ネクタイの肥った男が、やつの前でエスカレーターに乗ってる。ひどく怯《おび》えた顔だ。ジェントリーは、オールハウザーと体が触れそうな距離にいる。手になにか武器を持っているのかもしれない」

ダコタは、ふたたびウォーキイトーキイで呼びかけた。「地下鉄の地図とGPSを見て、近くの駅へ行け。注意しろ。対象《サブジェクト》はひとり人質をとっている」

地下鉄で移動監視を行なうには人数が足りないと、ダコタにはわかっていたので、ブルートゥース・イヤホンのボタンを押した。顔認識がヒットしたときの情報をすべて、数秒後にはジョーダン・メイズに伝えていた。狩りを手伝う人数が増えるのを、ダコタは期待していた。CIAが雇った人間をよこすか、首都警察に応援を頼むだろう。警察にはジェントリーの特徴を伝えて、探すように求めればいいだけだ。

たしかに、ダコタの電話はそういった部隊を投入させた。メイズが情報をヴァイオレイターTOCのスーザン・ブルーアに伝えたからだ。しかし、デニー・カーマイケルが目撃情報をすぐに知らされたことを、ダコタは知る由《よし》もなかった。カーマイケルはただちに、サウジアラビア総合情報統括部アメリカ支局長のムルキン・アル‐カザズに連絡した。数分後、ダコタの知らない部隊が付近に到着して、狩りを開始していた。それがとんでもない惨劇を引き起こすことを知っていれば、ダコタはヴァイオレイター目撃情報を自分の胸に秘めておいたはずだ。

〔下巻につづく〕

冒険小説

パーフェクト・ハンター上下
トム・ウッド／熊谷千寿訳

ロシアの軍事機密を握るプロの暗殺者ヴィクターが強力な敵たちと繰り広げる凄絶な闘い

ファイナル・ターゲット上下
トム・ウッド／熊谷千寿訳

ＣＩＡに借りを返すためヴィクターは暗殺を続ける。だがその裏では大がかりな陰謀が！

暗殺者グレイマン
マーク・グリーニー／伏見威蕃訳

〝グレイマン（人目につかない男）〟と呼ばれる暗殺者が世界12カ国の殺人チームに挑む

暗殺者の正義
マーク・グリーニー／伏見威蕃訳

悪名高いスーダンの大統領を拉致しようとするグレイマンに、次々と苦難が襲いかかる。

暗殺者の鎮魂
マーク・グリーニー／伏見威蕃訳

命の恩人が眠るメキシコの地で、グレイマンは強大な麻薬カルテルと死闘を繰り広げる。

冒険小説

シブミ　上下

トレヴェニアン／菊池　光訳

日本の心〈シブミ〉を会得した世界屈指の暗殺者ニコライ・ヘルと巨大組織の壮絶な闘い

サトリ　上下

ドン・ウィンズロウ／黒原敏行訳

孤高の暗殺者ニコライ・ヘルの若き日の壮絶な闘い。人気・実力No.1作家が放つ大注目作

シャドー81

ルシアン・ネイハム／中野圭二訳

戦闘機に乗る謎の男が旅客機をハイジャックした！　冒険小説の新たな地平を拓いた傑作

A-10奪還チーム　出動せよ

スティーヴン・L・トンプスン／高見　浩訳

最新鋭攻撃機の機密を守るため、マックス・モス軍曹が闘う。緊迫のカーチェイスが展開

高い砦

デズモンド・バグリイ／矢野　徹訳

不時着機の生存者を襲う謎の一団——アンデス山中に繰り広げられる究極のサバイバル。

冒険小説

死にゆく者への祈り
ジャック・ヒギンズ／井坂　清訳

殺人の現場を神父に目撃された元ＩＲＡ将校のファロンは、新たな闘いを始めることに。

鷲は舞い降りた〔完全版〕
ジャック・ヒギンズ／菊池　光訳

チャーチルを誘拐せよ。シュタイナ中佐率いるドイツ軍精鋭は英国の片田舎に降り立った

鷲は飛び立った
ジャック・ヒギンズ／菊池　光訳

ＩＲＡのデヴリンらは捕虜となったドイツ落下傘部隊の勇士シュタイナの救出に向かう。

女王陛下のユリシーズ号
アリステア・マクリーン／村上博基訳

荒れ狂う厳寒の北極海。英国巡洋艦ユリシーズ号は輸送船団を護衛して死闘を繰り広げる

ナヴァロンの要塞
アリステア・マクリーン／平井イサク訳

エーゲ海にそびえ立つ難攻不落のドイツの要塞。連合軍の精鋭がその巨砲の破壊に向かう

マイクル・クライトン

プレイ―獲物―上下
酒井昭伸訳

暴走したナノマシンが群れを作り人間を襲い始めた……ハイテク・パニック・サスペンス

恐怖の存在 上下
酒井昭伸訳

気象災害を引き起こす環境テロリストの陰謀を砕け！　地球温暖化をテーマに描く問題作

NEXT―ネクスト―上下
酒井昭伸訳

遺伝子研究がもたらす驚愕の未来図を、事実とフィクションを一体化させて描く衝撃作。

パイレーツ―掠奪海域―
酒井昭伸訳

17世紀、財宝船を奪うべく英国私掠船船長が展開する激闘。巨匠の死後発見された遺作。

アンドロメダ病原体〔新装版〕
浅倉久志訳

人類破滅か？　人工衛星落下をきっかけに起きた未曾有の災厄に科学者たちが立ち向かう

襲撃待機

Stand By,Stand By
クリス・ライアン
伏見威蕃訳

湾岸戦争での苛酷な体験により、帰還後悪夢に悩まされているSAS軍曹ジョーディ・シャープ。IRAの爆弾テロに巻き込まれて妻が死亡した時、彼は首謀者を自ら処刑する決意をした。北アイルランドの荒野から南米を舞台に展開する復讐戦。元SAS隊員の著者が豊富な経験と知識を駆使して描く冒険小説の話題作

訳者略歴　1951年生，早稲田大学商学部卒，英米文学翻訳家　訳書『暗殺者グレイマン』グリーニー，『ブラックホーク・ダウン』ボウデン，『たとえ傾いた世界でも』フランクリン＆フェンリイ（以上早川書房刊）他多数

HM=Hayakawa Mystery
SF=Science Fiction
JA=Japanese Author
NV=Novel
NF=Nonfiction
FT=Fantasy

暗殺者《あんさつしゃ》の反撃《はんげき》
〔上〕

〈NV1389〉

二〇一六年七月二十五日　発行
二〇一六年八月　十五　日　二刷
（定価はカバーに表示してあります）

著者　マーク・グリーニー
訳者　伏《ふし》見《み》威《い》蕃《わん》
発行者　早川　浩
発行所　株式会社　早川書房
郵便番号　一〇一‐〇〇四六
東京都千代田区神田多町二ノ二
電話　〇三‐三二五二‐三一一一（大代表）
振替　〇〇一六〇‐三‐四七七九九
http://www.hayakawa-online.co.jp

乱丁・落丁本は小社制作部宛お送り下さい。
送料小社負担にてお取りかえいたします。

印刷・中央精版印刷株式会社　製本・株式会社川島製本所
Printed and bound in Japan
ISBN978-4-15-041389-7 C0197

本書は活字が大きく読みやすい〈トールサイズ〉です。